ソコレの最終便

野上大樹
Nogami Taiki

集英社

目次

満洲国内鉄道路線図及びソ連軍侵攻状況図(1945)

満洲国と日本

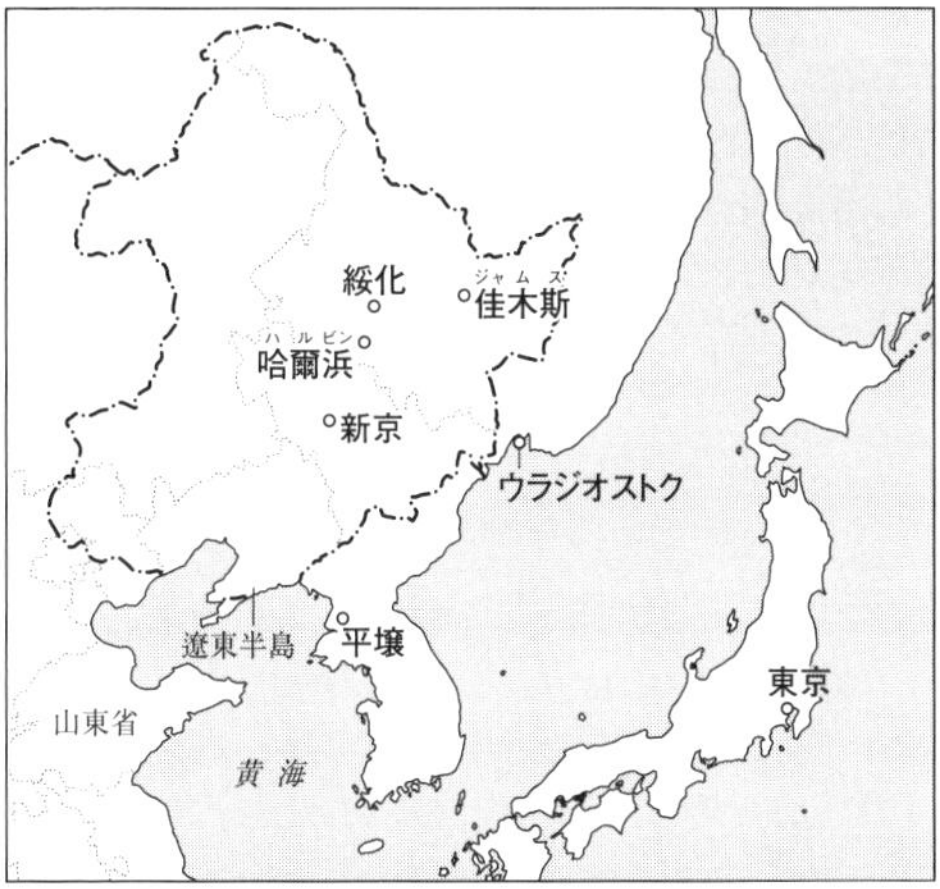

大石橋周辺

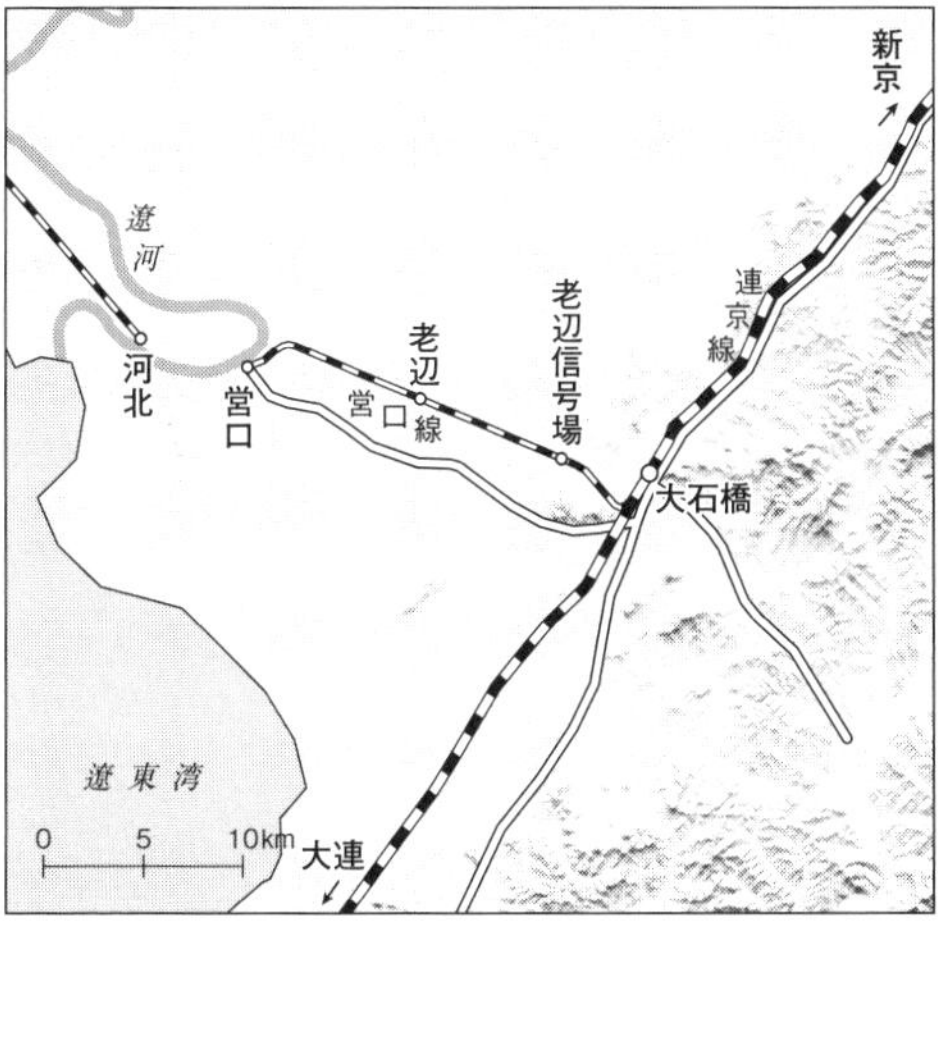

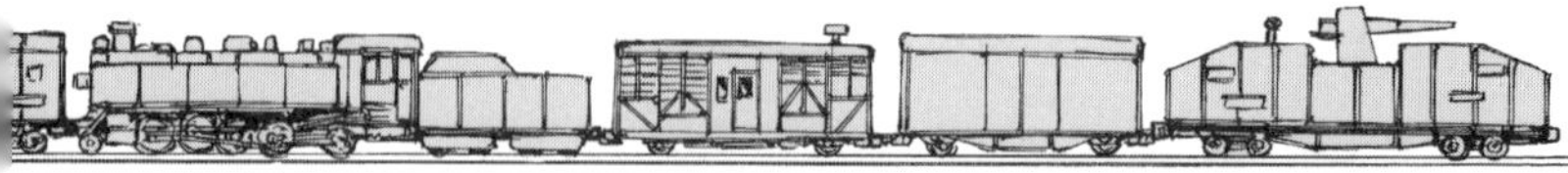

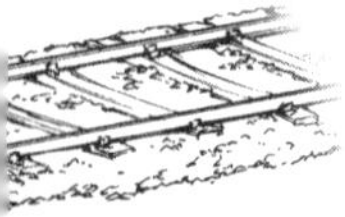

老ソコレ（通称）

一〇一装甲列車隊が運用する装甲列車

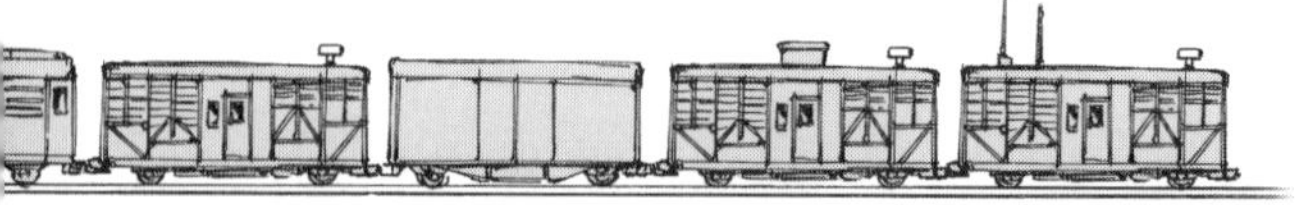

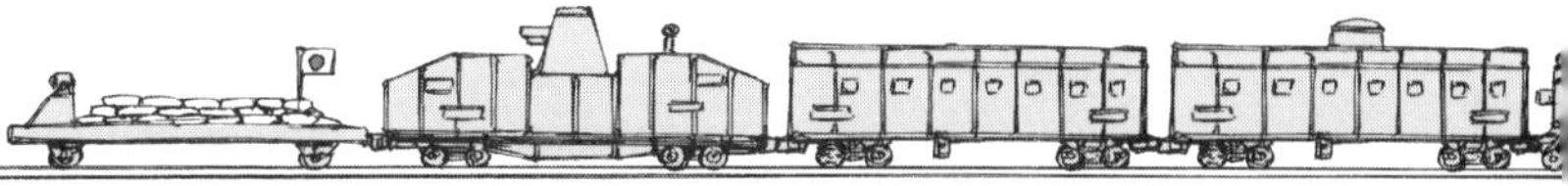

防護車　火砲車(甲)　歩兵車　指揮車

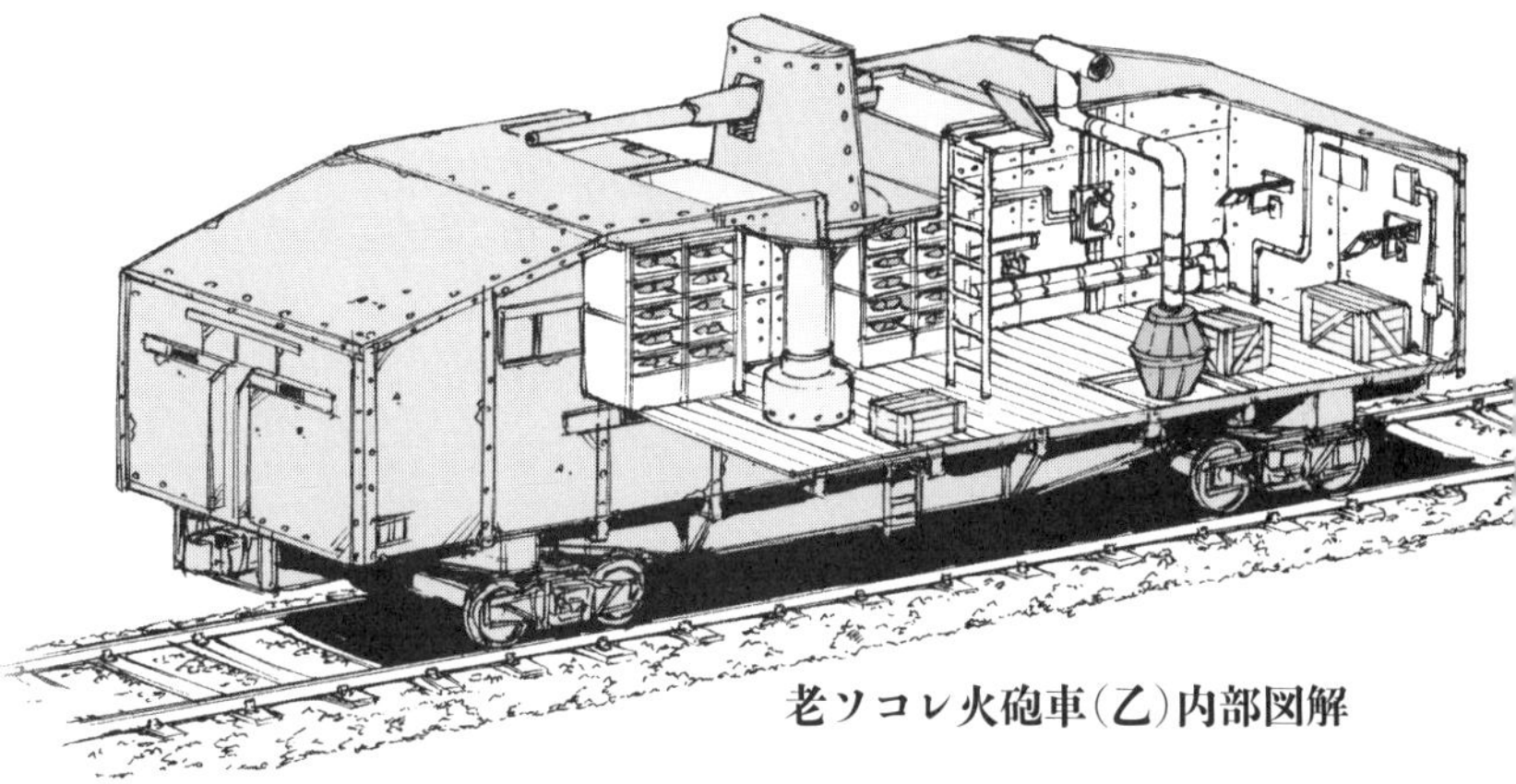

老ソコレ火砲車(乙)内部図解

九〇式二四センチ列車カノンと付属車両

列車砲　弾薬車　動力車

試製九四式装甲列車

警戒車　火砲車(甲)　火砲車(乙)　火砲車(丙)

本書の登場人物

朝倉九十九……長崎出身の陸軍大尉。一〇一装甲列車隊の指揮官。二十九歳。
雲井ほのか……日本赤十字の救護看護婦。十七歳。
井先任……仏と呼ばれる列車隊の先任曹長。
川野辺少尉……学徒出陣した予備少尉。列車隊の偵察警戒班班長。
金子少尉……叩き上げの砲兵少尉。列車砲の輸送責任者。
宮部鉄三……満鉄（南満洲鉄道株式会社）の老整備士。
矢野軍医……伝染病を研究する東京帝国大学の研究医。軍医少佐。
キヨ子……親を亡くした生後四ヵ月の乳児。
小池機関士……列車隊の機関士。
酒井通信士……列車隊の通信士。
ルカチェンコ少佐……ＮＫＶＤ（内務人民委員部）の少佐。
大須賀大尉……かつて九十九が仕えた中隊長。

ソコレの最終便

序章　ノモンハン

命を惜しむな。名こそ惜しめ。

朝倉九十九《あさくらつくも》は大隊長の言葉を胸で反芻《はんすう》しながら自分の小隊の持ち場に向かっていた。ほんの五分前、この高地を死に所と定めた大隊長は、九十九をはじめとする下級指揮官を集めてこのように言い放ったのだ。

地面を二メートルばかり掘り下げた塹壕《ざんごう》のなかを歩いて陣地に戻ると、小隊の兵士たちが目前に迫った戦いの準備に追われていた。

ある者は複数の手榴弾《しゅりゅうだん》を針金でひとつにまとめて結束手榴弾を作り、ある者は竹竿《たけざお》の先に地雷を結びつけ、またある者はサイダー瓶にガソリンをそそぎ入れていた。これらはすべて、肉薄攻撃用の対戦車兵器だった。

作業が進むかたわら、九十九は塹壕から頭を出して外の様子をうかがった。

眼下に、一望千里の大平原が広がっていた。

申し訳程度の緑が点々と散らばる赤茶けた大地は、見渡す限りどこまでも真っ平らで、澄み切った空には恨めしいほど輝く太陽があるほかは、雲ひとつない。あまりの暑さに腰の水筒に手を伸ばしかけるが、小隊の兵士たちの軍服に白っぽく塩が浮いているのを見て、ぐっとこらえる。

すぐ近くを流れるハルハ河まで水を汲《く》みに行けなくなって、五日が経っていた。ドラム缶のガソリン臭《くさ》い水が今朝で尽きたことを思い出し、水筒に少し残った水は部下のために取っておかねばならないという理性が働いたからだった。死に水を取る、という儀式のために。

昭和十四年夏、ノモンハン――。

満洲とモンゴルの国境紛争に端を発したノモンハンでの争いは、ほどなく双方の後ろ盾となっている日本とソ連との全面的な軍事衝突に発展した。

牛刀をもって鶏を割《さ》くがごとき、と豪語して兵を送り出した満洲防衛の任に就く日本軍、つまり関東軍は、ソ連軍の物量に圧倒されて各所で敗退を重ね、ハルハ河沿いの高地に布陣した一個大隊も、五日前から続く激戦ですでに戦力の半分を失っていた。

一週間前、九十九の工兵小隊には三十人の元気な男たちがいた。それが今や十五人を残すのみで、その十五人とて手傷を負っていない者はひとりもない。進むもならず、しりぞくもならず、数倍の敵に包囲された男たちにとって、陣地を枕に討ち死にを遂《と》げる以外の道は残されていなかった。

「朝倉小隊長」

塹壕の外を眺めていると声をかけられた。小隊の先任、竹中《たけなか》軍曹だ。

「大隊長はなんと」

最前行われた指揮官会議のことだった。

「死ねと言われたよ。靖国で会おう、とも」

初めて任された小隊であり、初めて持った部下である彼らを十死零生《じっしれいせい》の死地に投じなければならないと思うと、肩に重たい物がのしかかってくるようだった。それは、十五人に減ってしまった兵士たちの命の重さであった。

「そうですか。われわれはやはり助かりませんか」

「寸土《すんど》も敵に渡すべからず。死んでも高地を守れ、という命令を、後方のお偉方は変える気がないらしい。死んだあとのことまで責任なんて持てないが、勝手に逃げても銃殺刑だからな。どのみち、俺たちは死ぬしかない。だけどな」

九十九は小隊の兵士たちに目をやった。

「鈴木《すずき》のところ、先週だったよな。兄貴が支那《しな》で死んだの。兄の葬式も済んでいないのに弟まで死なせたらと思うと、どうにもな」

「わかります」

「それに、向田《むこうだ》のやつはあと半年で兵役が終わる。国に帰ったら家業の酒造りを手伝うんだとうれしそうに言っていた。一本贈られたことがあるが、これがなかなかうまくてな。できることなら、俺は向田二等兵の造った酒をいつか飲んでみたい」

「ええ、自分もです」

「それから竹中軍曹、君は来月父親になる予定だろ。自分のところに来てくれる嫁がいるなんて、と言って君が号泣したのは一昨年だったか。俺は、そんな泣き上戸《じょうご》の先任軍曹に赤ん坊を抱かせてやりたいと本気で思っている。叶わぬ夢とわかっていてもな」

「小隊長……」

竹中軍曹は一瞬目を潤ませた。

「小隊長、弱気は禁物です。生きようと戦えばかえって死を招き、死ぬつもりで戦えばむしろ生き永らえると言いますから」

「誰の言葉だ」

「たしか、春秋戦国時代の兵法書に載っていたかと。呉子《ごし》だったかもしれません」

「支那と戦争している俺たちが、支那の賢人の言葉を借りるのか。だが、いい言葉だな。小隊の皆にはそのように伝えよう。ただ死ねと言われるより、よほどいい」

九十九は腕の時計を見た。陸軍士官学校に入学するとき姉から贈られた精工舎の腕時計だ。針は午前五時を指そうとしていた。

「皆を集めてくれ。そろそろ敵の準備砲撃が始まるだろう。その前に話しておきたい」

竹中軍曹が小隊に集合を命じているあいだ、チッチッと動く時計の秒針を凝視した。時間を知りたかったわけではなく、時計をくれた姉の言葉を思い出していた。

人を殺してなんぼの商売、それが軍人でしょ。そんなろくでもない仕事に就きたいって言うあんたは、どこか頭のネジが外れているのね。

竹を割ったような気性《きしょう》の姉は、思ったことをすぐ口に出す。軍人を馬鹿にするようなことを外で言って、万が一憲兵や特高に目をつけられでもしたら、とおやじは常々心配していたが、姉の意見にはどこか同調するようなところがあった。徴兵されて海軍で顔の形が変わるほど殴られたおやじは、軍隊というものに心底嫌気が差していたのだろう。

だからこそ、俺は陸軍を志願したのだ。

いずれ赤紙がきて徴兵されたら、おやじのように古参兵にいやというほど殴られる。そう思ったから、海軍ではなく陸軍士官学校に入って将校となる道を選択したのである。将校になれば理不尽なしごきと無縁でいられるだろう、とソロバンを弾《はじ》いたからだった。

だが今思えば、そういう貧しい発想しかできなかったかつての自分は、姉の言うようにネジが一本外れていたのかもしれない。兵役が終わるまでの何年かを我慢すれば済んだものを、職業軍人の道を選んだことで、生涯人を殺し続けなければならなくなったのだから。

いや、違う。

殺すこと、殺されること、その両方を兵士たちに強要し続けなければならなくなったと言うべきなのかもしれない。将校とは、そういう因果な立場に置かれた暴力の管理者であった。

「小隊長、集まりました」

竹中軍曹の声で顔を上げた。

十五人の傷ついた男たちが整列していた。

いつも裸踊りで宴会を盛り上げる宮本《みやもと》、万葉集をそらんじて学者先生なるあだ名をつけられた塚原《つかはら》、小隊対抗の相撲大会で三年連続優勝の土屋《つちや》、ひとりしかいない兄を亡くしたばかりの鈴木や、造り酒屋の跡取りである向田もいる。二十一歳で小隊指揮官を拝命してより二年と半年、同じ釜の飯を食い、苦楽をともにしてきた男たちが、希望と絶望が混じり合った顔つきで小隊長の言葉を待っていた。

「皆、いい顔になったな。俺が女だったら惚れてしまうところだ」

どっと、笑いが起きた。

九十九は笑いが収まるのを待ち、表情を改めてから言った。

「俺たちの戦いは、今日が最後だ」

男たちの背筋が伸びた。

「まもなく敵の攻撃が始まるだろうが、われわれに残された弾薬はあとわずかである。水も糧食も尽き、たとえ今日の攻撃をしのいだとしても、明日を戦うことはできないだろう。従って、結果がどう転んでも今日の戦闘が最後となる」

陣地の外に見えていたのは、広大無辺の大平原だけではない。

それは高地を取り巻くように掘られた長大な塹壕線であり、砲塔だけを地上に出した戦車の群れであり、空気を震撼させるほどの殺意を秘めた幾千、幾万のソ連軍将兵であった。

「俺たちが明日を生きて迎えるのは難しいと思う。しかし先ほど、先任がいいことを教えてくれた。なんであったか、先任」

「小隊長殿が酒好きだという お話のことでしょうか」

「違う。そこじゃない。命を捨てる覚悟で戦えばかえって生き延びるという話だ。わかっていて茶化すな」

「申しわけありません!」

列中から忍び笑いが漏れた。

「身を捨ててこそ浮かぶ瀬もあれ、という言葉もあるが、わが小隊はこれでいく。死ぬ気で戦い、死なずに勝つ。これだ。これでいく」

遠くのほうで、ドンッと腹に響く音がした。

「おいでなすったぞ。いいかお前たち、命を惜しまず戦うのだぞ。そして吹くはずのない神風を吹かせてみせろ。わかったら配置につけ」

兵たちは得物《えもの》を手に四方に散り、塹壕線の前に掘られたそれぞれのたこ壺に飛び込んでいった。

彼らは対戦車戦闘専任の工兵だ。

だが戦車どころか速射砲の一門さえ持たない小隊にとって、鋼鉄製の怪物と戦う術《すべ》は結束手榴弾であり、竹竿つきの地雷や火炎瓶であり、なにより兵士個々の勇気に支えられた肉薄攻撃、すなわち肉弾である。

九十九は頭上に降りそそぎ始めた敵の砲弾を塹壕のなかでやり過ごしながら、そっと軍刀を握りしめた。戦車の装甲を切り裂く力がこいつにあれば、と思うと、心底悔しかった。

三十分もすると砲撃が止んだ。

間髪を容《い》れず、高地のふもとで喊声《かんせい》が上がった。ウラーッ、ウラーッという突撃の雄叫《おたけ》びである。外を見ると、五十を超える戦車が菱形隊形で斜面を登ってきていた。その背後に、おびただしい数の歩兵が徒歩で続いている。

隣の小隊が軽機関銃を撃ち始めた。

擲弾《てきだん》を撃ち込む者もいる。

しかし焼け石に水という有様で、ほどなく敵の一群が陣前に掘ったたこ壺の線に接触した。

一両の戦車にぱっと火の手が上がった。一瞬ののち、車体全体が炎の柱に包まれる。火炎瓶が命中したのである。ところが戦車は炎上しながら前進し続け、再度火炎瓶を投げつけようと立ち上がった兵が、後方の戦車から機銃掃射を浴びて倒れた。兄を失った鈴木だった。

地雷を踏んで身動きの取れなくなった戦車に飛び乗った者がいた。造り酒屋のせがれこと向田だ。彼は外に出ようとした戦車兵を手にした円匙《えんび》で殴りつけ、開けっぱなしのハッチから結束手榴弾を投げ入れた。

ハッチから勢いよく火柱が噴き上がった。だが向田二等兵は周囲を随伴する歩兵から銃弾による報復を受け、踊るように体をくねらせながら地面に落ちて後続戦車の下敷きになった。履帯に踏まれて押しつぶされていく内臓が、逃げ場を求めて口から飛び出す。

敵は塹壕線に達した。

九十九は軍刀を抜いた。

と、足元にこぶし大のなにかが転がってくる。手榴弾だ。

帝国陸軍少尉　朝倉九十九　享年二十三歳――。

おのれの墓碑銘がさっと頭をかすめた。

「小隊長！」

突然誰かに突き飛ばされた。

バンッという破裂音がすぐ近くでしたかと思うと、生温かい物が顔にべしゃりと張りついた。

顔をぬぐうと、蛇のような赤黒い物体が地に落ちた。人間の腸《はらわた》だった。

腹のあたりからふたつに裂けてしまった竹中軍曹が、散乱する臓物のなかで倒れていた。彼は手榴弾に覆いかぶさったのだ。不甲斐ない小隊長を守ろうとして。

ウラーッ！

銃剣をきらめかせたソ連兵が目前に迫った。

九十九は吠《ほ》えた。なにを叫びながら刀を振り下ろしたかはわからない。

だが戦場に夕暮れが訪れたとき、彼の周りにはソ連兵の斬殺体が五つも転がっていた。そしてより多くの日本兵の亡骸《なきがら》に、彼は囲まれていた。

同日九月十五日、日本とソ連のあいだに停戦協定が結ばれた。

この日行われたノモンハンを巡る最後の戦闘で、朝倉九十九は小隊唯一の生き残りとなった。

第一章　昭和二十年八月九日、出発の日

一

「お味はどうです、軍人さん」

九十九は支那そばが盛られたどんぶり鉢から目を上げた。岩石から彫り出したような荒々しい顔つきのおやじが横に立って見下ろしている。ここ半年通っている中華料理屋の亭主だった。

「おいしいですよ。いつもどおり」

野菜と豚肉とちぢれた麵を箸でどけ、レンゲにすくった汁が軍服に撥《は》ねないよう慎重にすすった。

「こいつは新作でしてね。麵を太くして野菜やら豚肉をふんだんに入れてみたんですが」

「なるほど。一見すると支那風ちゃんぽんという感じがしますね」

「ちゃんぽんって、長崎の？　ああそうでした。軍人さんは長崎のご出身でしたね」

「ええ、実家が小さな中華食堂をやっていまして。長いことちゃんぽんばかり食べていたような気がします」

「おや、それは知りませんでした。軍人さんのご実家はうちの商売敵《がたき》でしたか」

「商売敵だなんて、買いかぶり過ぎですよ。うちは十席もない小店舗ですから」

「失礼ですが、軍人さんはご長男で？」

「ええ」

「ご実家はどなたがお継ぎになるのでしょうか」

「店は姉に任せています。父が生きていたときよりむしろ繁盛しているとか」

そう言いながら、ちゃんぽんのような支那そばを飲み込んだ。

出汁《だし》は鶏《とり》だった。鶏ガラだけでなく豚骨《とんこつ》を使って濃厚な風味に仕上げた実家のちゃんぽんとは、そこが根本的に違う。

そういえば、最後に家のちゃんぽんを口にしたのはいつだったか。たしかおやじの葬式で帰省したときだったから、もう三年になるのかもしれない。

支那そばを日本風に改良した、いわば日支両文化の合作料理、それがちゃんぽんだ。鎖国時代も外国との交易があった長崎ならではの逸品と言えようが、であるからこそ、長崎以外で、ましてや外地において食することは難事であった。子どものころは三日に一度は食べなければ気が済まなかったのに、いつのまにやらソーメンのような支那そばにすっかり飼い馴らされてしまったらしい。

「ところで軍人さん」

どんぶりが下げられると、亭主が茶を持ってきた。

「ごひいきにしていただいてありがたいのですが、このたび店を畳むことになりまして」

「それはまたどうして」

「客足がすっかり遠のきましてね」

「繁盛していると思っていましたが」

「もうすぐソ連が満洲に攻め込んでくるってんで、みんな財布のひもが堅くなってるんですよ」

「ソ連？　相互不可侵を定めた中立条約をわが国と結んだのに？」

「でもその条約とやらは、来春に有効期限切れを迎えるらしいじゃありませんか。あちらさんは条約を更新するつもりはないって、新聞に書いてありましたぜ」

「ああ、新聞ですか」

たしかに新聞にはそう書いてあったし、一介の現場将校ごときが新聞以上のネタを持っているわけもない。

ノモンハンでの紛争は、もう六年も前のこととなる。

あの戦いのあと、日本はソ連と五ヵ年有効の中立条約を結んだ。すでに何年も続いている支那での戦争に加え、アメリカとの軍事衝突が現実味を帯びてきたこともあって、三正面対決を避けるためだという。

そしてアメリカとの戦争が始まって四年目となった今年、ソ連は来年期限切れを迎える条約を更新せずと通告してきた。

日本の同盟国だったドイツもイタリアもすでに降伏し、硫黄島や沖縄が失陥《しっかん》した現在、アメリカ軍の日本本土上陸は時間の問題である。こんなときにソ連に攻め込まれたら、太平洋正面にごっそり戦力を抜かれた関東軍では歯が立たない。だがあちらさんは、どうもやる気らしい。

新聞から読み取れる情報はこんなものだった。

ところが参謀本部も関東軍総司令部も、ソ連の侵攻などあり得ないと考えているように振舞っていた。もし本当にソ連の参戦を予想しているなら、国境付近で土地の開墾《かいこん》にいそしむ開拓団を真っ先に避難させているだろうし、軍を信頼して普段どおりに生活を送れ、と市民に向けて繰り返しラジオ放送を流すようなこともないはずだ。きっと、現場の人間にはうかがい知れないなにかが動いているのだろう。窮余《きゅうよ》の一策、例えば終戦工作などが。

「ご亭主」

湯飲みを置いて言った。

「新聞記事くらいで店を閉めるのは少し早計な気がします。それに連日空襲を受ける本土より満洲のほうが安全だと思いますが、それでもお気持ちは変わりませんか」

「ええ、軍人さんとお知り合いになれたのに残念なことですが、もう決めたことですから。来月には故郷の広島へ戻るつもりです」

「そうですか。もう二度とこの支那風ちゃんぽんを食べられないかと思うと、大変残念です」

「ええ、あっしもそう思いますよ」と亭主が寂しく笑ったとき、厨房《ちゅうぼう》の奥で電話が鳴った。

奥さんが受話器を取り、短いやりとりのあと、怪訝《けげん》そうな顔で亭主に告げた。

「列車長はいるか、だってさ」

「はぁ？　列車長？」

亭主はいっそう怪訝な顔をして、こちらを見た。

「相手はなんと名乗りましたか」

九十九は奥さんに向かって言った。

「鉄道第四聯隊《れんたい》の、ええっと、アイ、いえ、イー、とかなんとか」

小さく笑って、腰を上げた。

「それは〝井《い》〟ですよ、奥さん。大分では珍しくない名字だそうです」

「あれまあ、軍人さんは隊長さんでしたか。いや、これはどうもどうも」

亭主の態度が急に改まった。

「ああ、お構いなく。自分は小さな列車隊を預かっているに過ぎませんから」

受話器を受け取った。

《お食事の邪魔をして申しわけありません》

列車隊の先任、井曹長からだった。

「どうした。朝飯を食ったら戻ると伝えていたはずだぞ」

口調を部隊指揮官のそれに戻す。

《それが、大至急帰隊してもらわなならん事態が起きました》

一瞬で気持ちが引きしまった。雨が降ろうが槍が降ろうが柔和な表情をけっして崩さない石《せき》仏《ぶつ》のごとき先任曹長の報告に、普段はなりを潜める大分弁が混じったら状況はかなりまずい。

「至急の事態とは事件か？　それとも事故か？」

《いえ、もっと悪い事態です》

電話口の向こうで、息を吸う気配がした。

《今朝方、ソ連軍が国境を越えました。このあたりはほどなく戦場となります》

二

満洲の夏は、本土の夏に比べればからっと乾いていて過ごしやすい。昨晩からの雨もあって、朝夕は肌寒いほどだ。それでも自転車を二十分も全力で漕ぎ続ければ、恨めしくなるほどの汗をかく。

井先任から連絡を受けた九十九は、部隊に急ぎ戻るべく自転車を飛ばしていた。列車隊正式装備「韋駄天《いだてん》」である。変わり者だったという先代列車長が持ち込んだ物らしいが、小なりといえども部隊指揮官たる者がせかせかと自転車を漕ぐ。その列車隊らしい諧謔《かいぎゃく》さが気に入って「韋駄天二号」という名を与えて乗り回していたものの、今は馬のほうがよかったと後悔していた。

半年前、かなり遅い昇進を果たして大尉となった九十九は、鉄道第四聯隊所属の一〇一《イチマルイチ》装甲列車隊の列車長として、北支の山東《さんとう》半島から満洲に赴任した。

鉄道兵が「マルヒト・ソコレ」と略称で呼ぶ列車隊の所在地は、満洲東部の中規模都市である牡丹江《ぼたんこう》だ。だが、中規模といっても日本とは尺度がまるで違う。支那東北部を切り取って十三年前に建国された満洲は、土地の大きさが日本の三倍もあり、なにからなにまでとにかくうんざりするほどでかくて広い。

だからちょっと上等な田舎町に過ぎない牡丹江においてさえ、道はどこまでものびのびと、ひとつひとつの区画は十分な余裕を持って整備されており、結果として駅裏の駐屯地まで韋駄天のごとく自転車を飛ばしても、優に四十分はかかってしまう。

「ご苦労！」

九十九は歩哨の敬礼に応えながら、「鉄道第四聯隊」という大看板が掲げられた駐屯地正門を自転車で走り抜けた。

鉄道第四聯隊といっても、その主力は支那での作戦に従事中であるため、マルヒト・ソコレはいわゆる留守部隊として、誰にも干渉されず、されど誰からも顧みられることのない孤独な自由を謳歌していた。

ところが大汗をかいて帰隊してみると、しばらくぶりに機関庫から引き出された装甲列車が営庭の真んなかで元気に煙を吐いているではないか。

まるで陣触れを聞いた老武者が、もののふの死に場所は畳の上ではないのだ、とでも言わんばかりに、待ち望んだ槍働きの機会を得て武者震いしているかのようだった。

「列車長殿！」

木造平屋の古びた本庁舎前で井先任が待っていた。

「状況を聞こう」

乱れた息を整えながら、列車長室へ入った。

ソ連軍は九日未明、すなわち昨日から今日の日付に変わる午前零時を期して、満洲の北、西、東の三正面から一斉に攻め入ったらしい。兵力は不明ながら、数十万人規模の本格侵攻であることは疑いないという。こうした情報を関東軍総司令部は夜が明けてから掌握したらしく、つい先ほど全軍に警報を発したのである。

かくのごとき非常時に列車長がのんきに支那そばをすすっていたとはマヌケな話だが、事情を知りようがない現場部隊は、今ごろどこも上を下への大騒ぎになっていることだろう。

驚きを通り越して、先行きに寒々しいものさえ感じた。

「およその事情はわかったが、わが隊に対する命令は？」

「列車長殿がお戻りになる直前、関東軍総司令部から電話による口頭命令がありました。特務です。それも関東軍総司令官お墨つきの緊急輸送任務です」

「緊急の特務？　なんとも今日は忙しい限りだが、なにをどこへ運べと言うんだ」

「列車砲です。虎頭要塞《ことうようさい》に配備されていたあのデカ物を、大連港まで運べという命令であります」

九〇式二四センチ列車カノン。

それが、戦艦大和さえ及ばない射程五〇キロメートルという長距離砲撃能力を誇る巨大列車砲の名称である。

本砲は、昭和初期に列車砲先進国のフランスから輸入されて長らく東京湾の防衛に従事していたもので、三年前に満洲最大の要塞である東部国境の虎頭要塞に配備変更されていた。しかしながら遠からず来攻するであろう米軍を迎え撃つ必要から、ふたたび日本本土へ送り返されることが決定していたという。

その輸送日が、折り悪《あ》しく今日だった。

明け方に要塞を出発した輸送列車は、出発直後に敵戦闘機の攻撃を受けて機関車を損傷、出発地からほど近い虎林《こりん》駅までたどり着いたものの、そこで動けなくなってしまったらしい。

「かくいうしだいで、わが隊に白羽の矢が立ったというわけです」

「というより、俺たちが虎林に一番近い列車隊だからだろう。それにしても列車砲ときたか。実物を目にしたことはないが、よほど大事な代物《しろもの》と見える。地の果ての列車隊に関東軍総司令官直々の命令が下るとは」

「海軍の戦艦大和と陸軍の列車砲を並び称す者もいるくらいですから」

「まあ運べと言われれば、それが金銀財宝だろうが芸者のご一行様だろうが、俺たちは黙って運ぶだけだがな」

列車隊に着任して半年、こういう飛び込み仕事はいつも炎に包まれた状態で、しかも避けようのない角度から飛んでくる。

「さらに加えまして、本任務終了までの間、マルヒト・ソコレは鉄道聯隊の指揮下を離れた関東軍直轄部隊となり、以後の命令指示は関東軍総司令部作戦課から直接受けよ、とのことであります。速やかに行動すべき事態でありましたので、自分の裁量で列車隊に非常呼集をかけ、午前十一時には出発できるよう準備させております」

「糧食は何日分用意した」

「倉庫にある分は全部積み込めと言っておきました。およそ一週間分です」

「さすがだな。毎度のことながら助かる」

九十九は腕時計が九時を指していることをたしかめてから、壁に貼られた南満洲鉄道株式会社全路線網図を眺めやった。

現在地の牡丹江から輸送列車が立ち往生している虎林に向かうには、図佳《とか》線で林口《りんこう》まで行き、そこから虎林線に乗り入れて北東進せねばならない。距離にして約三四〇キロメートル。途中で補給することも考えると、九時間ほどの行程であり、すなわち目的地到着は日没後となろう。

超重量級の列車砲を引っ張って牡丹江まで戻り、ハルビン（哈爾浜）、新京、奉天《ほうてん》を経由して満洲の南端にある大連港まで運ぶ。

順調にいっても数日がかりの大仕事となるが、今は戦時である。不測の事態を考慮して多めに糧食を積み込ませたのは有能な古参曹長ならではの英断と言えようが、さて、今後の戦況推移によっては一週間分でも足りるかどうか。

頬杖を突いて思案していると、井先任の渋い顔が目に入った。怒るべきときも悲しむべきときも慈愛に満ちた微笑みを絶やさない、ある意味なにを考えているかまるで読めない仏の先任が、今日はなんとも表情豊かなことだった。

「どうした。ほかにもなにか言いたそうだな」

「ええ、じつは、先ほど補充要員が参ったのです。牡丹江陸軍病院の勤務者らしいのですが」

「衛生兵の補充ということか？　なんだ、いい話じゃないか」

マルヒト・ソコレの編制定数は九十人と定められているものの、激化する南方戦線に古参の多くを引き抜かれたことで、現員は五十二人に減じている。特にひとりしかいない衛生兵を取り上げられたことは痛恨の極みであったが、これから戦場に赴《おもむ》くというときに念願の補充を得たのは僥倖《ぎょうこう》と言うべきことだった。先任はいったい、なにが気に食わないのか。

「まあ、会ってみてください」

ほどなく連れて来られた衛生兵を見て、先任の懸念をたちどころに理解した。

髪を短く切っているから少年のように見えるが、衛生兵は濃紺のモンペをはいた女だった。というより彼女は兵隊ですらなく、左腕の赤い十字腕章が示すとおり、日本赤十字で働く救護看護婦だったのである。

「陸軍病院から参りました雲井《くもい》です。よろしくお願いします」

「雲井ほのかさん、でしたか」頭を下げた小柄な看護婦に向かって九十九は言った。「あなた、おいくつですか」

「今年で、十七です」

思わず、こぶしで机を叩いてしまった。

こんな馬鹿げた人事があるだろうか。遠足じゃあるまいし、女連れで戦争なんてできるわけがない。

「先任、俺は忙しい。このお嬢さんにはお帰りいただけ」

「あ、いや、それはですね」

先任がなにか言いかけると、それを遮《さえぎ》るように雲井看護婦が一歩前に出た。

「わたしが女だからですか」

よく光る印象的な黒い瞳に、鋭い険が宿っていた。

「もしも隊長さんが戦争に女はいらないとお考えなら、今すぐ考えを改めてください。近ごろでは、大砲の弾や戦闘機、隊長さんが着ている軍服だって女が作っているんです。男だけで戦争をやっているとお思いでしたら、それは不見識というものです」

不見識⁉

小娘のくせになんという物言いであろうか。しかし男相手に物怖《ものお》じすることなく思ったことを口にする姿には、どこか見覚えがあった。そうだ、姉貴だ。気が高ぶると片方の眉が吊り上がるところなど、本当にそっくりだった。

「列車長殿」

先任は微笑をたたえた仏の顔に戻っていた。

「列車長殿、召集に応じて満洲に渡ってきた看護婦さんたちは皆、お国のために一身を捧げる覚悟で働いておられるのです。その点においては、われわれとなんら変わるところはないように思います。いかがでしょう。ここはひとつ、自分に免じて雲井看護婦の乗車をご許可いただけないでしょうか」

「わからんな。なぜかばう」

「まあ、ありていに申しますと、追い返したら面倒が起こると思いまして」

先任は書類を手にして近づき、ある箇所を黙って指さした。雲井看護婦の人事資料だった。指は父親の職業欄に置かれている。

すっと血の気が引いた。

天下の帝国陸軍大尉に向かってかくも毅然《きぜん》と言い返す少女の父親は、大本営に籍を置く陸軍大佐様だった。

先任を見ると、明らかにこの状況を楽しんでいる。

「もう知らん。好きにしろ」

ぶっきらぼうに言って自分の装備を身につけると、廊下へ通じる扉を開けた。だがそのまま出て行くことができるほど無責任にはなれず、肩越しにこう尋ねざるを得なかった。

「お嬢さん、これから俺たちが行くのは戦場だ。病棟で患者の相手をするのとはわけが違う。泣いてもわめいても、列車がいったん走り出したら途中下車は許されない。戦争ってやつは、君が女だからといって手加減はしてくれないのだ。本当に、わかっているんだな?」

「はい、覚悟の上です」

よどみのない返事に改めて振り返り、澄み切った黒い瞳に十七歳の少女らしからぬ強さを読み取った。

「いいだろう。ではすぐさま準備に取りかかれ。出発までもう時間がない。一週間は戻れないと想定して必要な物を持参しろ。わからないことがあれば、この先任曹長に訊《き》くように。以上、命令終わり!」

言い終わると、荒っぽく扉を閉めて部屋を出て行った。

お嬢さんはなにもわかっちゃいない。そして、そんななにも知らない少女を平然と戦争に動員した祖国とやらが、我慢できないほど腹立たしかった。

三

「列車長殿、準備が整いました」

井先任が報告した。ちょうど十一時だった。九十九はうなずくと、車内通話装置の相手先が「機関車運転室」と表示されていることをたしかめ、送受話器を握った。

「機関士、列車長だ。出してくれ」

《発車オーライ、了解》

送受話器の向こう側から機関士のくぐもった声が返ってくると、ピーッという汽笛が高らかに吹鳴《すいめい》し、シリンダーから噴き出る蒸気音とともに動輪を動かすロッドの振動が伝わってきた。列車が前進を始めたのである。

九十九は右手に送受話器を握ったまま、左手で通話装置のダイヤルを操作し、次々と表示が変わる操作盤に「一斉放送」が現れるまで回し続けた。

「マルヒト・ソコレの諸君、列車長だ。作業しながら聞いてくれ」

雑音の混じった声が拡声器から列車全体に響いた。

「われわれはこれより、東部国境の虎林駅へ向かう。そこで立ち往生しているというお客さんを乗せ、無事に大連港まで送り届けることがわが隊に与えられた任務である。突然のことに戸惑った者も多いだろうが、本日未明、ソ連軍が国境を越えたのは承知していると思う。そうだ。満洲でも戦争が始まったのだ。従って今後、いつ、どこで敵と遭遇するかわからない。だが恐れるな。俺はこの日に備えてお前たちを鍛えてきた。各自がそれぞれの能力を訓練どおりに発揮すれば、必ずや任務を果たすことができると信じている」

そばで放送を聞いている雲井をちらりと見た。

「それからもうひとつ、出発に先立ってわが隊に心強い増援があったことを知らせておく。日本赤十字の看護婦、雲井ほのかさんだ。怪我をすれば世話になる。よく見知っておけ。以上だ」

放送を終えて送受話器を装置に戻し、さてお嬢さん、と言って振り返った。

「われらが装甲列車の乗り心地はどうだ。鉄道兵は皆、ソコレと略称で呼ぶがな」

「快適です」

「それはけっこう」

いよいよという気負いがあるのか、乗車前に啖呵《たんか》を切ったときより幾分緊張気味である。男だらけのむさ苦しい装甲列車に放り込まれたのだから、無理もないとは言えるが。

「車内は見て回ったか」

「いえ、まだです」

「では俺が案内してやろう」

「列車長殿、案内でしたら自分が」井先任が申し出た。

「いや、ついでに隊の状況を確認しておきたい。出発前に時間がなかったからな」

「そういうことでしたら了解しました。しばらくここを預かります」

「頼む」

九十九は略帽をかぶり、その上から防塵眼鏡《ぼうじんがんきょう》をかけ、雲井にも予備を渡した。列車の外に少しでも顔を出すと、雨やほこりや機関車の吐き出す炭塵《たんじん》をもろに浴びることになるから、乗員はすべからく、自動二輪の運転士のようにこれを頭にかけている。

「では参ろうか、お嬢さん」

「その前に隊長さん」

眼鏡を首にぶら下げた雲井が、にこりともせずに言った。

「そのお嬢さんという呼び方はやめてくれませんか」

「嫌か？　なら、どう呼べばいい」

「ほかの兵隊さんたちを呼ぶように、名字と職名で」

誇り高い、というより鼻につくほど気位が高いと言うべきだろう。だが強情な女がへそを曲げたらどうなるか、九十九は幼少のころより骨身に染みて知っていた。

「なるほど、君は特別扱いが嫌いなんだな。では雲井看護婦、君も俺のことを隊長さんなどと馴れ馴れしく呼ばず、ほかの兵隊たちと同様、列車長、と敬意を払って呼ぶように」

彼女はやぶ蛇になったことを悟ったか、「以後、気をつけます」と悔しそうな顔をして謝った。

「ふむ」

これはお門違《かどちが》いと言ってよいかもしれない。姉に泣かされ続けた恨みを少女相手に晴らすなんて、とは思いつつも、少しいい気分だった。

それからの小《こ》一時間、彼女を連れて先頭車から最後尾車まで歩き回った。

マルヒトの装甲列車は前方から順に、防護車、火砲車（甲《こう》）、歩兵車、指揮車、機関車、炭水車、炊事車、弾薬車、火砲車（乙《おつ》）と、九両で編成されている。車両全体が濃緑の迷彩柄で塗装されている以外に特徴的なことと言えば、やはり隊の虎の子、車両の屋根に回転式砲座を備えた二両の火砲車であろう。

「山でも持ち運びできるように軽量小型化された四一式山砲《よんいちしきさんぽう》は、七五ミリの口径に対して一・三メートルという短砲身砲で、短射程・低初速という欠点があるものの、構造が単純で操作と整備が容易という長所を持っているため、山岳師団に限らず陸軍全体に広く普及している野戦砲であり……」

ところが雲井は、熱く語る砲手の説明を興味なさそうに聞くだけだった。

そんな彼女の目の色が変化した車両がある。焼けた油の臭いが充満する機関車だ。

「この焚《た》き口扉を開けて火室《かしつ》に石炭を投げ入れるわけですが、われわれがカマと呼ぶボイラー内の燃焼効率を上げるには投炭《とうたん》にもコツが必要なんです。簡単そうに見えても、一人前のカマ焚きになるには最低三年を要すると言われています」

年長の機関士――といっても二十四歳だが、機関室のとりまとめ役で名を小池《こいけ》という――がシリンダーへの蒸気量を調節する加減弁《かげんべん》ハンドルに手を置きながら解説するあいだも、中腰の姿勢を取った若手の機関助士が片手持ちのショベルでせっせと石炭をくべている。

半身をひねって後ろの石炭取り出し口からひとすくい、焚き口の扉をパカッと開いて叩き込むように投げ入れる。奥に薄く、手前に厚く、火室の床に順序よく石炭を敷き詰めていく。

扉を開くたびに数百度という熱風が吹き出すが、それでなくとも盛夏である。煤煙《ばいえん》で黒く汚れた助士の顔を滝のように汗が流れていくのを見ていると、若手でなければとても務まらない重労働職だと改めて認識させられた。

「カマの調子はどうだ。質のよい石炭を食わせてもらえなくてすねているんじゃないか」

精密機械のように規則正しく動く助士を見ながら小池機関士に尋ねた。充足率を半分まで減らされるような冷や飯ぐらいの列車隊に、高品質の石炭はなかなか回ってくるものではない。

「列車長、聞き分けの悪いお嬢さんを飼い慣らすのは男の甲斐性《かいしょう》みたいなものですよ」

「馬鹿」

配慮の足りない小池機関士を軽くたしなめて隣をうかがうと、雲井は焚き口から見える炎の海に釘づけで、こちらの会話にまるで注意を払っていなかった。

瞬きもせず、一心不乱に焚き口を見つめる大きな黒い瞳に、ちろちろと揺らめく赤い炎が映り込む。放っておいたらこのままカマのなかに引きずり込まれるのではないか、と一瞬不安に感じるほどの集中ぶりだった。

「さて雲井看護婦、車内を巡ってみて感想は」

最後の巡見場所である後尾の火砲車（乙）の砲塔で、声を大にして尋ねた。

砲塔は天蓋《てんがい》がないので、列車が走っていると駆動する車輪や吹きすさぶ風の音で隣の者とも話がしづらい。しかし高所にあるから――煙突から吐き出された石炭の燃えかすが雨のように降りそそぐ場合は別だが――四周の景色は一望の下である。

「装甲列車って、まるで陸上を走る戦艦みたいですね」

「陸上戦艦とは、ずいぶん大げさだな」

髪を押さえながら答えた雲井に、半年前の誰かさんが重なった。

陸軍に鉄道科という職種は存在しない。列車隊配属の鉄道兵は皆、工兵科に属す。九十九も士官学校を卒業以降、橋を架け、道を作り、地雷原の処理などを指揮する工兵将校として血と汗を流してきた。従って鉄道部隊での勤務は、このマルヒト・ソコレが初めての経験となる。

だからこそ、と言うべきなのかもしれないが、みずからが指揮することとなった装甲列車なる代物を初めて見たとき、いましがた彼女が形容したように「これぞ陸上戦艦」と叫んで子どもっぽく興奮したものだった。回転式の砲座を備えた九両編成のソコレは、たしかに戦艦のように見えなくもない。しかし着任から半年経って目が肥えてくると、嫌でも実態を知ってしまうものだ。

紙のような装甲と蚊を追い払うくらいの貧弱な武装しか持たないマルヒトの装甲列車が、戦艦などというご大層《たいそう》な代物であるわけがない。せいぜい駆逐艦、いやもっと小ぶりの魚雷艇といったところだろう。しかも元の姿を思い出せないほど行き当たりばったりの改修を繰り返してきたため、継ぎはぎだらけの伏魔殿《ふくまでん》となり果てた哀れな魚雷艇である。

もしもこの世に戦艦と呼ぶにふさわしき重厚な列車があるとするなら、あれしかない。

その名称を試製九四式《しせいきゅうよんしき》ソコレという。

満洲北部のハルビンに駐留する鉄道第三聯隊で、九十九は一度だけ現物を目にしたことがある。

全長一二一メートル、全備重量五〇一トン、最高速度八〇キロメートル。

複数の砲塔を階段状に配した戦艦のごとき輪郭を持つこの九四式は、設計段階から装甲列車の頂点を極めるべく造り上げられた重ソコレであり、その持ち前の火力もさることながら、統一された機能美を兼ね備えた一個の工芸品だ。

だが関東軍がソ連に侵攻する日に備えて製作されたこの決戦兵器も、侵攻作戦自体が夢と消えてしまったことで行き場を失った。

製造から二十年が経つ老ソコレを率いる列車長には高嶺の花であった九四式も、今や聯隊の倉庫でほこりをかぶるだけの置物になっているらしい。秘匿性の高さが災いして沿線警備などに流用できず、かといって次々と部隊を引き抜かれる関東軍に人を遊ばせておくほどの余裕はないため、当該列車隊は保守整備要員を残して解散させられたからだった。マルヒトにもそのとき流れてきた転属組が何人かいるが、井先任もそのひとりである。

「ところで雲井看護婦」

ふと思い出して訊いてみた。

「俺の見たところ、君は火砲や銃器のたぐいに関心を示さなかったな。唯一反応したのは機関車の運転室、それもカマの炎に対してだけだった」

「わたし、火が好きです」

彼女は怖いことを平然と言う。

「どうしてかわかりませんけど、ボイラー内で燃えさかる炎には生命の息吹みたいなものを感じました」

「ほう、植物の化石が作る炎に命を感じるか。俺などは大砲の射程がどうのこうのという話のほうに、よほど興味をそそられるがなあ」

「人殺しの道具に興味なんてありません。わたし、看護婦ですから」

「はっきり言ってくれるが、俺たち軍人だって人殺しの道具だぞ」

「ええ、ですからわたしは軍人も嫌いです。国を守るために人を殺す。そんな仕事を理解はできても好きにはなれません」

呆気《あっけ》にとられた。

まるでもうひとりの姉貴を見ているようだった。悪夢だ。

「雲井看護婦、俺は君の率直な物言いが嫌いではない。が、相手は選ぶことだ。こういうご時世だからな。事としだいによっては将来に関わるぞ」

「わたし、相手は選んだつもりです」

はにかんだ、ように見えた。

彼女の父は軍人だ。その軍人を嫌いと明言するあたり、父親とはうまくいっていないのかもしれない。いや、そんなことよりもまず、年長者に対する口の利き方を教えておけ、とそのおやじに言いたい。

「朝倉列車長」不意に呼ばれた。

「線路に自動車が」

目を凝らすと、進路前方約五〇〇メートルの線路上に、たしかになにかある。

「ああ、あれは広軌牽引車《こうきけんいんしゃ》といって、うちの偵察警戒班が使っている装甲車だ」

首にぶら下げていた双眼鏡をのぞきながら教えた。

「車輪を交換すれば線路も道路も走行できる優れ物なんだが、君はずいぶんと目がいいんだな」

近づくにつれ、トラックに装甲板を貼りつけたような六輪車両のそばで手信号を送る人影が見えてきた。本隊の三十分前に出発させた偵察警戒班の班長、川野辺《かわのべ》少尉だろう。どうやら止まれと言っているようだ。

進路前方の安全確認を任務とする偵察警戒班が、止まれと言っている。その理由が好ましいものであろうはずがなかった。

四

牡丹江を発して北東進してきた列車隊は、線路が図佳線と虎林線に分岐する林口という駅近くの大きな鉄橋で停車させられた。停車を求めたのは偵察警戒班の川野辺少尉だが、昇降口から降りてみると、すぐそこで穴を掘っている兵隊たちと、指揮官らしい老大尉がいた。

「あの大尉殿がこの先には行けないと言うのです。事情を話しても引き返せの一点張りで、どうにもなりませんでした」

川野辺少尉がまことに申しわけなさそうに眉尻を下げて報告した。彼は列車長を除くと列車隊唯一の将校であり、装甲車一両、兵四名を率いる偵察警戒班の班長で、中央大学で学んでいたところを召集された、いわゆる学徒出陣の予備将校である。見た目も言動もふんわりした印象のある、まさしくお坊っちゃんといった感じの若者だ。

「貴様がこの列車の指揮官か。名乗れ」

くだんの老大尉が近寄ってきて、極めて尊大な調子で言った。なるほど、この手合いは学生臭さの抜けないお坊っちゃん少尉では相手になるまい。

「自分は、鉄道第四聯隊一〇一装甲列車隊の朝倉です。この先に行ってはいけないと部下から聞きましたが、どういうことかお教え願えませんか」

「虎林線は封鎖されたのだ。いつソ連軍が現れるかわからんからな。貴様たちもさっさと引き返すがよかろう」

「しかし引き返せと言われても、われわれも任務ですから」

「誰の命令だ。何人《なんぴと》たりともここを通すな、というのは師団長命令だぞ」

「軍機に属すことゆえ詳しくは申せませんが、関東軍総司令官からの特命です」

「なに、総司令官の特命だと。本当か」

「本当です」

老大尉は分《ぶ》が悪いと思ったのだろう。ふぅむと息を吐き、急に闘犬のような険しい表情をゆるめて、「知らぬこととはいえ失礼した」と謝罪した。

やはり、こういう手合いには権威を持ち出すに限る。

「老婆心ながら尋ねるが、貴官らの行き先は？」

「虎頭要塞の近く、とだけ申しておきます」

「しかし、あのあたりはもう戦場になっているぞ。要塞とはすでに連絡が取れないらしい。承知の上か」

「最新の戦況は知りませんが、知っていたところで、なすべきことは変わりません。あとは出たとこ勝負というやつです」

「戻りはいつになる」

「順調にいけば、明日の朝には」

「戻ったとき、すでに退路はないかもしれんぞ」

「どういうことです？」

「露助《ろすけ》どもが来たら、われわれは鉄橋を爆破する。今はその準備中なのだ」

老大尉の背後にある長さ二〇〇メートルほどの鉄橋を眺めると、数人の兵隊が橋脚になにかを取りつけていた。対岸にあるのが林口駅の乗降場だ。

「そちらの事情は理解できますが、橋がなくなってはわれわれも困ります。せめて明朝まで待ってもらえないでしょうか」

「それは敵の出方しだいだ。小官の一存で決められることではない」

「弱りましたね」

九十九は人さし指で額をトントンと叩きながら考えた。

敵だけでなく味方の動向にも気を遣わなくてはならないとは、まったく難儀なことである。

とはいえ、虎頭要塞とこの陣地は線路沿いの一本道で結ばれているから、要塞が善戦しているあいだに戻ってくることができれば、敵に先回りされる恐れはない。権威に弱い老大尉が臆病風に吹かれて準備できしだい橋を吹き飛ばしたりしなければ、成算は十分ありそうに思えた。

「大尉殿」九十九は声の調子を落として念を押すように言った。

「あなたにもお立場があるでしょうから無理は申しませんが、われわれは総司令官から直々に命令を受けたのです。師団長よりも軍団長よりもさらに上の総司令官閣下からです。爆破の際は、その意味を十分に了解された上でご決心いただきたい」

「……わかった。善処を約束しよう」

「ありがとうございます」

「しかし一戦して止められぬと見たら橋は落とす。貴官らが戻っていようがいまいが関係なくな。そこは譲れぬぞ」

「それで十分です」

このあたりが落とし所だろう。

「よし、川野辺」

振り向くと、やりとりの一部始終を聞いていたはずの川野辺少尉がびくっとして、「あ、ええ、そうですね」と曖昧《あいまい》に返答しながら愛想笑いを浮かべた。塹壕脇に整列している一群の兵士に気を取られていたらしい。

「なにが、そうですね、だ。話はついたぞ。任務に戻れ」

「了解です。偵察警戒班はただちに出発します」

「おう、本隊は二十分後に出る。そろそろ暗くなるから、警戒を厳にして行け」

「はい」

川野辺少尉が車長席に飛び乗り、「出発！」と柄にもなく気合いの入った号令をかけると、広軌牽引車はぶおんッとけたたましい駆動音を響かせて走り去った。残ったのは濃密な排気ガス臭だけである。

偵察警戒班の虎の子は、機関車と違ってガソリンで動く。豊富に採取できる石炭から人造石油を精製していることもあって、満洲は物資不足の内地とは異なり燃料を手に入れやすい。しかし今日からはそうも言っていられないから、節約しながら使わないと便利な装甲車はたちまち鉄のガラクタになってしまうだろう。

「先任、出発は二十分後！」

指揮車上部の観測台から見守っていた井先任に向かって、大きな声で命じた。次いで老大尉に別れを告げようと口を開きかけたとき、あるものに目が行って喉まで出かけた言葉を呑み込んだ。

最前、川野辺少尉が注意を引かれていた二十人ばかりの兵士の一群である。全員が箱のような物を背負って並び立っており、ひとりの士官が「ひもを引いて」とか「戦車の腹に潜って」など、その操作法を説明しているようだった。

「大尉殿、あれは？」

「あれか。あれは肉薄攻撃班だ」

「肉攻班？　ということは、彼らが背負っているのは……」

「急造爆雷だ。一〇キログラムの火薬が入っている。あれ一個で戦車一両を撃破できるらしい」

「爆雷を抱えた兵もろともに、というわけですか」

肉攻と聞き、つい顔をしかめてしまった。「命を惜しむな」というかけ声のもと、小隊の兵士全員に火炎瓶や結束手榴弾を持たせて戦車に突っ込ませた記憶が蘇ったからだ。

「皆、若いですね。志願兵ですか」

居並ぶ兵士たちの硬直した顔つきを眺めながら訊いた。どの兵も二十歳前後の若者ばかりだった。

「いや、最近は性根の据わっていない兵隊が多くてな」老大尉は皮肉っぽく口の端を持ち上げた。

「今年に入って根こそぎ動員されたやつらは妻帯者ばかりなのだ。従って命を惜しんで誰も志願せん」

「ということは、あの者たちはもしや……」

「半島人どもだ。連中の命ひとつにつき戦車一両と勘案すれば、まずもって安い買い物だろう」

半島人、すなわち朝鮮人のことである。

日本軍には朝鮮人の兵士どころか将校さえ存在しているというのに、彼らを劣等民族としてさげすむ風潮は社会全体に根強く、五族協和の理念を掲げる満洲国においても理想と現実は天と地ほども乖離していた。

九十九は略帽のひさしにちょっと手を当てただけでその場を辞すと、列車に乗り込むなり「すぐ出発しろ、すぐだ」と先任に畳みかけた。

「すぐ出発、了解」

こういうとき、先ほどの命令と違う、などと言い返さないのが先任の先任たるゆえんである。

九十九は列車の発進を告げる汽笛を聞きながら、まことに嫌なものを見たと苦々しい気持ちになっていた。そして、十死零生の任務を命じられた兵士たちの出自に気づいたであろう心優しきお坊っちゃん少尉の、穏やかならざる心中に思いをはせた。

「まったく、どいつもこいつも」つい漏れた。

「なにか？」

仕事に没頭していた雲井が怪訝そうに振り向いた。陸軍病院から大箱で持ってきたという医薬品の整理をしていたから、外に出る暇がなかったのだろう。

「なんでもない。続けろ」

ぶっきらぼうに言い放ち、略帽を深くかぶった。

命を惜しむな、と口にするやつは大抵おのれの命を惜しむ卑怯者《ひきょうもの》だ。あの老大尉にしても、小隊で唯一の生き残りとなった、かつての自分も。

五

午後八時過ぎ、列車隊は目的地である虎林駅の停車場にそろりそろりと速度を落として入った。すでにあたりは闇に包まれており、列車の前照灯が照らすわずかな範囲の外《ほか》はなにも見えない。駅構内が完全に消灯していたからだ。

灯火管制中なのか、駅員が退去して無人になったからなのか、それともすでに……。

「鬼が出るか蛇《じゃ》が出るか」

九十九は指揮車上部の観測台に上り、見張りの兵とともに半身を外に出して列車前方を凝視していた。

老大尉が守備する林口の陣地を離れたあと、貨車にまで人を乗せた避難列車と二度すれ違い、赤い星をつけた戦闘機の編隊を山陰でやり過ごしたことはあったものの、懸念していた敵地上軍にはついぞ遭遇しなかった。虎林線の終着地である虎頭要塞がいまだ踏ん張っているからだろうと思われたが、先に到着しているはずの川野辺少尉がどこにも見当たらず、無線連絡もないとなれば油断は禁物だった。

といっても、広軌牽引車の車載無線機は電波状況のよいときですら一キロメートル程度の距離しか通じない。駅舎に囲まれたこういう環境ではまず当てにならないから、あまり心配することはないかもしれないが。

視界の端でなにかがチカッと輝いた。

「十二時方向に発光！」

ほとんど同時に隣の見張り兵が鋭く警報を発した。撃たれたと思ってとっさに頭を下げたが、いつまで経っても銃声はしなかった。

ふたたび頭を上げると、先ほど見た光が闇のなかで大きく円を描いていた。進路異状なしを示す発光信号だった。

乗降場に列車を停めて降りてみると、偵察警戒班の一等兵が手提げ式電灯片手に敬礼した。

「ご苦労、異状なしか」

「はッ、異状ありません」

「手提げの電灯か。しゃれた物を持っているな」

「少尉殿の私物であります」

「たしかに便利だが、電池が切れたらそれまでだぞ」

戦場暮らしが少しでも楽になるなら、という気持ちから、兵士たちは自弁で様々な物を調達する。だが正規の官給品ではないから、修理補給も含めて自己責任である。平時ならいざ知らず、乾電池を求めて町に出ることもままならない戦時下にあっては、手提げ電灯のような私物品の寿命は短い。

「それで、川野辺のやつはどうした」

「引き込み線におられます」

「列車砲は見つけたか」

「そちらも引き込み線に」

「案内せよ」

「はッ」

本線から操車場に延びる引き込み線を徒歩でたどっていくと、行く手から誰かが駆け足で近づいてきた。双方明かりを消しているから、誰何《すいか》せざるを得ない。

「誰かッ」

腰に手を当てながら鋭く尋ねると、「川野辺です」とすぐ返ってきた。背後にもうひとりの影が見える。

「おう、ご苦労。そちらは？」

「こちらは列車砲輸送班の……」

「金子《かねこ》少尉でぇあります！」

列車砲をここまで運んできた金子少尉なる人物は、不必要に声の大きな男であった。暗いからはっきりとは見えないが、川野辺少尉より背が低いのに横幅は一・五倍ほどである。

「マルヒト・ソコレ列車長の朝倉だ。君が輸送責任者か。それで、列車砲とやらは無事なのか」

「はッ、傷ひとつありません。奥の機関庫に入れております。しかし機関車のほうはもうダメです。要塞出発直後に敵機の機銃掃射を浴びてしまい、ここまでだましだましやって来ましたが、かなり手ひどくやられておりまして」

「まあ、いい。まずは見せてくれ」

全員で引き込み線の奥にある機関庫へ向かった。無人駅と化していたので勝手に使っているという。機関庫とは機関車を格納・整備するための大きな倉庫といったところだが、目的の機関庫に近づくと、施設に収まりきらないほど巨大な物体が、正面入口からぬっと突き出ているではないか。

「おい、さっきの電灯を寄こせ」

警戒班の一等兵から手提げ電灯を受け取ると、その物体に向かって光を投げかけた。

闇夜に浮かび上がる鉄の塊の迫力に、しばし言葉を忘れた。

長さは貨車二両分に匹敵するだろうか。人の背丈の二倍はありそうながっしりとした車体の上に、人間ひとりが潜り込めてしまいそうなず太い砲身が、機関庫の端から端まで重々しく横たわっていたのだ。

「これが日本軍唯一の列車砲か。初めてお目にかかるが、なるほど射程五〇キロメートルというのもうなずける。砲弾一発で山が吹き飛びそうだな」

「美しいでしょう？　大尉殿」

金子少尉だ。

「自分はフランスからの輸入、千葉での試験、要塞への移転と、すべてに携わってきましたが、この舶来の姫君が一二・八三メートルの砲身を天に向かって堂々と掲げたときなど、まっこと、いつ見ても惚れ惚れしてしまうのであります」

姫？

電灯を金子少尉に向けると、短足小太りの中年男がまぶしそうに目を細めていた。四十過ぎのようにも見えるし、ただ老けて見えるだけかもしれないが、兵卒からの叩き上げなのだろう。つまり見た目に反して勉強家であり、唯一無二の列車砲を任されるぐらいは優秀ということだ。大砲を「姫」と呼ぶ感性は共有しがたいが。

「なるほど、君は列車砲の生き字引というわけか。で、俺たちが運ぶのはこれだけか？」

「いえ、ほかにも弾薬車、動力車、観測車などがあり、列車砲本体を含めて計七両となります。外にありますが、ご覧になりますか？」

「いや、時間がないからそいつはあとにしよう。しかし七両とは大荷物だな。戦歴二十年の老ソコレにはちと荷が重い。君らの機関車をつなげて重連運転ができれば牽引力を増すこともできるんだが」

「列車長殿、そちらは自分が確認しましたが、どうも無理そうです」

川野辺少尉が言った。

「おそらく三〇ミリ級の機銃弾が貫通した痕でしょうが、ボイラーにこぶしほどの穴が三つも四つも開いておりました。適切な修理を施さぬ限り、自走は困難と思われます」

ボイラーに穴が開けば、そこから機関車の動力源たる蒸気が逃げる。こぶし大の穴がいくつも開いているなら、まず走行は不可能だろう。応急修理ができるような熟練整備士でもいれば話は別だが、古参を抜かれた列車隊には二十歳にさえ満たない技量未熟の年少兵が多い。

「しかたがない。壊れた機関車はここに置いていこう。ところで金子少尉、虎頭要塞の状況はどうなんだ。俺たちには全体の戦況がまったくわからんのだが、まだ持ちこたえているのか？」

「無論であります！」

一瞬のけ反《ぞ》るくらいの大声だった。

「最前まで砲声が殷々《いんいん》と轟いておりましたし、もしも要塞が落ちていたら、この界隈もすでにソ連軍に蹂躙《じゅうりん》されていたはずです。違うでしょうか！」

「ま、まあ、そうかもな」

「あと一日出発が遅れていたらと思うと、自分も悔しいのであります。叶うものなら、今からでも要塞にとって返して……」

そう言って金子少尉は肩を震わせた。この太っちょの大砲屋は、きっと仲間思いのいいやつなのだ。今日という日に備えて腕を磨いてきたというのに、その技量を発揮する機会を逸したばかりか、任務とはいえ労苦をともにした戦友を死地に置き去りにしてきたのだから。

「少尉、君の気持ちはよくわかるが……」

「本当に、本当におわかりですか？　わが命に代えてでも運ばねばならないこの砲の重要性を！」

「わかっているよ。よーくわかっているから、少し声を落とせ。叫ばなくても聞こえてる」

「大尉殿は、やはりおわかりでない！」

軽く見られたと思ったのか、大砲屋はかえって激高した。

「よろしいですか。本砲の火力は一門で優に三個艦隊、師団換算なら十個師団にも匹敵すると言われているのです。そんな究極の超重火砲を本土に持ち帰ることができれば、たとえハルゼーが九十九里《くじゅうくり》の沖に戦艦を百隻《せき》浮かべようと、マッカーサーが百万の兵隊とともに湘南海岸に上陸しようと、わが国は今後十年不沈なのであります！　神国日本が十年戦えば、必ず神風が吹きます。いいえ、吹かせてみせます。天を切り裂き大地を穿《うが》つ、わが九〇式二四センチ列車カノンの雷《いかづち》によってッ！」

「わかった、今度こそよくわかった。必ず持ち帰ろう。戦争の帰趨《きすう》を左右しかねない君の姫様を必ずや日本に持ち帰ろう。俺たちも微力ながら協力させてもらう。だから、少し落ち着け」

「はッ、失礼しました！」

金子少尉の理屈を超えた理屈は、なにやら神がかった迫力を秘めていた。断じて行えば鬼神もなんとやらで、この列車砲は本当に日本の運命を握っているのかもしれない。

「それで、肝心かなめの輸送計画だが、いつまでに大連港へ到着しなければならないのか教えてくれ。俺たちは列車砲を大連港に運べという口頭命令を受けただけで、詳しいことはなにも知らないんだ」

「予定ということでしたら、大連港到着は四日後の十三日を予定しておりました。そこから列車砲を完全分解するのに二日、運搬船に積み込むのにさらに一日、出航は十六日正午という計画で、ええ、神戸港への到着は……」

「もういい。そこまで聞けば十分だ。十三日までに到着できるかどうかは微妙なところだが、少なくとも、運搬船は七日後の十六日正午までは大連港に係留《けいりゅう》されていると見なしていいわけだな。しかし、もしもそれ以上の遅延が発生した場合はどうなるんだ。着いたときに運搬船がいなかったでは話にならないぞ」

「明日にも敵の上陸侵攻が開始されようというのに、到着が遅れて大丈夫なわけがありません。しかし、詳細は港に着いてみなければわかりません」

「おいおい」

「本当にわからぬのです。電話がつながらないので、運搬船の状況を知ることも、われわれの状況を伝えることもできず、現状いかんともしがたく」

「電話がつながらない？　君らは電話で総司令部に救援を求めたのだと思っていたが」

「そのとおりでありますが、昼以降、ウンともスンとも言わなくなりました。電話線が切れたのか、それとも交換手が逃げ出したのかはわかりませんが」

「では君らと合流したことも総司令部に報告できないのか。まあしかし、そういうことなら俺たちは、どんなに遅くとも七日以内に列車砲を港に送り届けるよう努力しよう。あとは出たとこ勝負というやつだ」

「はッ、よろしく頼みます」

話が終わると、九十九はマルヒトの装甲列車を機関庫に呼び寄せ、列車砲を含む七両を八両目の弾薬車と最後尾の火砲車（乙）のあいだに挟み込むように連結した。列車砲輸送班は金子少尉と十五名の下士官・兵ということだったが、同乗のお客さんがいた。

矢野《やの》と名乗った軍医少佐は、見た目は三十前後で、髪を七三に分け、度の強い眼鏡をかけた学者風のひょろっとした男だった。彼はハルビンから虎頭要塞に出張で来ていたらしく、途中の駅で降ろしてもらうつもりで輸送列車に相乗りしたところ、とんだ災難に遭ったのだという。

「ハルビンでしたら元々通過する予定の駅です。うまくいけば明後日には到着できると思います」

「無駄にした時間を取り返したいんだ。できるだけ急いでほしい」

矢野軍医は銀色に輝く金属製カバンを大事そうに両手で抱え、そわそわと落ち着かない様子で言った。

「可及的速やかにお連れするのはもちろんのことですが、道中、われわれのほうが軍医殿のお世話になるかもしれません。今後どんなことが起きるかわからない状況ですから」

「兵隊が怪我したら面倒を見てほしいということだろうか」

「ええ、できれば」

「わたしは東京帝国大学の研究医なんだ。専門は伝染病で、外科と内科は専門外だから、あまり血を見るのは得意じゃないのだが……」

「列車隊には日赤の看護婦もおりますから、彼女の手に余るような事態のときだけご助力いただければ助かります」

「そういうことなら、まあ、わかったよ」

虫も殺せないような青っちろい先生は、ヤクザな稼業の者どもとは住んでいる世界が違うようだ。とはいえ三十そこそこで少佐なら、エリート医師には違いあるまい。すなわち丁重に扱うべき一等客ということになるだろう。

作業を終えたマルヒト・ソコレが虎林駅をふたたび出発したのは、日付が変わった八月十日午前零時のことであった。

六

「カンラク、と言ったのか？　よく聞こえないぞ。再送せよ」

まもなくあの老大尉が守備する林口駅に差しかかるというとき、先行した川野辺少尉から一本の無線連絡が入った。ぷつぷつと途切れ、ザッザッと雑音が多い送受話器を耳に押し当てた九十九は、報告のなかから「カンラク」という聞き捨てならない言葉を聞き取ったのである。

三十分後、偵察警戒班と合流した九十九は、列車を飛び降りるなり川野辺少尉につかみかからんばかりの勢いで駆け寄った。すっかり夜が明け切った午前七時のことだった。

「川野辺、カンラクとはいったいなんのことだ！」

「は、カンラクとは陥落のことです。林口はすでにソ連軍の手に落ちており、これ以上の前進は不可と判断いたします」

「林口が陥落だとッ、あり得ん！」

よい報告も悪い報告も、異状なしという報告さえ指揮官の判断には必要なものである。任務の性質上、偵察警戒班の報告は、あまり耳にしたくない凶報になりがちなのはわかっているつもりなのに、ついつい報告者を難詰するがごとき口調になってしまうのは人間ができていない証拠である。

「お前が勝手に判断するなッ、この目でたしかめる！」

そうとわかっていて、九十九は落ち着きを取り戻すことができなかった。

列車隊は昨日通った道をまっすぐ戻ってきただけなのである。従って、虎頭要塞あたりをうろうろしていたはずのソ連軍が、一本道を進む自分たちを後ろから追い越して林口を攻め落とせるわけがないのである。

そんなことを自分に言い聞かせながら駅に近づき、草地に伏せて双眼鏡をのぞくと、あの鉄橋が、老大尉が爆薬を仕掛けていたあの鉄橋が、真っ二つに裂けていた。

橋のたもとには日本の九七式中戦車が豆粒に見えるような大柄な図体をした戦車があり、図抜けて長い砲身はまるで物干し竿である。

双眼鏡のまるい視界を横に動かしていくと、砂色の軍服に身を固めた数十人の兵士たちがふたりひと組でなにかを運んでいた。死体だ。彼らはひと所に死体を集めているようだった。

九十九はうなり声を上げげつつ、引き剝がすようにして双眼鏡から目を離した。

「川野辺、すまん。お前の報告は文句なしに正確だった。あれはたしかにソ連軍だ。長っ鼻の戦車はドイツを屈服させたと聞くT－34だろう。資料で見ただけだが、まず間違いあるまい」

「はい、どうも先回りされたようです」

「いや、道は一本しかないのだから、虎頭要塞を攻撃していた連中が俺たちを追い抜いたはずがない。つまりは別部隊だ。どうやら、敵は俺たちが思っている以上に四方八方から満洲へ侵攻中ということらしい」

林口駅を占拠した敵は、おそらく虎頭よりさらに南のウラジオストクあたりから攻め進んだ部隊。一見する限り、規模は一個中隊といったところだから、主力はすでに牡丹江方面へ進軍中と思われた。いずれにせよ、鉄橋は落ちてしまったのだ。往路をたどる当初案は放棄せざるを得ない。

林縁《りんえん》に停車した列車まで戻ると、すぐに井先任以下の各班長を指揮車に呼び集めた。九十九を囲む輪の外で耳を傾けているのは、矢野軍医と列車砲輸送責任者の金子少尉、そして雲井だった。

「悪い知らせだ」全員がそろったのを見計らって、九十九はおもむろに口を開いた。

「林口駅が落ちた。往路に出会った友軍部隊は橋を爆破して撤退したようだ。つまり、俺たちは帰り道を失ってしまったらしい」

集まった者たちは無言で目と目を見交わし、「ど、どうするんだ」と矢野軍医がおたおたする。

「軍医殿、大丈夫です。道はまだあります」

井先任が勇気づけるように言ったので、九十九は得たりとうなずいた。

「そのとおりだ。道はまだある。ただし、恐ろしく険しい道のりになるだろうがな」

林口駅は、虎頭要塞まで続く虎林線と、牡丹江に至る図佳線の分岐駅である。従って図佳線を南下して牡丹江に帰る道が閉ざされたのなら、逆方向の北を目指す手が残っていた。

「われわれはまず、図佳線を北上して北部国境のジャムス（佳木斯）に向かう」九十九は全員に言い含めるように腹案を述べ始めた。

「そこから国境沿いに西進しつつ綏化《すいか》に至り、次いで満洲中央を貫く動脈路線たる京浜《けいひん》線と連《れん》京《きょう》線を南に下って、ハルビン、新京、奉天を通過、最終目的地たる大連港を目指す。総距離二〇〇〇キロメートルというとんでもない大迂回になるだろう。しかも残り時間は七日を切っている。かなりの強行軍を覚悟せねばならないが、ほかに道はない」

「列車長殿、行程が長くなるのは致し方ありませんが、問題はほかにもあります」先任が言った。

「そうだな。問題は大きくふたつあると思う。おい、川野辺」

「はい」

「そのふたつがなにかわかるか」

「えー、虎林線から図佳線への乗り入れでしょうか」

「いかにも、そいつが第一に解決すべき当面の問題だ」

路線を乗り換えるためには、現在走っている線と、これから乗り入れたい線のレールを一本につながる必要がある。従って、どこの線路の分岐点にも転轍機《てんてつき》によって操作する可動式のレール、いわゆる分岐器が設けられていた。問題は、林口駅構内にある転轍機の操作を南満洲鉄道の職員抜きで、しかも敵前で行わねばならないという点にある。

「で、川野辺、もうひとつは？」

「えー、わかりません」

「ったく、俺たちはこれから国境沿いを走り続けねばならんのだ。敵は国境から攻め寄せているというのにな」

「あぁ、なるほど」

「あぁなるほど、ではないッ！　国境地帯はすでに戦場になっているはずだ。その危険な地域を敵に横っ腹をさらしながら長途横断するんだぞ。しかもお前は、列車隊の先駆けたる偵察警戒班長である。マルヒト・ソコレで最初の戦死者になりたくなかったら、これまで以上に気を引きしめてかかれ！」

「はッ！」

「列車長殿、そろそろ……」

先任が笑いをこらえながら、いつまでも敵前で漫才をやっているわけにはいかないことを思い出させた。九十九は周りで聞いていた者たちがくすくす忍び笑いを漏らしているのを目にすると、すっと真顔に戻る。

「さて諸君、それでは当面の課題を片づけるとしよう。作戦はこうだ」

駅から離れたところで陽動攻撃を行い、駅構内の敵を誘い出す。しかるのちに列車を分岐点まで進め、転轍機を操作して図佳線に接続、素早く離脱する。

九十九が全員に説明したのは、戦国期に薩摩の島津をして九州の覇者たらしめた必勝戦法、すなわち海老《えび》で鯛《たい》を釣る「釣り野伏《つりのぶ》せ」だった。

「列車長は長崎のお生まれと聞きましたが」

説明が終わっていの一番に口を開いたのは、囲みの外側にいた雲井だった。

「いかにも、俺は長崎生まれの長崎育ちだが」

「長崎と言えば、島津に滅ぼされた肥前《ひぜん》の龍造寺《りゅうぞうじ》が治めた土地のはず。それなのに列車長は、故郷の敵の戦法を真似ようとおっしゃるのですか」

「なにを言い出すかと思えば、それのどこが問題なんだ」

「別に問題と言うほどのことではありませんが、この作戦は、長崎に対する愛を欠いているな、と感じただけです」

「愛？」

「ええ、愛です」

彼女がにこりともせずに言ったので、先任がぶっと吹き出した。男たちも釣られてどっと沸いた。

指揮官というやつは、腹芸のひとつやふたつはできねばならないのである。負傷者が、いやきっと戦死者が出るという作戦を前にして、部下将兵の緊張を解きほぐしてやるだけの腹芸が、である。

もしも雲井がすべてを察した上でかくのごとき発言をしたのなら、彼女は存外よい指揮官になるかもしれないと、九十九は苦笑しながら思っていた。

七

伝令を連れた九十九が線路沿いの草藪《くさやぶ》に潜んで、しばらく経った。

距離にして二〇〇メートル。視線の先にある林口駅は不気味なほど静まりかえっている。

いつもなら材木や大豆を満載した貨車が何両も引き込み線に停まっていて、北のジャムスや南の牡丹江へ向かう労働者を乗せた列車が入れ替わり立ち替わり行き交っているはずなのに、客車十両分はありそうな乗降場やその並びに続く駅舎群の周辺で目に入るのは、わが物顔で構内を闊歩《かつぽ》するソ連兵だけだった。

林口は鉄道の町だ。

林は密林を、口はふたつの山脈が交わるところを意味するらしいが、名前の由来のとおり、六年前に図佳線と虎林線の乗換駅が置かれたことで発展を遂げ、今では人家数百軒、日本人だけでも千人以上が入植しているという。

その町に住む人々がうまく逃げ切ったかどうかはわからない。列車が一両も見当たらないということは住人の退避がすでに完了している証左なのかもしれないが、もしも戦闘に巻き込まれていたら大変なことになっているだろう。

愛用の双眼鏡片手に駅の偵察を続けていると、遠くから機関銃のタタタッという乾いた連射音が聞こえてきた。

頭をそっと持ち上げて藪から顔を出し、商店や民家が立ち並ぶ駅前通りのほうで黒煙が上がっているのを認める。精工舎製の腕時計は八時十五分を指していた。

時間どおりだな、と九十九はつぶやいた。

陽動攻撃の開始である。

線路の敷設された駅裏とは反対方向に獲物を釣り出す餌《えさ》役は、足がある偵察警戒班の役目だった。ぴちぴちと飛び跳ねて活《い》きのいい海老を演じろ、と命じられた川野辺少尉は口を尖らせていたから、鬱憤《うっぷん》晴らしとばかりに派手に撃ちまくっているに違いない。

双眼鏡でのぞいていると、構内にいたソ連軍兵士たちがあわてた様子でトラックに乗り込み、長っ鼻の戦車は土ぼこりを立てて表通りの方向へ進んでいく。駅の東端にある分岐点はここからでは見えないので、腹を決めて敵地となった構内を突っ切るしかなかった。

九十九は視界から敵影が消えてもそのまま五分ほど待ち、動きの完全になくなったことを念入りに確認してから後ろの伝令に目配せした。

伝令が鉄道防風林であろう雑木林《ぞうきばやし》のなかに消えると、まもなく列車が姿を現した。煙突からの排煙を抑えるために、運行速度は人の歩みに近い。

潜んでいた茂みの横を列車が通るとき、九十九は先頭防護車の手すりに飛びついた。

列車の前方警戒に任じる防護車は、枕木と土嚢《どのう》で防護壁を作っただけの屋根のない無蓋《むがい》貨車である。雨風をもろに受けるばかりか、線路上に爆発物があれば真っ先に犠牲になるから、この車両のことを「犠牲車」などと呼ぶ皮肉屋もいるが、そんな防護車では現在、車両中央の重機関銃を囲むように六人の兵士が前方警戒に当たっている。

すぐ後ろの火砲車（甲）の砲塔にも砲員が配され、三両目の歩兵車では銃眼という銃眼から槍衾《やりぶすま》のごとく銃口がのぞき、人手不足の列車隊としては最高度の警戒態勢を取りつつ、されどおっかなびっくりといった体《てい》で列車を進めていた。

進行方向左手の軌道沿いに見通しの悪い雑木林が、右手には古い造りの駅舎と長い長い乗降場が続く。

普段は乗客や駅員で混雑する乗降場に人の姿はない。

しかし線路脇に、人の姿をかろうじて留《とど》める死体の山があった。まるで砲弾の直撃を受けたかのように胸に大穴が開いているものや、上半身がないものさえある。数は二十体といったところだろうか。血と泥にまみれて判別しがたいが、服は日本軍の軍服だった。

きっと、あの朝鮮人兵士たちだ。

作戦どおり爆雷を背負ってもろともに吹っ飛んだのだろう。だが破壊された戦車の残骸はどこにも見当たらなかったから、彼らの死を賭《と》した攻撃は功を奏しなかったのかもしれない。

一個中隊二百人規模の敵を相手に使い捨てられた二十の命は、蔑視感情の強い老大尉に「一戦した」という言い分を与えたに過ぎないのだろうか。

乗降場を抜けると分岐点が現れた。

「列車を止めろ。そこのふたり、ついてこい」

九十九はふたたび線路に飛び降り、上等兵と年少の二等兵とともに分岐点の脇にあるはずの「転轍てこ」を探した。

この、地面から生えたような太い棒状のてこを倒すことで、可動式レールが右や左に動くのである。見たところ、レールは牡丹江方面に接続されたままであり、このまま進めば崩落した鉄橋に突き当たってしまう。だが、いくら探してもそのてこが見つからなかった。

「まさか、こんな田舎の駅で」

口を突いて出たのは焦りだった。

林口駅の転轍機は一般的な手動操作方式ではなく、信号扱《しんごうあつか》い所《じょ》で一括操作する最新の遠隔操作方式を採用していたのである。もちろん、そんなことを承知していた者は列車隊のなかにいるわけもない。

「くそ、手分けして信号扱い所を探すぞ。お前たちは来た道を戻って乗降場周辺を当たれ。俺は北東の機関庫あたりを見てくる」

「発見したら、そのあとどうしたらよろしいでしょうか」

上等兵が訊いた。

「お前は信号扱い所の内部を見たことがあるか」

「ありません」

「俺は見たことがあるが、室内に機械式のてこがずらっと並んでいてな。ひとつひとつがいずれかの分岐器につながっている。どれがどれにつながっているかは、連動図表という電気配線図のような表に示されているはずだ。おそらく壁に貼ってあるから、もし信号扱い所を発見したら、そいつを確認して操作してみろ」

ふたりは不安そうに顔を見合わせた。見たことのない表を見ながら、やったことのない操作をやってみろと言われたのだから無理もない。

「お前たち、こいつはできるできないの問題ではなく、やるしかないことなんだ。それから、無事やり遂げたら列車に戻って汽笛を鳴らせ。操作完了の合図だ。聞こえたら俺は戻ってくる。ただし、汽笛を鳴らして三分以内に俺が戻らなければ構わず出発しろ。ぐずぐずしていたら敵のほうが先にやってくる。逆の場合もしかりだぞ。三分経ったらお前たちが帰還していなくても列車を出す」

「了解！」

ふたりが歩兵銃を胸に抱えて線路を元来たほうへ駆け戻っていくと、入れ違いに井先任がやってきた。異状を察したのだろう。

「待ってください。人を選んできます。列車長殿が探しに行かれる必要はありません」

状況を把握した井先任は言った。

「そんな余裕はない。すぐそこだ。ちょっと行ってくる」

九十九は腰の南部十四年式拳銃を抜いて弾を込めると、井先任が止めるのも構わずに乗降場とは真反対方向、屋根だけ見える北東の機関庫らしき一角を目指して走り出した。すると後ろから、金子少尉が贅肉《ぜいにく》のついた体をゆっさゆっさとゆらしながら追いかけてきた。外見に反して、存外速い。

「お供しますッ」

「気持ちはありがたいが、ここは俺たちに任せて、君は麗《うるわ》しの姫様をしっかり守っておけ」

「いえ、姫はただいま就寝中でありますから、自分にもなにかお手伝いさせてください！」

冗談の掛け合いを楽しんでいる場合ではなかった。

「わかった、じゃあついてこい」

駅舎のあいだを縫《ぬ》いながら走りにくい砂利《じゃり》道を二〇〇メートルほど行くと、すぐに息が切れた。こんなときこそ愛用の自転車「韋駄天二号」があれば、とらちもないことを考えながら金子少尉を一瞥すると、ふっふっふっと短く息をつきつつ平然とついてくる。

金子少尉は走れるデブだった。

機関車が一両も残っていない空っぽの機関庫に達すると、見える範囲にレンガ造りの二階建て駅舎が三棟あった。ひとつひとつあらためていくしかないが、直感のささやきに従ってひとつを選び、窓から内部をうかがうと、人気《ひとけ》のない暗がりに机や書棚が整然と並んでいた。

「入ってみよう」

「了解」

金子少尉が軍刀の鞘《さや》に手をかけた。

「少尉、拳銃にしろ。屋内でそんなものを振り回したら俺が危ない」

「は」

彼も刀を軍人の魂と信じるひとりなのか、幾分不満そうに拳銃を抜いた。

動き回るとき邪魔だから、という理由で、乗車しているときは刀を外しておくことの多い九十九だが、本当は人を斬った手応えから少しでも遠ざかっていたいからだった。

肉を切り裂き骨を断つ。噴出する血潮《ちしお》を浴び、崩れ落ちる肉体を眺め、地に転がる生首と見つめ合う。忘れようと思って、忘れられるものでもないのだが。

「行くぞ」

警戒しながら戸を開けると、内部は仕切りのない大部屋で、駅員たちはあわてて逃げ出したのか、棚や引き出しが開けっぱなしになっていた。

「ここは事務所のようだな。ハズレを引いたようだが、念のため二階を見てみよう」

先に立って階段へ向かった。

「なにか匂いますね」

段をふたつ上ったとき、金子少尉が低い鼻をヒクヒクさせながら言った。

「臭う？」

「酒の香りです」

金子少尉が自信たっぷりに言うので、鼻で大きく息を吸ってみた。

「微《かす》かだが、たしかにするな。二階からか？」

「ええ、これは上物の焼酎《しょうちゅう》ですね」

「犬か、君は」

二階は下と違って、いくつかの部屋に区切られていた。一番奥の部屋には駅長室という表札がある。さすがにここまで近寄ると、普通の嗅覚の持ちぬしでも匂いの出所が駅長室であることがわかった。

無人と化したはずの駅で、酒の匂いがする。それだけで警戒するには十分だった。なかでソ連兵が酒盛りでもしているのかもしれない。

ふたりは無言でうなずき合い、扉を開けるのと同時に拳銃を構えて踏み込んだ。

うわっ、と声を上げて誰かが椅子から落ちた。

「うわ？　日本人か」

尻餅《しりもち》をついた男に近づくと、髪がすっかり白くなった枯《か》れ枝《えだ》のような老人である。服は駅員のものだった。

「なんだ、軍人さんか。ああ、もったいない」

老人は、ひっくり返ったときに床に落とした焼酎瓶を残念そうに拾い上げた。中身が半分ほどこぼれ、部屋中に濃密な酒の匂いが充満した。

「おい、じいさん。これはいったいどういうことだ！」

場合が場合なので、荒々しい語気で問いただす。

「どういうことだって言われてもね、駅長の秘蔵酒を頂戴しているだけなんだが」

顔を赤くした老人は、焦点の合わない酔眼をふたりに向けた。外で戦闘が行われているというのに、避難せずのんきに酒をあおる神経が信じられなかった。だが、信号扱い所を探して右往左往していた九十九たちにとっては、渡りに船と言えた。

「じいさん、いや宮部《みやべ》さん、あんた駅員だろ。だったら、信号扱い所の場所を教えてくれないか。探しているんだ」

老人の胸の名札には、「整備課　宮部鉄三《てつぞう》」とあった。

「信号扱い所？　それなら裏の建物だが」

思わず自分の太ももをぱんっと叩いた。今日は運がいいのか悪いのか、よくわからない日だった。

九十九はよろよろしている宮部を問答無用で背負い、飛ぶような勢いで信号扱い所だという建物に駆け込んだ。

室内はなんの装置かわからない機械で埋め尽くされていて、何十本ものてこが観閲《かんえつ》式典さながらに一列横隊で並んでいた。

「宮部さん、あんた動かし方を知っているか？　俺たちは図佳線を通ってジャムスに行きたいんだが」

「わしは整備屋なのでね、こういうのは門外漢なのだけど、どれ」

宮部は渋々といった様子で、壁に掛かっていた連動図表を眺め始めた。後ろからのぞくと、本当に電気配線図のごとき奇っ怪な図で、素人がどうこうできるようなものではない。乗降場へ向かわせたふたり組が信号扱い所を見つけていたとしても、きっと途方に暮れていただろう。

「よっこらせ」

宮部がてこのひとつを手前に倒した。

「完了か？」

「おそらくな」

「おそらくでは困る」

「だったら、分岐器を見てきたらええ」

そのとおりだが、広軌牽引車一両で一個中隊を相手にしている偵察警戒班のことを考えると、分岐点まで確認に行って、ダメだったら戻ってきて、などと悠長なことをやっている時間はない。

列車とやりとりできるよう無線を持ってくるべきだった、いや、信号弾でも打ち上げるべきか。しかしそんな合図は打ち合わせていないし、信号銃を持ってきてもいない。

そのとき、駅全体に響くような大音量でピーッと汽笛が鳴った。

誰が鳴らした？　なんの合図だ？　一瞬、なにが起きたのか判断できなかったが、長々しい汽笛が三度繰り返されたため、分岐点に残してきた列車からの知らせだと悟った。

長音三回は緊急警報であった。

「金子少尉、列車に戻るぞッ。じいさんを背負え！」

「はッ」

「待て待て、わしは置いていけ。足手まといは御免こうむるわい」

「馬鹿を抜かすなッ、少尉！」

「はッ！」

金子少尉が丸太でも担《かつ》ぐように宮部の痩せた体を肩に乗せたとき、ズンッと腹に響く音がして窓ガラスが震えた。耳慣れた四一式山砲の砲声だった。

信号扱い所を飛び出した九十九は、後ろも見ずに走りに走った。そのあいだも銃声や砲声が連続している。列車が攻撃を受けているのは疑いようがなかった。

「あッ」

駅舎と駅舎のあいだを抜ける小道を走っていたら、曲がり角でソ連兵とばったり出くわした。無精ひげの汚いソ連兵は短機関銃を胸にぶら下げていたため、九十九の拳銃のほうが速かった。

放った拳銃弾は三発。

男は一発も撃つことができずに後ろへ倒れた。

「ご無事でありますかッ」

金子少尉がひと足遅れて追いついた。

「なんともない。急ぐぞ」

男の短機関銃を拾い上げ、予備の弾倉《だんそう》が入っていた雑嚢《ざつのう》も奪い取った。円筒形のドラム型弾倉が特徴的な、マンドリンとかいうソ連の新式短機関銃だ。末端兵士に機関銃を持たせることができるほど、ソ連の工業化は進んでいる。この戦い、日本軍の苦戦は必至であった。

男の青い瞳が徐々に濁っていくのを見届け、九十九はふたたび走り始めた。いつまで経っても逃れられないあの日々が、毎日誰かを殺していたあの日々が、また戻ってきたという不快な手応えだった。

駅舎の並びが切れたところまで行くと、一〇〇メートルほど先に列車の横っ腹が見えた。火砲車が火を噴き、防護車の機関銃がうなりを上げている。駅舎と雑木林に左右を挟まれたひらけた場所で、列車はゆるゆると後進しながら交戦中だった。

分岐点に留まることはできず、さりとて列車長を置いていくこともできず、その迷いが中途半端な運行速度に表れていた。

「敵は線路の向こうにある雑木林から攻撃を仕掛けているようだ。林縁で瞬《また》く発火炎は二十から三十、ざっと一個歩兵小隊といったところだろう。駅舎側から近づけば火線の陰に入る。俺が後ろから掩護《えんご》するから、じいさんを連れて先に行け」

短機関銃の槓桿《こうかん》を引いて弾込めすると、金子少尉は額に汗を浮かべてうなずいた。担がれた宮部は泡を吹きながら白目をむいていた。

金子少尉が建物の陰から出た。

九十九は半呼吸遅れて続いた。

列車までの一〇〇メートルは、白い砂利で覆われた走りづらい大地以外に遮蔽物《しゃへいぶつ》らしき物がなにもない。敵と自分たちのあいだにちょうど列車がくるように近づいているとはいえ、撃たれたら脚力で切り抜けるしかなかった。

あと一息というところで、急に列車が止まった。指揮車の観測台に手を振る者の姿が見えた。井先任だろう。こちらに気づいたのだ。

と、乗降場の方向から線路沿いに走ってくるふたつの人影を認めた。数百メートルも離れているからかろうじて背格好が判別できる程度だが、どうやら信号扱い所の捜索に出したふたりのようだった。彼らは無防備にも、敵弾から身を守る術のない軌道上を走っていた。

ぱぱっと巻き上がった土ぼこりが彼らを包んだ。

ひとり倒れた。

助け起こそうとしたもうひとりも、すぐにのけ反るようにして地に伏した。

撃たれた、と思った。

「少尉、そのまま行け。俺はあいつらを……」

そう言って金子少尉の背を押したとき、列車から誰かが飛び降りて、撃たれたふたりに向かっていった。

「あの、馬鹿！」

雲井だった。救急嚢《きゅうきゅうのう》を横抱きにした雲井が体を低くして走っていくのだ。

九十九は駆けた。息をするのも忘れるほど猛然と疾走して彼女に追いつくと、後ろから飛びついて砂利道に押し倒す。

「馬鹿野郎ッ、なにやってるんだ！」

言っているそばから、至近で銃弾が跳ねた。

「君が撃たれたら誰が君の面倒を見るんだッ。看護婦の代わりはいないんだぞ！」

雲井は頭を押さえつける手を払いのけた。黒い瞳に赤い炎が宿っていた。

「彼らの代わりだっていませんッ。人の命に代《か》えはきかないんです！」

だから君はお嬢さんなんだ、と言いかけた。戦場でそんな人道主義を持ち出すやつは、大抵早死にするものだ。隊長を守ろうとして体をふたつに引き裂かれた、小隊軍曹のように。

腕のなかでもがくお転婆娘《てんばむすめ》をいっそう押さえつけながら背後を見ると、列車が徐々に近づいてくる。敵弾を遮る壁を作ろうとして井先任が動かしているのだろう。薄っぺらな装甲とはいえ、歩兵の携行火器ごときで撃ち抜ける代物ではない。

列車がすぐ横まで来た。

「列車長、ちいっと無茶をし過ぎっちゃ！」

見上げると、井先任が指揮車の観測台から大分弁で怒鳴っていた。君らがこのじゃじゃ馬に手綱《たづな》をつけておかないからだ、と言い返してやりたかった。

列車を盾にしながら倒れたふたりの元にたどり着いてみると、上等兵は肩を、年少の二等兵は腹をそれぞれ撃たれていたが、まだ生きていた。手伝おうと降りてきた四人の兵士がふたりを担ぎ上げたとき、列車の側面装甲に激しい火花が飛び散った。

全員が伏せた。

背後を振り返ると、たった今駆け抜けてきた駅舎と駅舎のあいだにいくつもの閃光《せんこう》がちかちかと輝き、草色の鉄帽がそちこちからのぞいていた。列車は雑木林と駅舎の左右両方から挟み撃ちにされたのである。

「立て、立って運べ！」

言いざま、片膝立ちの姿勢で短機関銃の引き金を引いた。

音は軽《かろ》やかで反動も少ないのに、恐ろしい勢いで弾が出続けた。数連射で尽きてしまった弾倉を交換しながらかたわらを見ると、兵士たちはいまだ頭を抱えて這いつくばったままだった。十七歳の少女が、わが身を盾として怪我人に覆《おお》い被《かぶ》さっているというのに。

「貴様ら、撃ち殺すぞッ。さっさとふたりを運ばんか！」

吠えて、また撃った。

列車側も全力で反撃していた。

銃眼から無数に突き出された歩兵銃がひっきりなしに発砲し、山砲の放った砲弾は駅舎のひとつを吹っ飛ばす。特大の雷を落とされた兵士たちはあわてふためいて負傷者を列車に運び入れ、九十九は最後尾で乗り込むなりこう叫んだ。

「先任、前進しろッ。分岐点へ進め！」

「指揮車より運転室、発車オーライッ。前進全速！」

分岐器は動かしたのか、などと聞き返すことなく、井先任はすぐさま通話装置の送受話器を握って命令を伝えた。

急回転した車輪が、二度、三度と空回りしたのちにレールと噛《か》み合った。

列車が身震いして動き始めると、九十九はハシゴを登って屋根の観測台に出た。分岐器が動いていなければ終わりなのだから、もはや祈るしかない。

外に頭を出すと、機関車の激しい息づかいが耳に入ってきた。列車砲という重荷を牽《ひ》きながらの力走である。噴出する蒸気は敵弾をかいくぐって進む装甲列車のあえぎであり、レールを削るような鋭い金属音は老軀《ろうく》にムチ打たれた老兵の悲鳴であった。

前方から分岐点が近づく。

列車が右に曲がってくれればよし。まっすぐ進めば折れた鉄橋に突き当たる。すなわち地獄行きである。

線路の分かれ道が指呼《しこ》の間《かん》に迫った。

「南無三《なむさん》！」

通過の瞬間、目を閉じた。

体が左に持って行かれる感覚があったので目を開けると、列車は分岐点を右に折れて進んでいた。

分岐器は動いていた。じいさんはやってくれたのだ。

刹那《せつな》、ギュンッという耳をつんざく轟音とともに熱風が頰《ほお》をなぶり、崩落した鉄橋に続く線路が赤黒い爆煙に包まれた。

はっとして背後を見ると、あの長っ鼻のT－34戦車が木々を押し倒しながら林から姿を現すところだった。

だが列車はすぐ地形の陰に入ったため、第二撃を受けることなくやり過ごすことができた。

本当に、薄氷を踏むような作戦だった。

「図佳線への乗り入れは成功だ。皆、無事か」

冷や汗をぬぐいつつ指揮車のなかにいた面々を観測台から見下ろすと、矢野軍医と雲井が手を赤く染めて傷を負ったふたりの治療に当たっていた。

銃弾の嵐のなかに飛び出した雲井の行動は蛮勇《ばんゆう》と称すべきものだった。看護婦としての使命に忠実なのはけっこうなことだが、誰かが監督してやらねばこの先危ういかもしれない。といっても、血が苦手と言っていた軍医殿にその役は務まりそうもない。

黙々と衣服を切り裂き負傷部位を止血していく雲井と違って、矢野軍医はおたおたとするばかりでかえって手当の邪魔になっている。彼の戦場は、どうやら机の上だけらしい。

そんなことを考えながらハシゴを下りていくと、金子少尉が壁にもたれてぐったりしている宮部に水を渡していた。こちらはただの飲み過ぎだ。しかし避難を拒《こば》んだのはなぜだろう。もしや自分たちは、死にたがりのジジイを無理やり救い出してしまったのだろうか。だとしたら、面倒ごとをまたひとつ増やしたのかもしれない。

「ところで偵察警戒班の連中はどうした。連絡を取ってみたか」

井先任に訊くと、それどころではありませんでした、と言う。

まあそのとおりだろうが、列車が攻撃を受けたということは、餌に釣り出された駅構内の敵が戻ってきたということであり、つまり偵察警戒班になにかあったと見るべきである。活きのいい海老を演じて敵を食いつかせたら、本当に食われる前に引き揚げろ、と命じておいたものの、うまく逃げ切っただろうか。

九十九は列車の損傷と人員の状況を確認するよう井先任に指図《さしず》してから、無線機を手に取った。

「あー、マルサン、マルサン、こちらマルヒト。状況送れ」

偵察警戒班の無線呼び出し「マルサン」を数回呼んだが、返事がなかった。少し不安になってもう一度呼び出そうとしたとき、無線機が電波を受信した際に発するザッザッという雑音が入った。

《マルヒト、マルヒト、こちらマルサン》

川野辺少尉の声だ。

《マルサンは目下、ぴちぴち飛び跳ねながら図佳線を北上中。本日の夕飯は海老天を所望する》

彼らもまた、無事のようであった。

第二章 北へ

一

林口駅を突破して辛《から》くも虎口《ここう》を脱した装甲列車隊は、山間部の路線をジャムスに向けてひた走っていた。

小一時間ほどで到着する次の駅において、石炭と水の補給、そして銃弾を浴びて損傷した箇所の修理を計画していたところ、負傷兵の治療に当たっていた矢野軍医が暗い面持《おもも》ちで指揮車に入ってきた。

林口駅で撃たれた兵隊のうち、年少の二等兵が危ないという。

具体的な状況を教えてくれと九十九が訊き返すと、破れた血管からの出血が止まらないということだった。

「彼は三発食らっていたが、そのうちの一発が体のなかに留まったままになっている。弾丸を取り出して縫合せねばならないのだが、ここではどうすることもできない。一刻も早く大きな病院に連れて行かねば早晩まずいことになるだろう」

そう早口でまくしたて、矢野軍医はそわそわと落ち着かない様子だった。井先任に目を向けると、硬い渋面《しぶづら》が横に振られるだけである。

「軍医殿、病院とおっしゃいましても、この先、ジャムスに着くまでまともな病院はありませんので」

「だったら、ジャムスまではあとどれくらいなんだ」

「順調にいけば、夜には」

矢野軍医はかぶりを振った。

「とても無理だ。わたしの見立てでは、あと二、三時間持ちこたえればよいほうだろう」

「なんとかなりませんか」

「なんとかしてやりたいけど、なんともならないよ」

押し問答をしていたら、「手はあります」と後ろから声がした。雲井が指揮車に入ってくるところだった。

「雲井看護婦、今、手があると言ったのか」

「はい。矢野軍医に弾丸を摘出していただければ、佐竹《さたけ》さんはきっと助かります」

年少の二等兵は名を佐竹といった。

「雲井君、無茶を言うな」矢野軍医は目をむいた。

「わたしの専門は防疫で、外科は専門外だと言ったはずじゃないか」

「ええ、たしかに伺いましたが、生きるか死ぬかの瀬戸際にある患者にとって、医者の専門分野なんて関係ないことだと思います。このなかで佐竹さんの命を救える可能性があるのは矢野軍医ただおひとりなのですから、やっていただくほかありません」

「しかし、生きた人間の開腹手術なんてしばらくやっていないことでもあるし……」

「でも、なにもしなければ佐竹さんはあと数時間しか生きられません。そうおっしゃったのは矢野軍医ご自身です」

「それはそうかもしれないが……」

「もし軍医がおやりにならないのでしたら、わたしがやります」

「君が？　執刀の経験があるのか？」

「執刀したことはありませんが、二回立ち会ったことがあります」

「馬鹿を言うな。その程度の経験で腹部盲管銃創《もうかんじゅうそう》の処置などやれるものか」

「でも、佐竹さんが死んでいくのをただ眺めているなんて、それこそできない相談です」

「だからといって、気合いでなんとかなるというものではない。いいか、銃弾というやつはな、人体に当たった衝撃で変形しながら筋肉や骨や内臓を破壊しつつ肉体に食い込んでいくんだ。腹を開けたら、内部はまず間違いなく血の海だろう。弾丸の破片が散っているかもしれないし、臓器の内容物や飛散物だってある。そういう傷の状況を見ながら止血したり切除したり縫合したりするんだぞ。しかも全部目視と手探りでだ。術後の敗血症にだって気を配らねばならないし、一年やそこらの速成教育しか受けていない救護看護婦が、こんな複雑なことを――」

「ええ、わたしには無理です」

雲井はあっさりと手のひらを返した。

「執刀はやはり、知識と経験をお持ちの矢野軍医にしかできないことだと思います」

「いや、だからわたしには……」

「道具と薬品はそろえました。助手はわたしが務めさせていただきます。一緒に佐竹さんを助けてください。お願いです」

雲井が深々と頭を下げ、逃げ場を求めるように目を向けた矢野軍医に、九十九は言った。

「軍医殿、無茶なお願いなのかもしれませんが、自分からもよろしく頼みます」

九十九も頭を下げ、井先任が続くと、やがて観念したかのような深いため息が指揮車のなかをたゆたった。

揺れを抑えるために列車の速度を落として走ること一時間あまり、執刀を終えた矢野軍医が臨時手術室となった歩兵車から手をぬぐいながら歩み出た。

「軍医殿、お疲れ様でした」

「朝倉大尉、ずっとそこで待っていたのか？」

「ええ、とりたててすることもないものですから。それで、手術のほうはいかがでしたか」

「まあ、成功と言っていいだろう」

「おお」

「安心しないでくれ。容態はまだまだ予断を許さない。弾は摘出できたが、わたしがやったのはとりあえずの処置に過ぎないからね。ジャムスに着いたらすぐに陸軍病院へ入院させてほしい」

「了解です。お礼の言葉もありません」

「礼なら雲井君に言ってくれ。わたしは彼女の気迫に負けただけだから」

「それで、雲井看護婦は？」

「彼女なら、なかで輸血中だ」

「輸血？」

「佐竹二等兵の血が足りなくてね。偶然血液型が一致した雲井君が血を分けている。わたしは、そこまでしなくていいと言ったんだが……」

呆れているような、感嘆しているような、どちらともつかない口ぶりだった。

「正直、雲井君には驚かされるよ。これまでいろいろな看護婦を見てきたが、彼女ほど一途に患者のことを想う看護婦には会ったことがない」

「ええ、銃弾のなかに飛び出すようなことは勘弁してほしいですが」

「まったくそのとおりだけど、人を助けたいという彼女の志は本物だよ。赤十字が掲げる博愛主義なんて、ただのお題目だと思っていたんだけどね」

「敵も味方も宗教も人種も関係なく、傷ついている者にあまねく手を差し伸べる。博愛主義とはそういう精神だったと思いますが、見ず知らずの、ましてや敵を救うなんて考え方を自分はまったく理解できません。軍人には戦友愛があれば十分だと思っています」

「僕ら凡人にはそれが普通だろうな。だからこそ彼女らの行いが尊く映るんだ。でもね、彼女を見ていてひとつ思い出したことがある。すっかり忘れていたけど、昔、口うるさい恩師に同じようなことを教わったんだ」

「その恩師は、なんと」

矢野軍医は曇った眼鏡を外して静かにふき、ふたたびかけ直した。

「医は仁術《じんじゅつ》なり。人を救うをもって志とすべし。恩師はそう言っていた。わたしには、けっして到達できない悟りの境地さ」

どこか投げやりで、それでいて諦めきれないといった口ぶりだった。彼にも人並みの苦労があるということなのだろう。

列車が制動をかけた。

ブレーキの金切り声とともに体が傾く。補給予定駅に着いたようだった。

二

列車が山あいの小さな駅に足を止めると、すぐに兵士たちが四方に散っていった。

老ソコレの胃袋に石炭と水を詰め込むための一時停車だが、激しく銃撃された機関車の調子がどうもよろしくない。

九十九が作業の様子を監督しながら回っていると、レンチを手にカーンカーンと車輪を叩いて異常の有無を点検している機関士たちとは別に、ひとりで車体の下に潜り込んでいる者がいた。弱冠二十四歳で機関車のすべてに責任を負う小池機関士だった。

腰をかがめて「調子はどうだ」と声をかけると、油で汚れた顔をぬぐいながら小池機関士が這い出てきた。列車隊に整備専門職の配置はないので、現場で起きたことは機関車を動かす機関士たちがなんとかするしかないのである。

「火室から水漏れが起きています。今は損傷部位を探していますが、穴が開いているのは一箇所だけではなさそうです。とりあえず走行はできますが、このままだと普段の馬力は出ないと思います」

「わかった。まあ、やれるだけのことはやってくれ」

「はい」

小池機関士は水を飲むと、工具を手にふたたび車体の下に入っていった。しばらくすると、くそ、とか、このぼろソコレめ、とか、くぐもった悪態《あくたい》が聞こえてきた。

運の悪いことに、敵弾の何発かが列車の心臓部とも言うべき機関車のボイラーを傷つけたのだった。それだけで済んだことをむしろ感謝すべきなのかもしれないが、こういうときは古参機関士の抜けた穴の大きさを思い知る。

整備が行われているかたわらでは、石炭と水の補給作業が進んでいた。無人と化していたので勝手に設備を使っているわけだが、駅員が不在であるため施設の備蓄は残りわずかである。大連までの経路駅が同じような状態だったら、と思うと、今後の補給に不安を感じざるを得なかった。

それにしても、手際が悪い。

列車隊に配属されて日が浅い九十九でさえそれとわかるほど、兵士たちの動きが鈍いのである。鍛えても鍛えても、練度の上がった者から順に南方戦線に引き抜かれてしまうため、人がいっこうに育たないことが原因だった。その南方戦線にしても、送られた者はひとりとして戻らず、聞こえてくるのは玉砕《ぎょくさい》、玉砕の報のみであった。輸送船団が全滅して戦場に到着することなく海中に消えていく部隊も多いとか。

「列車長殿、よろしいですか」

うろうろしながら作業を指揮していると、井先任に呼び止められた。

「宮部整備士のことですが、ちょっと」

井先任はあたりをはばかるように声を潜めて言う。話題の宮部は二日酔いなのか、どこを見るともなくぼんやりとした目つきで線路脇に積まれた枕木に腰掛けていた。

「どうした。じいさんがなにかやらかしたか」

「いいえ、そういうことではなく、どこで降りたいか尋ねたところ」

問答無用で乗車させた格好になった宮部だが、満洲の首都新京で降りたいと答えたのだという。

「新京には娘さんの経営していた幼稚園があり、どうせ死ぬならそこに行ってから死にたいと言うのです」

「どうせ死ぬなら？」

「ええ、宮部整備士はこの戦争を生き残れるとは考えていないようです。どうも、少し自暴自棄になっているようでして」

「じゃあ、あれか。飲んだくれていたのはただのやけ酒か。しかし、娘がいるなら簡単に生を諦めるのはつじつまが合わないように思うが」

「娘さんは、すでに亡くなっているそうです。数年前に新京で流行ったペストで」

「そいつは気の毒な話だが、たしか五年前だったよな。ずいぶんと人死にが出たらしいが」

ペスト――。

日本ではほぼ根絶した、しかし満洲ではときおり流行して人命を奪う風土病だった。

「ええ、それで幼稚園は信用のおける支那人に任せているらしいのですが」

「どうせ死ぬなら娘のぬくもりが残る場所で、といったところか。それで、先任はなにが言いたいんだ。しょんぼりしているじいさんを励ましたいのか」

「励ますというより、なにか仕事を与えておくべきだと思うのです。人は暇になるとろくなことを考えませんから」

「ろくなこと？　じいさんが自死するっていうのか」

「はい、宮部整備士は危ないと思います。生と死の境界に立っている者には共通する雰囲気のようなものがありますから」

「わかった。じいさんには俺から話す。助けてもらった借りがあるからな。借りを返す前に死なれては寝覚めが悪い。それにしてもよく気がつく。さすがは仏の先任だ」

「仏なんてとんでもない」

井先任の表情がゆがんだ。

「自分は、初年兵を三人殺した鬼ですから」

ハルビンの列車隊にいたころ、井先任は「初年兵殺しの鬼軍曹」と呼ばれていたらしい。しごき過ぎて三人もの初年兵を自殺に追いやったからである。当時の列車長は、「それぐらいやってこそ古参軍曹である」と、むしろ彼を褒めたと聞くが、きっと思うところがあったのだろう。今は「仏」と呼ばれるほど慈悲深い。

この話を井先任から聞いたときの九十九の返事はこうだ。

君が三人殺した鬼軍曹なら、俺は三十人を死なせた全滅隊長だ。われわれは息の合う相棒になりそうだな。

「宮部さん、ちょっといいか」

九十九は所在なげに座っている宮部の横に腰を下ろした。

「宮部さんあんた、満鉄の整備屋なんだろ。専門は機関車修理か」

宮部は右往左往している列車隊機関士たちの動きを目で追っていた。

「ああ、わしは機関車をいじることしか知らん。四十三年間、こればかりやってきたのでな」

宮部の手に目を落とすと、爪の先やしわの線が黒く汚れていた。機械油が染み込んだこの手こそ、真の整備屋の証《あかし》だった。

「四十三年とはすごい長さだが、そういうことならなおさら、あんたに訊いてみたいことがある」

「わしに訊きたいこと？」

「ああ、列車隊の機関士たちのことだ。うちは若手ばかりで技量に不安があるんだが、あんたのような熟練者からはどう見える」

老人の濁った目に光が差したような気がした。

「なっとらんな」

「なっとらんか」

「ああ、まるでなっとらん。機関車っちゅうやつはな、言葉を話せない赤児と一緒なんだ。例えばここに泣き止まぬ赤ん坊がいるとして、あんたが親だったらどうする」

「あやす、かな」

「あんたは典型的なダメ親だの。赤ん坊はな、腹が減った、おしめが濡れた、怖い夢を見た、などという様々な理由で泣きわめく生き物なのだ。ゆえに、なんでもかんでも判で押したようにあやしておれば済むというもんではないのだぞ。だがちょっとした仕草や表情の変化からその理由を読み取ることができるのは、手間と愛情をかけて向き合った者のみ、つまりは母親だけだ。機関車を扱う者には赤児を育てる母のごとき忍耐と慈愛と観察眼が必要、というのがわしの持論だが、あんたのところの兵隊さんは、赤ん坊が泣き止まないことに腹を立てて怒鳴りつける馬鹿おやじみたいなもんだ。腕力と根性はあってもやっていることが空転しておるわ。しかしこれは、教えざる罪というやつかもしれんの。この列車隊は、若い連中の指導に当たるべき腕利きが不足しておると見たが、違うか？」

整備ひと筋の宮部は、先ほどまでとは打って変わって雄弁だった。やはりこれしかないと、九十九は確信した。

「ひと目でそれを見抜くとは、あんたやっぱり根っからの整備屋だな。そこで、と言ってはなんだが、あんたの腕を見込んで頼みたいことがある」

「ほう、頼み」

「ご指摘のとおり、マルヒト・ソコレには腕利きと呼べるような熟練技能者がいない。若いやつらも一生懸命やってくれているが、技の不足を根性だけで補うのは限界がある。そこで、あんたの持てる技術をうちの連中に伝授してやってほしいんだ。できれば今すぐ」

「伝授のう」

しばらく沈思《ちんし》していた宮部は、やがて静かにかぶりを振った。

「やめておこう。わしに、人に教え授けるような技術はない。わしはあんた方の古びた機関車のように、やがて消え去る老いぼれに過ぎん」

「なんだ、うちの列車に乗っているくせに断るのか。マルヒト・ソコレではな、無賃乗車は御《ご》法度《はっと》なんだ。新京に連れて行ってほしかったら応分の働きをしてもらわんと」

「頼みと言っておきながら、それでは断れんではないか」

「ついでに列車の整備に手を貸してくれれば、なおいっそう助かる」

「いやはや、軍人さんはずいぶんと欲張りだの」

「当たり前だろ。軍人というのは人の物をわが物とするのが仕事だからな」

「やれやれ、年寄りはもっといたわってほしいものだが」

宮部はよっこらせと言いながら腰を上げ、機関車にとぼとぼと寄っていった。

それから長いこと、宮部は突っ立ったまま機関車を見上げていた。あまりに長く眺めているから、気になって声をかけた。

「わしとおなじだな、と思うての」

「俺のソコレは飲んだくれではないぞ」

「そういうことではない。雑な溶接で見る影もないが、これはミカイ型機関車かの。製造から二十年は経っておろうか」

「よくわかるな」

「この装甲列車に名はあるのか？」

「ソコレはソコレだ。名などない」

「名無しの老いぼれか。ほんに、わしと一緒だの」

宮部はしゃがんで動輪のひとつをこんこんと叩き、返ってくる響きをたしかめながら車体の下をのぞき込んだ。ちょうどそのとき、水漏れの修理に当たっていた小池機関士が這い出てきた。

「あ、列車長」

小池機関士が立ち上がった。

「どうだ。損傷箇所は発見できたか」

「はい、ひとつは突き止めて木栓《もくせん》を打ちましたが、水漏れはまだ止まりません。原因究明にはもう少し時間がかかりそうです」

「ボイラー本体のつなぎ目や煙管《えんかん》の接合部は見たかな、お若いの」

宮部が横から口を挟んだので、小池機関士は怪訝な顔で宮部を見た。

「満鉄の整備士、宮部さんだ。お答えせよ」

「はぁ」

小池機関士はよく事情が呑み込めないまま回答した。

「水がボイラーのつなぎ目や煙管から漏れているとは考えにくいと思います。銃弾に撃ち抜かれたのが原因なら、傷はもっと外側にあるはずです」

「ということは、見ておらんのだな」

「ええ、見ておりません」

「では見たほうがええ。鉄砲玉による傷が原因とは限らんぞ。これだけ古い機関車ともなれば、いろんなところにガタが来ておるはずだからのう」

宮部は手を差し出した。

「そいつを貸しなされ。わしが見てみよう」

小池機関士がふたたび困惑の表情を浮かべたので、大きくうなずいてやった。小池機関士は不承不承《ふしょうぶしょう》といった様子でスパナを差し出す。

「整備屋の手だな、お若いの」

受け取るときに小池機関士の油まみれの手を見た宮部は、なんだかうれしそうだった。

ふたりが車輪のあいだからなかへ入っていくと、井先任がそっと近寄ってきた。

「どんな具合ですか」

遠くから成り行きを見守っていたのだ。

「じいさんを助けてやるつもりが、逆に俺たちのほうが助けられたかもしれん。あのじいさん、どうやら腕に覚えがあるらしい」

三十分後、水漏れは止まった。

宮部の見立てどおり、煙管の接合部がゆるんでいただけだった。満鉄の宮部整備士は、本物の腕利きであった。

三

列車隊が目指す次の目的地、北部国境近くのジャムスまでは渓谷沿いの単線が続く。

単線ということは上りと下りの列車がすれ違うことができないわけだから、もしもある区間に上下線の列車が同時進入してしまうと、当然衝突事故を招いてしまう。こうした事故を防ぐため、満鉄ではタブレットによる閉塞方式を採用していた。

タブレットとはすなわち通行手形のことで、この手形を持つ列車に対してのみ区間進入許可を発出すれば事故は起きない。だが、それも平時であればの話である。駅員たちが避難して運行管理態勢が崩壊した今となっては、見通しの悪い曲がり角で不意に対向列車に出くわす、ということは十分想定されることだった。

林口を出てから五時間後、その危惧は現実のものとなった。

といっても対向列車は線路上に横転していたため、偵察警戒班の事前連絡もあって事故にはつながらなかった。

その一角は、白魔に襲われたように白一色だった。

機関車から勢いよく噴出する蒸気が、線路も列車もなにもかも包み込んでしまっていたからである。

「牡丹江を出発以来、お前に止められたのはこれで何度目か」

九十九は列車を降りて偵察警戒班の面々と合流した。

「これで三度目です、列車長」

川野辺少尉が眉尻を下げながら敬礼した。

「あれは事故車両か」

アゴで横倒しになっている列車を指した。煙に覆われて全体像がつかめないが、客車を数両牽いた普通列車のように思えた。

「おそらく避難列車ですが、襲撃を受けたようです」

「襲撃？　誰から？」

「わかりませんが、やり口から見て正規軍ではないように思います」

「どういうことだ」

「見ていただいたほうが早いかと」

嫌な予感を覚えつつ横転した客車によじ登ってみて、想像以上の結果に直面した。車両内部は足の踏み場もないような血の海だった。

「生存者は？」

血の臭いにむせかえりながら、下で見上げる川野辺少尉に確認した。

「すべての車両をくまなく探したわけではありませんが、今のところおりません」

「たしかに、単なる事故ではないようだ。しかしソ連軍がやったとも思えんな。ここは主たる侵攻経路からずいぶん離れている」

「戦争に便乗した匪賊《ひぞく》の仕業《しわざ》かもしれません」

「どうしてそう思う」

「どの遺体も身ぐるみ剝がされています」

「つまり金品目当てか」

「はい。彼らは線路を破壊して待ち伏せ攻撃を仕掛けたのでしょう。この列車は壊れた線路に気づかず脱線・横転してしまったようです」

「線路破壊だと。どの程度だ」

「およそ一〇メートルにわたって。破壊箇所は横転した車両の下敷きになっています」

「くそ、次から次にいろいろ起きてくれる」

折り重なった死体の山に一瞥をくれてから下に降りた。ひとつの車両に五十人がいたとして、全体で二百人近い乗客が乗り合わせていたはずだ。その多くは車両が脱線したときに命を落としたのかもしれないが、生きていた者も少なくなかっただろう。

だが生存者の運命は過酷だった。

頭に穴が開いた死体が散見されるのは、銃弾でとどめを刺された痕跡である。体目当てで連れ去られた女もいただろうが、彼女らの今後はもっと悲惨だ。兵隊への供物《くもつ》として献じられた女たちの哀れな末路を、軍人なら誰もがよく知っていた。

「生存者の有無を再確認しろ。それから、線路補修の準備」

ほかに生き残った者がいないかもう一度車内をあらためるよう指示するとともに、線路補修資材の荷下ろしを命じた。

なにもないところに線路を敷いたり、破損したレールを取り替えたりする能力は、鉄道部隊の基本中の基本技術である。マルヒトの装甲列車にも枕木やレールが所狭しと積まれているが、よく訓練された鉄道兵ならば、一〇メートルの線路補修など一時間もあれば完了する。

しかしその前に、邪魔な車両をどけねば作業ができない。

横転してなお活発な火山のごとく蒸気と煤煙を吐き出し続ける機関車を眺めながら、九十九は作業の段取りを思案した。

「大尉殿、生きている者がいました」

三十分ほどのち、車内捜索に当たった金子少尉が報告にやってきた。ありがたいことに、鉄道兵でなくてもできる仕事は、列車砲輸送班の者たちが進んで引き受けてくれるようになっていた。

「母親らしき婦人の遺骸に抱かれていました。こんなことがあったのに泣きもせず、剛気《ごうき》な子です」

唯一の生存者は赤児だった。今、雲井の腕のなかで静かに眠っている赤ん坊は、生後四ヵ月くらいの女の子だという。

「雲井看護婦、君は赤児の面倒を見られるのか」

九十九は訊いた。

「わかりません。でも、やってみます」

彼女は心なしか血の気を失っていた。凄惨《せいさん》な車内の光景を見たからだろう。いずれ、慣れていくだろうが。

「金子少尉、ほかに生き残りはいないということで間違いないな」

「はい、ひとりひとり見て回りましたから間違いありません。それにしてもひどい連中です。女や子どもにまで手をかけるなんて」

「少尉、君は支那で戦ったことがないのか」

「ええ、ありませんが」

「だろうな」

支那で戦った者なら、悪辣な振る舞いに及ぶ戦友たちの姿を嫌になるほど目にしたはずだ。彼は叩き上げのくせに、いまだ汚《けが》れを知らない古参将校だった。

「よし、では車両を谷底へ落とすぞ。準備しろ」

線路の東側は小さな川が流れる谷になっていた。前の車両に乗り上げて不安定な格好になっている最後尾の客車を綱で引っ張れば、あとは全車両が引きずられるように谷へ落ちていく、と踏んでいた。

「ちょっと待ってください。谷へ落とすって、なぜですか」

赤ん坊をあやしていた雲井が驚いたような顔で割り込んだ。

「なぜって、この邪魔な車両をどけねば線路を直せないからだ。驚くようなことじゃないだろう」

「車内にはたくさん人が残っているんですよ。降ろしてあげないんですか」

「降ろしてどうする」

「せめて埋葬してあげたいです」

「埋葬する時間なんてあるわけないだろ。こんなところでもたもたしていたら、このあとなにが起きるかわかったもんじゃない。ソ連軍が俺たちより先にジャムスに入ってしまえば、今度こそ八方塞がりなんだぞ」

「できるだけ早く前進を再開しなければならないのもわかりますが、亡くなった方たちに対する弔意は必要です」

「弔意だと？」

九十九は鼻で笑った。

「今もっとも重視すべきは時間であって、死んだ人間に対する配慮じゃない。あの列車を今すぐ谷に落とす。これは列車長としての決心だ」

「そんな……乗っているのは人ですよ。人間の遺体なんですよ。どうしてそんなに冷淡な真似ができるんですか」

「決まっている。俺が将校だからだ。自分の命令によって敵を殺し、また部下を死なせる宿命を負った将校が、人の死にいちいち動じていて任務を全《まつと》うできるわけがないだろ。将校ってやつはな、死体の山を前にしても眉ひとつ動かさないもんだ。動揺が部下に伝われば士気が下がる。規律が乱れる。必勝の信念に曇りが生じる。その結果は惨《みじ》めな敗北が待つだけだ」

「でも、将校だって人間です。将校として正しくあろうとすることと、人として正しくあろうとすることは相容れないものではないと思います」

「さて、そいつはどうだろうな」

九十九にとって、将校として必要な心の型と、人として必要な心の型は別物だった。同胞の死体を見て、邪魔だ、という感想しか湧かないほどに、前者の心は冷たく鈍い。

腕時計を見ると午後三時を過ぎている。議論の切り上げ時だった。

「雲井看護婦、もういいか。今は非常時なんだ。平時の道徳観を持ち出されても困る。それにな、あそこに乗っているのは魂のない抜け殻、いわば肉の塊《かたまり》だ。そんなもののためにこれ以上時間を割くわけにはいかないぞ」

「肉の塊ですって？」

「そうだ」

雲井の片眉がきゅっと上がった。

「この子の母親は肉の塊なんかじゃありませんッ。あなたには人の心というものがないんですか！」

肝《きも》が冷えるような一喝《いっかつ》が轟いた。

赤ん坊がびっくりして火のついたように泣き出すと、彼女はあわてて「ごめんね、ごめんね」と言いながら、赤ん坊の丸っこい体をひしと抱きしめる。

呆気にとられて金子少尉に目で救いを求めると、彼は困ったようにちょっと肩をすくめただけだった。

赤ん坊が落ち着きを取り戻すまで、耳の痛くなるような泣き声と気まずい沈黙が場を支配した。

別に彼女を説得する必要なんてない。指揮官がやると言えばそれで決まりなのが軍隊である。だが九十九は、雲井の異論を力でねじ伏せようとは思わなかった。このまま素通りしてはいけない違和感をなんとなく覚えたためでもあるが、本当は彼女が似ているからだった。相手が誰であろうと絶対譲らない芯の強さが、曲がったことが大嫌いな気性の激しさが、向かうところ敵なしの姉とそっくりなのだ。

「なあ」

赤ん坊を刺激しないよう、九十九は努めて穏やかな声で言った。

「君はどうして他人の生死にそこまでこだわるんだ。誰がどこでどう死のうと君の人生に関係ないと思うが」

背中をさすったり、優しい声であやしたりしたおかげでようやく泣き止んだ赤ん坊が、今度はヒックヒックとしゃっくりを繰り返す。

「わたしは看護婦です。人命を救うのが仕事です。他人の生死に無関心でいられる看護婦なんていません」

雲井は赤ん坊をゆっくり揺らしながら返答した。

「博愛ってやつか」

九十九は赤ん坊のぷっくりした頰を見て、つぶやいた。

「だがな、戦場では人間ができているやつから死んでいくんだ。俺はそういうやつらをたくさん見てきたからわかる。だから忠告しておくぞ。博愛はやめておけ。拘泥《こうでい》すると死ぬぞ」

雲井はキッと顔を上げた。

「ご忠告ありがとうございます。でも博愛は赤十字の精神です。看護婦が看護婦であるための根幹です。この精神を捨てるわけにはいきません」

「命を落としてもか」

「看護婦になるとき、誓いを立てましたから」

「その誓いに命を懸けると言うのだな」

「はい」

九十九は頭を垂れて深々と嘆息した。こんな年端《としは》もいかない少女に命を懸けると言われては、引き下がらざるを得なかった。

だが不思議と悪い気はしない。

一身を顧《かえり》みず他に尽くす。

久方ぶりに軍人本来の心構えを教わったような心持ちであった。

「わかった。前言を撤回する」

「大尉殿？」

九十九が伏せていた顔を上げると、金子少尉が首をかしげた。

「朝令暮改で悪いが、作業手順を変えるぞ。まず遺骸を降ろし、次に埋葬、それから車両を動かす」

九十九は決心を変更した。

すぐに井先任が飛んできた。

「死体を運び出すと聞きましたが、間違いありませんか」

「間違いない」

「埋葬もすると？」

「そうだ」

「時間を要します」

「それでもやる」

一瞬の間を置いて井先任はうなずき、準備にかかりますと言い残して兵たちのなかに消えた。

それから、列車隊総出で墓穴を掘った。

線路の脇に二〇メートル四方の穴ができると、今度はふたりひと組で客車から死体を運び出していく。九十九は手をつないだまま息絶えていた幼い兄弟を両脇に抱えて運び、冷たい地面に横たえるとき、ふたたび手をつなげてやった。

作業開始から二時間後、百九十八体の亡骸を納めた墓穴をきれいに埋め戻し、実家が浄土宗の寺だという兵隊を先頭に、墓の前に四列横隊で整列した。

読経《どきよう》が始まった。

赤児が泣いていた。

どこかに埋められた赤ん坊の親にとっては、この元気な泣き声を聞かせてやることこそ、なによりの供養なのかもしれない。いつか戦争が終われば、まともな墓に埋め直してやることもできるだろう。

その日が来ることを願いながら、九十九は血と泥と煤《すす》にまみれた両手を合わせて合掌した。

四

それッ、というかけ声とともに列車隊全員で綱を引っ張った。

力を合わせて二度三度と引くと、車両のぐらつきは徐々に大きくなり、ついには地に転び、連結したほかの車両を道連れに三〇メートルほど下の谷川へ落ちていった。

清水によって急激に冷やされた機関車のボイラーが、噴煙のごとき蒸気に包まれた。放り捨てられた機関車が断末魔の叫びを上げているかのようだった。

「よし、補修にかかれ」

「軌条頭《きじようかしら》」

「あーげ」

「腕にィ」

「イチ、ニッ」

「肩にィ」

「イチ、ニッ」

四人の兵士が息を合わせて一本のレールを肩に担いだ。

線路破壊、といってもやり方は様々で、爆薬で粉微塵《こなみじん》に吹っ飛ばす派手な方法もあれば、枕木に線路を固定する犬釘《いぬくぎ》を引き抜くだけのお手軽な、しかし陰湿な方法もある。走行中にいきなりドカンとくるのも困りものだが、見た目は異状なし、なのに、車輪が乗った途端に線路が外れて脱線してしまうのも、もちろん困る。

今回は、一〇メートルの区間にわたってレールがごっそり持ち去られていた。おそらく脱線した列車の機関士は異状に気づいて急制動をかけたのだろうが、疾走する列車が完全に停止するには数百メートルの距離を要するため、発見後の制動ではとても間に合わない。脱線するとわかっているのにどうすることもできない恐怖と絶望を、その機関士は数十秒間味わったことだろう。明日はわが身の惨事であった。

「先任、あとは任せる。作業が終わったら兵たちに顔くらい洗わせろ。ちょうど川があるしな」

「はい、列車長殿も少し休んでください。夕飯が冷えてしまいます」

「ああ、ひと回りしたらいただくよ」

後事《こうじ》を井先任に託すと、周辺警戒に出した金子少尉と川野辺少尉の元へ向かった。

山側斜面に広く散らばって警戒線を張っている兵士たちの様子を確認しつつ林内に入っていくと、ふたりの少尉が地面に顔を近づけてなにやら話し合っていた。

「どうした、なにか落とし物か」

「あ、列車長」

川野辺少尉が膝の泥を払って立ち上がった。

「見てください、これ」

川野辺少尉は赤茶けた地面についた無数のくぼみを見下ろしていた。

ひとつひとつは手のひらほどの大きさである。形も違う。不規則にそこらじゅうに点在しているように見えるが、小川が合流してやがて大河を形作るように、地面のくぼみは林の奥のほうに行くに従って、徐々にひとつの流れに集約しているようだった。

「これがどうした？」

「足跡です」

膝をついたままの金子少尉が指先でたしかめながら言った。

「足跡？　賊徒どものか」

「ええ、おそらくは。編み上げ靴や草履《ぞうり》、裸足のやつもいますね。馬もいたようです。十人から二十人規模でしょう」

「よくわかるな」

「幼少より野山を駆け巡った成果かもしれません。自分は田舎育ちですから」

「田舎に育ったからといって、そういう能力は身につかんだろ、普通」

猟犬のような嗅覚を持っていたり、獲物の痕跡をたどったりする金子少尉の特異な力は、天賦の才というやつなのかもしれない。

「ところで川野辺」九十九は横を見た。

「はい」

「やつらがふたたび襲ってくるとは考えにくいが、警戒態勢は万全であろうな」

「もちろんです」

「軽機関銃は何丁準備した？」

「警戒班として運用しているのは、広軌牽引車に装備している一丁だけです」

「では金子少尉の輸送班に軽機五丁を貸し出し、山側に厚く警戒の目を向けておけ。念のためだ」

「すぐ手配します」

川野辺少尉は兵隊に指図するためその場を離れた。

残った金子少尉がぽつりと言う。

「彼は、どこの生まれでしょうか？」

「生まれ？　どうしてだ」

「発音になまりも癖もないので。なんと言いますか、ラジオで聴くアナウンサーのしゃべり方のように、川野辺少尉の話しぶりにはどこか人工的な印象を受けます」

「そうか？　俺は気にしたことないな」

九十九はおもむろに煙草を取り出し、火をつけた。かすかに炎が揺れた。

「大尉殿、ひとつ教えていただいても？」

「やつが童貞かどうかは知らんぞ」

金子少尉は苦笑した。

「自分の質問は、今回のように線路が破壊された場合の対処法についてであります。もしも列車が走っているときに前方の線路が爆破されたら、大尉殿はいかなる方針で臨まれるのでしょうか」

「そういうことにならないよう、偵察警戒班が列車の先を走っているのだ」

「それはわかりますが、線路に仕掛けられた爆薬を広軌牽引車に乗りながら発見できるものでしょうか」

「難しいだろうな。だが広軌牽引車が空高く吹き飛べば、爆薬の所在はおのずとあきらかになる」

「ご冗談を」

金子少尉は一瞬顔をほころばせたが、九十九の表情を見て笑みを消した。冗談ではないと悟ったからだ。

「川野辺のやつはな、列車隊に配属された日、俺に訊いたんだ。列車隊でもっとも危険な部署はどこかってな」

煙草の灰をトンと落として、また吸った。

「俺が偵察警戒班だと教えてやると、その班長にしてくれと言いやがった。なぜだと思う？」

「わかりません」

「彼は学徒出陣の予備少尉だ。一年の即席教育を受けただけで、将校としての豊富な知識も実戦経験もない。古参兵らに勝るものと言えば、やる気と元気、これだけだ。だから周りから認められるためには、誰もが嫌がる危険な仕事を引き受けるしかないと思ったんだろう。あいつはあいつなりに必死なのさ」

「立派な心がけですね」

「ああ、あいつはひよっこながら、根性だけは満点だよ」

煙草を一本吸い終わる前に、川野辺少尉が予備の軽機関銃を抱えた兵数人を連れて戻ってきた。

「じゃあ、あとは頼むぞ」

九十九はふたりに後事を託してその場を離れた。


列車に戻ると、その足で前から三両目の歩兵車に向かった。

車体の両側に銃眼を持つ歩兵車は戦闘用車両であるが、普段は兵たちの生活の場でもある。作業のために兵が出払った車内には、林口で手傷を負ったふたりが横になっているだけだった。

「田口《たぐち》、撃たれた肩の具合はどうだ」

田口という名の上等兵のそばに腰を下ろした。

「看護婦さんのおかげで、ずいぶんと楽になりました」

包帯だらけの体を無理に起こそうとするので、片手で制した。

「あいつは怒りん坊だからな。手荒に扱われたんじゃないか」

「とんでもないです。雲井さんは本当によくしてくれています。包帯を取り替えたり、食事を運んでくれたり、糞尿の処理までやってくれるんです。白衣の天使とはよく言ったものですが、自分より年下のお嬢さんとはとても思えません」

「お嬢さんと呼ぶと怒られるぞ。あいつは気位が人一倍高いんだ」

田口上等兵の顔色は少し青いが、まともに口を利けるくらいには元気だった。幸いなことに肩の弾は抜けており、血止めが功を奏したためだろう。

「こいつのほうはどうだ。手術が成功したとはいえ、予断を許さないと聞いているが」

隣に寝ているのは年少の佐竹二等兵だった。弾丸摘出はうまくいったはずだが、脂汗のにじむ顔はかなり青白かった。

「さっきうわごとで、母ちゃん母ちゃんと言っていました。もうダメかもしれません」

「そう言うな。ジャムスに着けば陸軍病院もある。そこで治療を受ければきっとよくなるはずだ。お前も注意して様子を見ておいてくれ」

そう言い残して車両を出た。

田口上等兵はまだしも、佐竹二等兵のほうは早く病院に入れてやらねば危ういと思った。だがジャムスがどういう状況になっているかは皆目《かいもく》見当がつかないのである。病院に預けたあとで町がソ連軍に占拠されたら、彼の命運はどう転ぶだろうか。

考えても結論が出ないことを考えながら炊事車に向かった。

「おう、うまそうな匂いがするな」

「あ、列車長」

車両の扉を開くと、野菜を切っていた炊事係が背筋を伸ばした。車内には電気を使った調理設備があり、そこから真っ白い炊煙が立ちのぼっていた。ひとりで全員分の食事を作る炊事係は常に大忙しなのである。

「夕飯をもらいに来た」

「言っていただければこちらから持参しましたが」

「いいんだ。俺は飯屋のせがれだからな。この匂いが好きなんだ。じゃ、もらっていくぞ」

台上にずらりと並んだ握り飯を眺め、ふたつ手づかみした。

「あ、こちらもどうぞ」

係の兵は封を切った缶詰を差し出した。醤油の海に肉の塊が浮いている。

「大和煮か。肉はなんだ」

「鯨《くじら》です」

「いいね」

九十九は夕飯を手に指揮車へ移動した。

飯の支度、服の洗濯、靴磨き、果ては肩揉みまで、やろうと思えば列車長付の従卒にやらせることもできるが、親から受け継いだ商売人の習性か、九十九はそういうのが好きになれなかった。

売り手も買い手も、立場が違うだけで上下はない。客だからといって横柄《おうへい》に振る舞うやつを、おやじは容赦しなかった。

将校と兵隊も同じである。命じる者と命じられる者という役割の違いがあるだけで、本来は対等な関係のはずである。

どちらが偉いとか偉くないとか、馬鹿なことを言いなさんな。どっちが欠けてもお互い困ることになるのですから。

もしも頭と手足が喧嘩を始めたら、仲裁人はきっとこう言って諭《さと》すだろう。

それを自分のほうが人間として上だと勘違いして、ついには妾《めかけ》の世話まで従卒にやらせてしまう馬鹿が、軍隊にはいる。満洲に戻ってくる前に仕えていた中隊長が、まさにそういう種類の馬鹿だった。

赤児の元気な泣き声がした。外からだ。

林口での戦闘、水漏れの修理、遺体の埋葬、脱線列車の後片づけと、朝からいろいろあり過ぎだが、あの赤ん坊の処置も考えてやらねばならない。

九十九はものの二分で握り飯ふたつと缶詰ひとつを平らげ、表に出た。

線路脇の木陰に、雲井看護婦と宮部整備士、それから矢野軍医がいた。宮部は胸に抱いた赤ん坊に金属製の容器でなにか飲ませていた。

近づいて容器の中身をのぞくと、なにやら白い液体である。

「こいつは米の研《と》ぎ汁だ」と宮部は教えてくれた。

娘が小さかったころを思い出すわい、と言いながら慣れた手つきでちびちび飲ませている。

赤ん坊はンッンッと喉を鳴らしながらぐびぐび飲んでいる。

「そんなものを赤児にやっても大丈夫なのか」

「母乳の代用だよ」

矢野軍医が丸眼鏡を持ち上げて言った。

「ほかにも砂糖水が代用品として使えるが、砂糖は君らにとっても貴重だろうと思ってね」

「ああ、では研ぎ汁を飲ませたのは軍医殿のご指示でしたか。失礼しました」

「雲井君がお困りのようだったから」

手術の一件以来、ふたりは良好な師弟関係を結んだらしい。

「しかし、研ぎ汁にこんな使い道があるとは知りませんでした」

「しょせんは一時的な代用だよ。もしも乳児を研ぎ汁だけで育てたら、健全な発育はとても保証できない。できるだけ早く乳母に預けるべきだろう」

そのとおりだろうが、戦争しか能のない男たちに乳母の当てなどあるわけもない。次のジャムスで降ろすとしても、いったい誰に委《ゆだ》ねるべきだろうか。

「あのう、矢野軍医はどうして乳児のことにお詳しいのでしょうか」

思案していたら、雲井が口を開いた。

「この程度のこと、東大に籍を置く者なら常識の範疇《はんちゅう》さ」と言いながら、よくぞ訊いてくれたという調子だった。

「トウダイって、東京帝国大学のことですか？　矢野軍医がそんな立派なお医者様だったなんて、わたし少しも存じ上げずに失礼なことばかり言って……」

「いや、君の言ったことはなにも間違ってないから」

雲井が畏敬の念をたたえて目をぱちくりさせると、矢野軍医はまんざらでもない感じで微笑んだ。

そこへ井先任が報告に現れた。補修が終わったから点検してほしいという。

「作業開始から五十分か。早かったな」

「訓練のたまものです」

「君の鍛え方がいいからだ」

「恐れ入ります」

九十九はその場を辞すと、レールの点検に向かった。

出来は上出来、文句なしだった。

すぐに資材の片づけが始まった。金子少尉と輸送班の隊員たちが軽機関銃を肩に担いで警戒線を撤収し、川野辺少尉は広軌牽引車のエンジンを点検している。その他もろもろがあわただしく進むなかで、背後から雲井に呼び止められた。

「すいませんでした」と彼女は出し抜けに言う。

「うん？」

「ですから、先ほどは申しわけありませんでした」

「なぜ謝っているんだ。なにかしでかしたのか」

「そうではなくて、わたし、失礼なことを言ってしまって」

「失礼なこと？　ああ、俺には人の心がないってやつか。たしかに暴言だったな。君が兵隊だったら銃殺刑にしてやるところだ」

雲井の顔が強張った。

「冗談だ。君はそのくらい元気なほうがいい。しかし謝ろうと思ったのは殊勝な心がけだぞ。少し見直した」

「でもわたし、間違ったことを言ったとは思っていません」

「ならどうして謝る」

「皆さんに言われたんです。列車長にもお考えがあるのだから、察してやれと」

「なんだ。せっかく見直してやったのに、人に言われたから謝ったのか。まったく君ってやつは」

頭の後ろをぽりぽりと掻いた。

「しかし、俺にも反省すべき点はある。君の言うとおり、俺は死者に対する礼儀を欠いていた。弔意というやつだな。埋葬に時間はかかったが、日没前に全作業を終えることもできたわけだし、俺のほうにわだかまりはない。すぐにカッとなる君の癖は直したほうがいいとは思うがな」

「でしたら、一時休戦ですね」

「一時ってなんだ。できれば、君とは恒久的な平和条約を結んでおきたい」

雲井は苦笑した。

山際《やまぎわ》のほうを見上げると、空に赤いものが混じっている。あと三十分もすれば日没だ。暗くなる前に出発することができて、本当によかった。

「朝倉列車長」

「うん？」顔を戻した。

「飛行機です」

「あ？」

南の空に三つの黒点を認めたと思ったら、あっという間に三機の機影となって迫ってきた。

「空襲ッ！」

九十九が叫ぶのと、敵機の翼に赤い閃光が光ったのはほぼ同時だった。

雲井を抱えて地面に転がったときには、三機のソ連軍機はすでに頭上を飛び去ったあとだった。

「撃たれてないかッ」

彼女はなにが起きたのか理解できていないようだった。

西の空を見ると、機銃掃射を加えながら上空通過した三機編隊が右に急旋回していた。

その航跡を軽機関銃のタタタッという連射音と曳光弾《えいこうだん》が光の筋を引いて追っていく。広軌牽引車備えつけの軽機が遅まきながら火を噴いていた。

「あいつらもう一度来るぞ。君は車両の下に隠れてろッ」

雲井を車輪と車輪のあいだに押し込むと、軽機片手に火砲車の屋根に登ろうとしていた金子少尉とその部下たちを認めて呼び止めた。

「金子少尉、なにをやろうとしているッ」

「対空戦闘です！」

「ではすぐに撃て！」

方向を変えた三機編隊は高度を下げつつぐんぐん迫ってくる。

「もっと引きつけてからやりますッ。今撃ってもどうせ当たりません！」

「なに⁉」

「少し黙っていてください！」

車両の天蓋に片膝をついた金子少尉が、軽機の銃床を屋根に置いて足で踏みつけ、銃口を斜め四十五度に傾けてなにもない空を狙った。四人の部下が一斉に同じような構えを取る。そのあいだも列車隊の兵士たちが歩兵銃や機関銃で対空射撃を続けるが、高速で動く敵航空機相手に命中弾は得られていないようだった。

「分隊、射撃用意！」

車両の上から金子少尉の声がした。

ええい、もうどうとでもなれ。

低空に舞い降りた三機編隊は、まるで獲物を狙う猛禽《もうきん》のように一列になってまっすぐ突っ込んできた。操縦士の顔が判別できるほどの近さに迫ったとき、先頭機の翼からなにかが立て続けに放たれた。

ロケット弾だ！

横に飛んだ直後にロケット弾が至近で炸裂した。爆発の衝撃、機銃掃射の嵐、直上を通り過ぎるエンジンの爆音、さらに土ぼこりと火薬の臭いと混乱に、九十九はいっぺんに包まれた。

生きている？　なんともない！

一瞬だけあの世に近づいたが、すぐに正気を取り戻して跳ね起きた。

三機編隊の姿を探すと、二機はすでに南の稜線に消えようとしていた。もう一機はどこに行ったのかと思ってあたりを見渡すと、当該機は尾翼を空に向かって突き上げた格好で頭から谷川に刺さっていた。なんと撃ち落としていたのだ。

「少尉、でかしたッ」

車上に向かって言うと、金子少尉が敵機の残骸に向けてこぶしを突き出していた。勝利宣言のつもりらしい。

「列車長、ご無事ですか！」

井先任だ。

「点呼を取れッ。被害状況をすぐに調べろ！」

九十九はみずからも走り回って状況確認に努めた。

ロケット弾は列車をそれて線路を粉砕していた。千切れてねじ曲がった鉄路のなれの果てが爆発のすさまじさを物語っていた。せっかく補修したのにやり直しである。機関車にも命中弾があって蒸気漏れが起きていたが、そんなことより致命的だったのは、撃ち込まれた機銃弾が歩兵車に集中したことだった。

穴だらけになった歩兵車内部に踏み込むと、数人の兵士が輪を作って立ちすくんでいた。中心には、力なく膝を落とした雲井の姿がある。

全員のうつろな視線は、ふたつの遺体にそそがれていた。

屋根を貫いて車両内を跳ね回った銃弾が、療養中の負傷兵、田口上等兵と佐竹二等兵をふたりとも殺したのである。マルヒト・ソコレにとって、初めての戦死者であった。

五

「さっきのあれはなんだ」と九十九は訊いた。

「あれ、とは？」と金子少尉が応じる。

土手の上から谷川を見下ろすふたりの視線の先には、撃墜された敵機が転がっている。

頭を川岸に突っ込む形でくすぶっている赤い星の航空機は、どうやらひとり乗りの戦闘機ではなく、対地攻撃専門の複座型襲撃機らしい。

「俺が訊いているのは、君の対空戦闘のやり方についてだ。敵機を狙い撃っているようには見えなかったが、一体なにをやっていたんだ」

「ああ、あれは弾幕射撃と申しまして、目標の前方に射撃方向を固定して撃ち続け、濃密な火力網をこしらえるやり方です」

「火力による網を広げ、そこを通過する敵機を捕らえるということか」

「そのとおりであります」

「そういえば鳥撃ちの猟師がそんなことをするらしいな。たしか飛んでいる鳥の進路前方に網を張るようなやり方だったと思うが」

「かすみ網ですね。弾幕射撃も、弾を敵機に当てるのではなく、敵機が弾に当たってしまうという点では同じです。この網を通過する敵機は、かすみ網に搦《から》め捕られた野鳥のように、みずから弾丸にぶつかってしまうというわけです」

「なるほど。今度うちの連中に教えてやってくれ。訓練に取り入れてみよう」

「喜んで」

話し込むふたりの背後では、ふたたび損傷した列車の修理、線路の再補修、敵弾に倒れた二名の埋葬が井先任の指揮下で進んでいる。谷川に墜落した敵機の確認に行かせた川野辺少尉たちを眺めていると、捕虜をひとり連れて戻ってきた。

濃緑の上衣に紺のズボン、磨き上げられた黒革の長靴《ちょうか》。飛行服ではないから単なる搭乗員ではなさそうだ。落ちたとき頭に怪我をしたのか、短く刈り込んだ赤い髪の毛が血に濡れている。引きしまった長身で、年の頃は三十前後。背後から銃を突きつけられ、敵意に包囲されているのに意に介する様子もない。身なりからして将校だろうが、底の見えない暗い瞳が際立っていた。

他人の命も自分の命も尊重しない男のまなざしだった。

「もうひとりの搭乗員は死んでいました。この者の所持品はこちらです」

川野辺少尉は小さな手帳と地図を九十九に渡した。軍隊手帳だろう。赤い革表紙に標章があって、共産党の象徴である交差した鎌《かま》と槌《つち》の紋様を一本の剣が貫いていた。二、三頁《ページ》めくってみたが、キリル文字で埋め尽くされていてとても読めない。しかし部隊記号が書き込まれた地図のほうは、東部国境地帯からソ連軍が進軍している様子が手に取るようにわかるものだった。

敵の主力は、守りの堅い虎頭要塞を一部で包囲するに留めて前進を継続、先端はもうすぐ牡丹江に達しようとしていた。予想以上の侵攻速度である。このままでは、列車隊が大連に着くより前に、敵が満洲全土を制圧してしまうかもしれない。

「こいつは拾いものだな。どうやら俺たちは、作戦全般を知りうる立場の偉いさんを捕虜にしたらしい。憲兵隊に引き渡せばさぞ喜ばれることだろう」

九十九は地図を折りたたみ、士官学校で受けたロシア語の授業を思い出しつつ名を尋ねることにした。居眠りしないで真面目に聴いておけばよかった、といささか後悔しながら。

「カーク　ヴァース　ザヴートゥ？」

後ろ手に縛られた赤毛のロシア人は、顔を斜めに持ち上げてうっすら笑った。通じたらしいが、答える気はないらしい。

「川野辺、お前大学でロシア語を習ったか」

「法科の勉強で手一杯でした」

「金子少尉、君は？」

「フランス語ならお任せください」

「話にならんな」

どうしたものかと思案していると、そこに矢野軍医がやってきた。

「そいつは捕虜か」

「ええ、撃墜した飛行機に乗っていました」

「田口君と佐竹君を殺した下手人だな」

「そうなります」

「わたしが一生懸命助けたのに、こいつのせいで……」

矢野軍医は顔をゆがめると、突然うなるような声でなにかを言った。

「今のはロシア語ですか？」

「ああ」

「なんと言ったのです？」

「報いを受けろ、と言ってやった」

「軍医殿はロシア語が話せるんですね。でしたら、これを見てほしいのですが」

九十九は赤革の手帳を矢野軍医に渡した。

「ナロードゥニアットコミシリアット……」

手帳に目を通しながらぶつぶつと独り言を言っていた矢野軍医は、しばらくしてから顔を上げた。

「こいつの名はルカチェンコというらしい。ユーリィ・アレクサンドロヴィッチ・ルカチェンコ。階級はマイヨル、つまり少佐だな。そして、ＮＫＶＤだ」

「ＮＫＶＤ？　なんでしたっけ。どこかで聞いた覚えがありますが」

「記憶に間違いがなければ、日本語で内務人民委員部とかいったはずだ。数年前にソ連邦全土で吹き荒れた血の大粛清、スターリンに逆らう者を何百万人も殺したというあれを実行したのがＮＫＶＤだったというぞ。わが国の特高警察みたいなものだろうが、もっと大規模で、もっと血なまぐさい治安組織だろう」

「なんでそんなやつが戦場をうろちょろしていたんですかね」

「スパイの摘発、占領地の安定化、もしくは現場部隊の督戦《とくせん》、そんなところだろう」

「督戦というと、逃げ腰の味方を後ろから撃つというあれですか」

「ああ、ＮＫＶＤの連中は軍人というより処刑人だからな。このマイヨル・ルカチェンコも相当な数の人間を撃ち殺しているはずだ。処刑人らしく、背後から」

「処刑人、ですか。たしかにこいつにはそういう血なまぐさい雰囲気があります」

「といってもすべては臆測だ。真実が知りたければ、直接本人に訊くしかない」

「では、お願いできますか」

しかたない、と言いつつ矢野軍医が二言三言話しかけたが、ルカチェンコという名の少佐は相変わらず無言のままだった。

「ダメそうだな」

「そのようですね」

「素直に口を割らないなら、情報を引き出す手段はひとつしかないと思うぞ」

「拷問ですか」

「わが国は捕虜の取り扱いを定めたジュネーブ条約を批准していないから、戦時国際法の縛りは受けないと認識しているが」

「そういうことではないのです。われわれにはそんなことに時間を割く余裕はありませんので、あとは憲兵隊にでも任せようかと……」

ふたりの脇をするりと誰かがすり抜けた。肩からかけた大きな救急嚢を開いて包帯の束を取り出したのは雲井だった。

「待て、なにをするつもりだ」

九十九はとっさに雲井の左腕に巻かれた赤十字腕章をわしづかみにした。

「この人、怪我をしています」

「治療の許可などしていない。勝手に近づくな」

「でも……」

そのときだった。ロシア人捕虜が雲井に向かってぺっと唾を吐いたのだ。血の混じった赤っぽい唾液が彼女の頬を汚したのを目にして、一瞬で体液が沸騰した。

「貴様ッ！」

右のこぶしで捕虜を殴り飛ばした。両手を縛られた男は受け身を取ることもできず、ぶざまにひっくり返った。すぐさま兵士たちが罵倒しながら蹴りつける。

「待ってッ、わたしは平気だから待って！」

雲井が兵らを止めに入った。これではあべこべだ。

「雲井看護婦、そいつは敵で、ふたりの乗員を殺したくそ野郎だぞ」

「それでも怪我人です」

横たわったままの捕虜を見ると、額から流れた血が顔中に散っている。腹のあたりにも赤黒いシミが広がっており、思っていたより重傷のようだが、こちらを見返す瞳には明白な敵意が宿っていた。

こいつは、まだやる気だった。

「雲井看護婦、この男は手負いの獣だ。君の博愛精神が通じる相手じゃない。油断して近づくと喉笛に嚙みつかれるぞ」

「でも、治療はさせてください」

「わからんやつだな」

相変わらずの強情さに閉口していると、「治療は必要です」と金子少尉が助け船を出した。「死んだら尋問できませんから」

「たしかに」と川野辺少尉が続き、「わたしは絶対やらないぞ」と矢野軍医が吐き捨て、「わたしひとりでやります」と雲井がしめくくる。

九十九は軽く舌打ちして、運のよいやつめと言った。

「本当なら部下を殺した敵兵なんて助けたくもないが、列車に積んである医薬品のほとんどは雲井看護婦が陸軍病院から持ち込んだ物だ。従って本来の所有者がなにをどう使おうと、俺の関知するところではない、ということにしておいてやる」

雲井が首をかしげた。

「好きにしろ、ということだ」

「ありがとうございます」

硬い表情を崩さず彼女は一礼した。

「ったく、君は筋金入りだな」

捕虜が連行されると、ふたたび金子少尉とふたりだけになった。

「やっかいな客人が増えましたね」金子少尉がぼそりと言う。

「それを言うなら、君らだって十分やっかいな客人だぞ」

「返す言葉もありません」

「ま、俺たちはお客様のもめごとには慣れっこだがな」

胸のポケットから煙草を取り出して火をつけ、しばし口のなかで味わった。カッとなったとはいえ、抵抗できない人間を殴り飛ばしたのは流儀に反する行いだった。

戦場で人を殺すのとは別種の不快さを感じながら紫煙を吐き出すと、西の空がすでに暗かった。出発は明日の朝に繰り延べだろう。

どうにも、こぶしが痛かった。

六

空襲によって損傷した列車の応急修理と線路の再補修が終わり、列車隊が運行を再開したのは翌十一日の午前四時過ぎだった。

列車長席に座った九十九が徹夜明けの鈍い頭で思うのは、ここ数日でたどった険しき道のりのことであり、これからたどるであろうさらに困難な道のりのことである。

出発から二日で、ふたり失った。

大連港へ着くまでに、あと何人失うのだろう。

そういう気が滅入ることを考えていたら、雲井と井先任が前方の歩兵車から指揮車に戻ってきた。ルカチェンコ少佐なるロシア人捕虜の裂傷治療で何針か縫ったので、術後の経過観察をしてきたという。雲井は赤ん坊を背負ったままだった。

「どうだった」と訊くと、「落ちついていました」とおんぶ紐《ひも》をほどきながら彼女は言う。

「矢野軍医がやってくださらないのでしかたなく縫合処置をしましたけど、今のところ問題なさそうです」

「いや、そういうことではなくて、あいつはなにかしゃべったか」

「いえ、なにも。ただ……」

「ただ？」

「ずっと歌を歌っていました」井先任が語を継いだ。

「歌だと」

「鼻歌です」

「えらく余裕じゃないか」

「どこかで聴いた覚えのある物悲しい旋律でしたが、どうしても思い出せず」

「そんなことはどうでもいい。目下の急務は……」

ギギーッと音がして車体が前後にゆれ始めた。

列車が山道に差しかかってしばらく経つが、車輪がまたもや空転を起こしているようだった。こんなふうに勾配《こうばい》の途中で車輪が滑ってしまうと、ひどいときには立ち往生してそれ以上進めなくなる。そうならないように機関車はレール上に砂をまいて滑りを防止する砂箱という装置を備えているが、基本的には機関士の腕である。

といっても、機銃弾を食らって調子の出ない老ソコレに、列車砲という重量物を牽かせているのである。少ない人数をやりくりしながら懸命になっている小池機関士たちを責めるのは酷というものであった。

「機関車、調子が悪そうですね」

壁沿いの座席に腰を下ろした雲井が、装甲板越しに聞こえる機関車の苦しげな息づかいに耳を傾けていた。

「君にもわかるか」

「まるで、お年寄りがゼェゼェとあえいでいるみたいです」

「うちのソコレは老兵だからな。山道は苦手なんだ。しかも手負いときている。今、宮部さんに不具合箇所を見てもらっているが……」

話していると、ちょうど宮部が油の臭いとともに指揮車に入ってきた。宮部は渋い顔で雲井の隣に座り、彼女の膝ですやすや眠っている赤ん坊の頭をなでながら、よくないのう、と語り出す。

「手は尽くしたが現場でやれることには限りがある。早々にきちんとした施設で見てやらねば、そのうち動かなくなるぞ」

「そのうち、とは具体的にどれくらいなんだ。大連に着く前に動かなくなってしまうのは困るのだが」

「今すぐかもしれんし、一年先かもしれん。こればかりは仏様でもなければわからんが、そもそもあの大砲が重過ぎるのだ。年寄りはもっといたわってやるものだと思うがのう」

「まあ、おっしゃるとおりなんだが、重いからといって列車砲を置いていくわけにもいかないのでな。あと数時間でジャムスに着くから、そこの整備施設を使えるかどうか訊いてみるとしよう」

「訊く相手がおればよいの」

「そのときは宮部さん、またあんたを頼ることになる。ひとつ、よろしく頼むよ」

「やれやれ、この列車隊は年寄りに優しくないのう。なぁ、キヨ子」

宮部はそう言って、勝手にキヨ子と名づけた赤ん坊の頭をなで続けた。呼び名がないからといってペストで死んだ自分の娘の名を与えるのはどうかと思うが、前向きになり始めた老人の支えを奪うつもりも、九十九にはなかった。

昼ごろ、列車隊は満洲北東部の町、三江省《さんこうしょう》の省都ジャムスに着いた。

ソ連軍はまだ姿を見せていなかったが、駅は戦火を逃れようとする数千の群衆によって埋め尽くされていた。

腰の曲がった老婆や頬の赤い子どもや乳飲み子を抱えた婦人などが、怒鳴ったりわめいたり泣き叫んだりしながら、まるで貨物のように立錐《りっすい》の余地もないほど無蓋貨車へ詰め込まれていく。それはまさに狂乱のるつぼと形容すべき有様だった。

ジャムスは水運の町だ。

三江平原と呼ばれる町周辺の一帯は、アムール川、ウスリー川、そして松花江《しょうかこう》という三つの大河によって形作られた肥沃《ひよく》な穀倉地帯で、輸送拠点たるジャムスには東満洲の農産物が全部集まってくる。日本からやってきた最初の開拓団が弥栄村《いやさかむら》という開拓村を設けたのもこの地域の豊かさを当て込んでのことであり、今では数十万人に膨れ上がった入植者が東部全体に広く散って暮らしているという。それらの人々が一斉にジャムスに押し寄せたのであろうから、眼前に繰り広げられる暴動のような大騒ぎも無理からぬことである。

九十九は駅の外《はず》れに列車を停めさせると、徒歩で乗降場に歩いていった。列車隊が混乱に巻き込まれるのを防ぐ配慮だったが、すでに巻き込まれてしまった不幸なやつがいた。

「兵隊に会ったのは初めてだぞ」

「関東軍はいつ反撃に出るんだッ」

「軍を信頼しろと言っていたのは嘘っぱちか！」

憤りを隠せない駅員たちの雑言《ぞうごん》を一身に浴びていたのは、偵察警戒班の川野辺少尉だった。戦争に伴う混乱の責任を現場の一少尉に押しつけるなどお門違いも甚《はなは》だしいが、彼らもやり場のない怒りと焦燥と鬱憤を持て余しているのだろう。だから、できるだけ穏便《おんびん》に川野辺少尉を救い出そうと試みた。

「あーあー、皆さん、自分は鉄道第四聯隊の者だが、どうか落ち着いてほしい。えー、それと、林口方面に避難列車を出そうとしているようだが、もう林口には敵が来ているし、山中で匪賊に襲われたらしい列車もあった。それよりも西に逃げたほうがいい。われわれも綏化を経て新京方面へ向かうところなんだが、えー、じつは列車の修理が必要で……」

「なんだ、あんたたち軍人は普段偉そうにしているくせに、いざとなったら真っ先に逃げようってのか」

「そうだそうだ。こんなところで油を売っている暇があるなら、さっさとソ連軍を追っ払いに行けッ」

喧嘩腰の相手に理屈は通じなかった。修理設備を貸してほしい、などと言い出せる雰囲気ではもちろんない。これなら駅員が避難して無人駅になっていてくれたほうがよほどましだった。川野辺少尉は、どうしましょう、と子犬のような目ですがりついてくるし、どうしたものかとすっかり途方に暮れてしまった。

「なんだなんだ、若い衆は元気一杯だのう」

宮部がとぼとぼとやってきた。

「あれ、鉄《てつ》さん？」

作業着を着た壮年の駅員が、宮部を見て目を丸くした。

「おー、駒場《こまば》君じゃないか。久しいのう」

顔見知りらしい。

「なんで鉄さんがここに？　林口を脱出してきたんですか？」

「この軍人さんたちに助けられての。今は縁あって列車に乗っけてもらっとる。それで軍人さん、話はついたのか？」

「いや、それどころでは……」九十九は口ごもった。

「なんだ、軍人さんは意外に奥手だのう。機関庫をひとつ貸してくれ、と言えば済むことだろうに」

「なんです？　機関庫？」

駒場と呼ばれた駅員が尋ね返した。

「軍人さんの列車が被弾しての。ちいっとばかり整備が必要でな。小さいやつでいいから使わせてもらえると助かるのだが」

「なに言ってるんですか。鉄さんに小さな機関庫なんて貸せませんよ。この駅で一番大きくて新しいやつを準備します。な、いいよな？」

彼が周りの駅員に訊くと、神様に頼まれたら断れないとかなんとか言って、あれよあれよという間に話がついた。

「腕利きだとは思っていたが、あのじいさん、神様だったのか」

借り受けた機関庫に列車を納めたあと、九十九は案内してくれた駒場という整備士に訊いてみた。

「満鉄の鉄さんと言えば、業界では知らぬ者のない整備の神様です。あの人の手にかかって直らない機関車はありません。私も若いころは厳しく鍛えられたものです」

九十九はこの話を、遅い昼飯にありついていた川野辺少尉に教えてやった。

「わが隊にはすでに仏の先任がいるのに、さらに神様が加わるんですか？　なんだか、マルヒト・ソコレは段々神々《こうごう》しくなってきましたね。そのうち参拝客が来るかもしれませんから、社《やしろ》でも建てておきましょうか」

損な役回りを引き受けることの多い偵察警戒班長は、うまいことを言いながらうまそうに握り飯をかじっていた。

七

西に向かう避難列車の列は、夜になっても途切れることがなかった。明日にもソ連軍がやってくるという噂が飛び交っているから、その前に一両でも多くの列車を送り出そうと駅員たちも必死なのだろう。

「そういうわけで、いろいろ回ってみたのですが、キヨ子ちゃんの預け先を見つけることはできませんでした」

井先任の報告を機関庫の軒先で聞き終え、九十九は小さくため息をついた。

「しかたがない。みんな自分のことで精一杯なんだ。キヨ子ちゃんはしばらく俺たちで世話をするとしよう」

自分の命さえどうなるかわからないというときに、他人の赤ん坊の面倒を見ようというお人《ひと》好《よ》しがいるわけもない。キヨ子と名づけられた赤ん坊を乳母なり病院なりに預けようとしたもくろみは、あっけなく不首尾に終わった。

「それで、新京の関東軍総司令部への連絡についてはどうだ。電話は通じたか」

「はあ、それがこちらもさっぱりでして。交換所が空爆でも受けたのかもしれません。何度呼び出してもまるで応答がありませんでした」

「まあ、どうせ新京は大連に向かう途中で通過するから、そのとき駅前の総司令部に立ち寄って現状を報告すれば済むことかもしれん。それよりも、あのロシア人捕虜のほうをさっさとやっかい払いしたいな。ジャムスに憲兵隊が配置されているなら引き渡したいところだが」

「たしか憲兵分隊程度が駐屯していたと思いますが、ジャムス守備隊の撤退に合わせてすでに引き揚げてしまったようです」

「まったく、守備隊が聞いて呆れる。居留民をほっぽり出して自分たちだけ逃げ出すとは」

「列車長殿、その捕虜についてですが、このまま列車に乗せ続けるおつもりで？」

「ああ、わが軍にとって貴重な情報源だからな。途中で降ろすのが難しいようなら、新京まで連れていって総司令部か憲兵隊本部にでも引き渡そうと思う」

「いっそ、ここで処理してしまうのもひとつの手だと思いますが」

「処理？　まさか、殺せと言っているのか？」

「殺さずとも、外に放り出してしまえばよろしいかと」

「こんなところでやつを解放しても、怒りに駆られた居留民になぶり殺しにされるだけだろう。それがわかっていて列車から降ろすなら、俺たちが殺したも同然だ」

「それはおっしゃるとおりでありますが……」

庫内から漏れる薄明かりに、井先任の神妙な顔つきが浮かんでいた。

「先任、俺はな、そういう、縛り上げた男の後頭部を撃ち抜くような寝覚めの悪い殺しを好かんのだ。よって、俺の目の黒いうちは処刑も解放も許可する気はない。しかるべき相手に引き渡すまで、やつの身柄はマルヒト・ソコレが責任を持つ。それにな、せっかく雲井看護婦が手当したんだ。その行いを無駄にするような真似を、俺はしたくない」

「そうですね。そのとおりですね。危うく彼女の善行を無にするところでした。余計な口出しをして申しわけありません」

「いや、謝る必要はないが、どうしたんだ？　仏の先任がそんなことを言うなんて、らしくないぞ。なにかあったのか？」

「はぁ、じつを申しますと……」

　捕虜になったルカチェンコ少佐は、列車内で一番広い歩兵車に放り込まれている。しかし歩兵車は兵士たちの生活の場でもある。同じ空間に敵がいることから来る緊張、そこに作戦行動に伴う疲労や安らぎを奪われた憤懣《ふんまん》、仲間を殺された憎しみが積み重なり、兵らは相当殺気立っているという。

　このままでは、いずれ士気と規律の低下を看過できなくなる。井先任が言いたいのは、つまりそういうことだった。

「なるほど、そこまでは気が回らなかった。しかし、ほかの車両に移すといってもな」

　一服しながら思案しようとして、マッチを擦った。

「捕虜を火砲車や弾薬車に拘禁《こうきん》したら戦闘行動の妨げになる。知られたくない情報が飛び交う指揮車や、見られたくない列車砲関係車両にも近づけたくない。となると残るは炊事車だが、調理器具で一杯の炊事車に、捕虜と見張りを置いておくだけの余席はないだろう」

「ええ、よくわかっています」

「といって、まさか屋根に縛りつけておくわけにもいかんから、やはり歩兵車の連中に我慢してもらうよりないな。あとで俺がなだめておこう」

「いえ、いいえ、その件は自分がやります。兵たちを抑えるのは先任曹長の役目でありますから、ここは自分に一任ください」

「わかった。では君の裁量に委ねる」

九十九は煙草を消して、機関庫のなかに戻った。愛用の煙草は満洲産の「極光《きよくこう》」。普段は一日で一箱消費するのに、今日はまだ二本しか吸っていなかった。

機関庫の内部では、懐中電灯を手にした機関士たちが機関車のそちこちに潜り込んで修理に当たっていた。使えるものはなんでも使え、もらえるものはなんでももらえ、というかけ声のもと、ここ数日の作戦行動中に消費した各種資材、燃料、その他もろもろも駅員たちの協力を得て列車に積み込み中だ。

機関車修理は宮部たちに任せておけばよいと判断して、九十九は後尾に連結された列車砲の様子を見に行くことにした。

林口での戦闘や空襲によって列車はいろいろな箇所に傷を負っていたが、幸いなことに列車砲本体には被害がなかった。

「よう、どんな具合だ」

列車砲輸送班の面々が集まっている一角に顔を出した。砲は傷つかなかったが、それ以外の支援車両に損傷があったと聞いていた。

「弾薬車の起重機に少々異状が出ております、大尉殿」

金子少尉が答えた。

「起重機に異状があるとどうなるんだ」

「列車砲の砲弾は、一発の重さが二〇〇キログラムもあるのです。もしも電動の起重機が壊れたら、こんな重たい物を弾薬車の屋上まで人力で揚弾《ようだん》せねばなりません」

「揚弾って、砲弾を屋上に持ち上げるという意味か？　なぜそんなことをする」

「砲身と弾薬車の屋根が、ちょうど同じ高さなのです」

弾薬車備えつけ起重機によって車内から屋上に引っ張り上げられた砲弾は、挿弾板《そうだんばん》というレールを滑って前方の列車砲に送り込まれる。起重機が動かなければ、一分間に一発という発射速度を維持するのは困難だという。

「なるほどな。で、直るのか？」

「専用の設備があるところで一度バラしてみるべきなのでしょうが、さすがにここでは」

「まあ、焦《あせ》ることはないんじゃないか。こいつを満洲で使うわけではないのだから、日本に戻ってから直しても遅くあるまい」

「常在戦場！」

「な、なんだ」

「軍人たる者、平時も有事も前線も後方も関係なく、常に戦場に身を置いているつもりで行動すべきと心得ます。武器手入れはその第一歩でありますから、明朝の出発までにやれる限りのことをやっておきます」

「相変わらず元気なやつだな、君は。じゃあ、任せるぞ」

「はッ」

明日の朝〇四〇〇《マルヨンマルマル》に出発、とは九十九が命じたことである。それまでに修理が終わるかどうかは不明だが、まず終わりを決めてそこに全員の努力を集中していく、というのが九十九流だ。従って、列車隊の兵士たちはその時刻に間に合わせようと忙しく立ち働いていたから、赤ん坊を膝に乗せ、ひとりだけ所在なげにしている雲井の姿は嫌でも目についた。

「どうした？　疲れたか？」

ふらりと近寄って声をかけた。

「いえ、大丈夫です」と返ってくるものの、隠しきれない疲労を見て取った。

「昨日からいろいろあったからな。飯は食ったか？」

「あまり食欲がなくて」

「ダメじゃないか。食べられるときに食べておくのも戦場では大事な心得のひとつだぞ。慣れぬことの連続だろうが、食事は必ず取りなさい」

「ありがとうございます。でも、大丈夫です」

「君は相変わらず強がりだな」

積み上げられたレールに並んで腰掛け、雲井の膝で静かに丸まっている赤ん坊の顔をのぞいた。呼吸の音は聞こえず、胸の動きもよく見ないとわからない。

「ずいぶんとおとなしいな。眠っているのか」

「ええ、ずっと眠りっぱなしなんです。それに全然ぐずらないから、息をしているのかどうか時々不安になってしまって」

「寝る子は育つと言うから、そんなに心配しなくてもいいと思うが」

「わたしには、それが正常なことなのかどうかわからないんです。そんなことさえ、わたしにはわからないんです」

なにか、これまでと様子が違うと思った。

疲労の色濃い彼女の横顔を見ていると、頬の汚れに目がいった。それは乾ききった血液だった。上衣の袖にも、モンペにも、血の染みがこびりついたままである。

「君は、どこか怪我でもしているのか。血が出ているじゃないか」

雲井は物憂《ものう》げに目を落とす。

「自分の血ではありません。これは、わたしのせいで亡くなった兵隊さんの血です」

「わたしのせい？　空襲で死んだふたりのことか？　彼らを殺したのは君が手当したロシア人だぞ。それなのに、なぜ君が責任を感じている」

「だって、わたしが余計なことを言わなければ、列車長は亡くなった方たちの埋葬をしようとは思わなかったはずです。そうしたらもっと早く出発できたわけですから……」

「あの空襲を避けられたはずだと？」

無言の横顔が険しさを増した。

どうやら、彼女は見当違いの責任を感じているらしい。

「雲井看護婦、君は軍隊の仕組みというものがまるでわかっていないようだな。いいか、軍隊ではな、責任というやつは指揮官のみが負うということになっているんだ。従って彼らの死に対して責めを受けるべきは列車長たるこの俺ただひとりであり、君がなにかを言ったからといってその責任を感じる必要は……」

と言いながら見ると、雲井が目に涙をためてわなわなと震えているではないか。

気まずい展開である。しかし他人のためにそこまで思い詰めてしまう純真な心根を、少しうらやましいとも思った。

「まったく、君はびっくりするくらい純粋なやつだな。人としてどこまでもまっとうであろうとするから、そんなに苦しむんだ。俺のように人の心をなくしてしまえば楽になろうものを」

「あれは、暴言でした……本当にすいません」

「謝ることはない。君の言は、どちらかというと正鵠《せいこく》を射た指摘だった。他人に言われて改めて気づかされたが、人の心がないとは、まさしくそのとおりなのかもしれない」

自嘲混じりの笑みを浮かべつつ胸ポケットから煙草を取り出そうとして、雲井と目が合った。

涙を含んだ大きな黒い瞳は、まるで磨き抜かれた黒曜石のようだった。そこに映る自身の疲れた顔を見つめていると、遠い昔、敵のスパイとして目の前で処刑された少女のことを思い出した。彼女も、こんな輝き方をする濡れた黒眼の持ちぬしであった。

「俺にとってはな、死は日常の風景だったんだ」

九十九は抜き出した煙草を箱に戻すと、雲井から顔をそむけて話を続けた。その定まらない視線は、ノモンハンから始まる死と破壊の記憶に向けられていた。

「俺は、大陸に渡ってから経験した幾多の戦乱で、多くの死を見、それ以上に多くの死を自身の手で生んできた。それこそ、同胞の屍《しかばね》を谷底へ落とすことになんの痛痒《つうよう》も覚えなくなるほど、たくさんの死をだ。惨敗に終わった六年前のノモンハン戦では、率いた小隊を全滅させもした。命を惜しむな、と兵たちを督戦した結果として。しかしおのれだけは惨めに生き残ってな」

誰かに部下を殺されることも、部下に誰かを殺させることも、もはや耐えがたい。そう思い悩んだ九十九が退役を申し出たのはノモンハンの数ヵ月後だ。良心に従ったせめてもの、そしてささやかな抵抗のつもりだった。

だが同様にノモンハンを生き残った大隊長は、退役願を見るなり顔を真っ赤にして吠え立てた。

「貴様を育てるのに金がどれだけかかったかわかっているのかッ。陛下の大恩に報いるはまさに今、というこの時局に、職業軍人の足抜けなど認められるわけがなかろうがッ。死ぬまで働いてその恩を返さんか、この国賊めッ！」

それからほどなくして、九十九は山東省の奥地に飛ばされた。

支那事変以来、大陸の全土では抗日武装勢力との不毛な戦闘が続いていたが、支那奥地で日本軍が展開した討伐戦は、ノモンハンがかすむほどの地獄だった。

誰が敵で誰が味方なのかわからない、住民混在下の戦争。

敵性勢力と一般住民をより分けて狩り出すことは不可能だったから、軍は匪賊の抵抗拠点と疑った村も、そうでない村も、お構いなしに焼き払った。

大地を灰燼《かいじん》に帰す。

そう形容するしかないほど、軍は徹底して抵抗を弾圧した。

殺したり殺されたり、目を覆わんばかりの蛮行と非道が日常と化した奥地で九十九は五年を過ごした。

流れに抗《あらが》うことはできなかった。流れの外に出ることも許されなかった。気がつけば、殺すこと、殺されること、死という概念そのものに無頓着になっていた。それどころか、死を前にして動じないことを誇るようにさえなっていたのである。

あなたには人の心というものがないんですか！

だからこそなのかもしれない。純真一途な看護婦さんのひと言は、士官学校で食らった上級生の鉄拳より、はるかに長く尾を引く一撃となった。

「こんなこと、人に話したのは初めてだ」

九十九が昔語りをしめくくると、雲井が絞り出すような声で、列車長は人の心をなくしてなんかいません、と語を継いだ。

「列車長はむしろ、誰よりも優しい方だと思います」

「変なことを言うやつだな」

「だって、朝倉列車長は亡くなった方たちの埋葬をしてくださいました」

「君にこっぴどく怒られたからだ」

「いえ、それは違います。わたし、見ていましたから」

「なにを」

「埋葬のとき、列車長がふたりの幼い兄弟をそっと地面に横たえ、手を握らせてあげたのをです。本当に心をなくした方なら、あの可哀想な人たちのためにあんな優しい振る舞いはできないと思います。粗暴な父を見て育ったから、よくわかるんです」

「大本営勤務のおやじさんのことか」

「はい。父は、兵隊の命は一銭《せん》五厘《りん》だから、いくらでも使い捨てできると公言してはばからないような人なんです。わたしの父こそ、本当に人の心をなくした人非人《にんぴにん》なんです」

召集令状を送るときの切手代、それが一銭五厘だ。

将校の常套句《じょうとうく》だが、ことほど左様《さよう》に応召兵の命は粗末に扱われていた。大本営の大佐様なら、兵隊の命など百万単位で使い捨てだろう。

「娘に人非人なんて言われたら立つ瀬がないが、おやじさんが人命を軽視するのが許せないんだな」

「はい。父の言動が我慢できなくて、軍隊なんてなくなってしまえばいいのに、と言ったら殴られました。十三のときです。それからことあるごとに手を上げるようになって、父から逃げるように赤十字に入ったのは一昨年の春ですが、以来、家には帰っていません。軍人にさえならなければ、父も違った人間になっていたと思います」

九十九はふっと笑った。

「軍隊なんてなくなってしまえばいい、か。君らしいな」

「すいません」

「いや、俺もそのとおりだと思うぞ。軍隊が大活躍する状況ってのは、世界全体から見れば極めて不幸な状態なんだ。君らの仕事だってそうだろう。病院が商売繁盛ってことは、町中に怪我人や病人があふれているってことだからな。しかし病院がこの世から消えても怪我人や病人がいなくなるわけではないのと同様に、軍隊がなくなったって、人の世から争いがなくなるわけじゃあない。俺たちなんかが不要になる時代がいつか来るかもしれないが、目下《もっか》世界を相手に戦争中のわが国には夢のまた夢というやつだろう。悲しいことにな」

「悲しいですね、本当に」

「いずれにせよ、俺たち軍人が刀を抜く機会を得られず、日がな一日刃《やいば》を研いでいるだけ、という状態のほうが世界にとって望ましいのは間違いないだろう。刀なんぞ抜かないに越したことはないんだからな。まあ、使われない刀を研ぎ続けるのは、軍人としてはいささかやりがいに欠けてしまうことではあるが」

「朝倉列車長は、同じ軍人なのに父とは全然違うんですね。刀は抜かないほうがいい、なんておっしゃる軍人さんは初めてです」

「俺は殺し合いに厭《あ》いただけだ。刀を抜いたらどうなるかという実際を知ってしまったからな。ひとたび抜いてしまえば、多量の人血を吸わずに鞘に収まることなどない。それが刀というものであり、武力というものだ。俺がこれまでどれだけの人間を死に追いやってきたかを知れば、君はきっと、おやじさんに対して抱いた感情と同じものを俺に対しても抱くだろう」

「いいえ、そんなことはないと思います。わたしは朝倉列車長のことをなにも知りませんが、少なくとも自分の過去に向き合おうとしている列車長は、父とは異なります。絶対に」

確信に満ちた言葉が胸に染みた。

「過分なお褒めで恐縮だが、そいつはちと違う」

九十九は目を細めると、軍刀を立てて少しだけ抜き、チンッと鍔《つば》を鳴らして刀身をふたたび鞘に収めた。

「これは金打《きんちょう》といって、武人が誓いを立てるときの古風な作法なんだが、俺は過去に向き合おうとしているのではなくて、過去の誓いに縛られているだけなんだと思う。違背《いはい》すれば死んでもかまわないという、金打の誓いにな」

雲井の顔つきが険しくなった。

「そんな怖い顔をするな。別に死ぬと言ったわけじゃない。そのくらいの心づもりで誓いを立てたというだけのことだ。まあ、いつ誓いを果たすことができるのかはさっぱり不明なんだが」

「それは、どんな誓いなんでしょうか」

「知らぬが仏さ」

ふふっと、含むように笑った。

体の深いところで血を流し続ける傷口は、長いあいだ縫われることなく放置されていた。年月を経るうちにすっかり治療を諦めてしまったその傷に、今初めて、看護の手が触れたような心持ちだった。

「なんだか、腹が減ってきたたな。ちょっと話し過ぎたようだ。こういう小腹の空いたときはちゃんぽんを食べるに限るのだが」

「ちゃんぽんですか」

「なんだ知らないのか。ちゃんぽんというのはだな、見た目は支那そばに近いが、日本風に手を加えた長崎の名物料理で、肉でも野菜でもとにかく量が多いから、腹が減ったときなど……」

「ちゃんぽんなら知っています。満洲に来る前は長崎の赤十字支部勤務でしたから」

「そうなのか？　ああ、だから肥前の龍造寺なんて地元の人間しか知らないようなことを知っていたんだな。じゃあ、ちゃんぽんだって食べたことがあるんだろ？」

「いえ、あいにくと」

「なに、ないのか？　長崎にいたのにちゃんぽんを食べたことがないなんて、君は人生の半分を損しているぞ」

「半分って……」

「ちゃんぽんってやつはな、長崎に渡ってきた支那人が、食に困窮する同胞のために生み出したという日支両文化の合作料理なんだ。昔から交易で栄えてきた長崎ならではの料理とも言えるだろうが、俺の体の半分は、そのちゃんぽんでできていると言っても過言ではない。なにせ、うちの実家が中華食堂なのでな。今は姉貴が店長として切り盛りしているが、ことあるごとにちゃんぽんを平らげることがわが家の伝統行事みたいになっていて、いつだったか久しぶりに帰省したら、姉貴がおっきなどんぶりにちゃんぽんを山盛りよそって、胃袋と心はつながっているのだから、しっかり食べて、しっかり生きろだなんて、お節介なことを言ったことがあってな。あれはたしか、三年ばかり前だったような」

「しっかり食べて、しっかり生きろですか」

「まあたしかに、人間ってのは空腹だとろくなことを考えないからな。君も今度長崎に戻ったらうちの店に来たらいい。店はぼろだし姉貴は口が悪いが、当店自慢の海鮮ちゃんぽんをたらふく食べたら、きっとこの世に生まれたことを神仏に感謝したくなるだろう」

ぷっ、と雲井が吹き出した。

「笑ったな」

初めて見る屈託のない笑顔だった。

「よし、元気が戻ったのなら、まずは顔を洗ってこい。看護婦がそんな血まみれでは兵の士気に関わる。それから炊事車に残り物があるから、腹一杯食え。これは命令だぞ。姉の格言ではないが、しっかり食べて、しっかり生きる。ソコレ乗員として大事なことだ。ほら、キヨ子ちゃんを預かっといてやるから、すぐに行ってこい」

「しっかり食べて、しっかり生きる。覚えておきます」

雲井はキヨ子ちゃんを預けると、左手でさっと敬礼した。

「馬鹿者、敬礼は右手でやれ」

両手が塞がっていたから、アゴで行けと促した。

心なしか生気を取り戻した華奢《きゃしゃ》な後ろ姿が暗がりに消えると、キヨ子ちゃんに目を落とす。

無垢《むく》とはよく言ったものである。手のひら大の小さな顔、傷ひとつないきめの細かい肌、炊きたての白米のようないい匂い。

こんな過酷な世界で生き延びることができるだろうかと心配してしまうような、弱々しくて、しかし真っ白い命のぬくもりが腕のなかにあった。

「君は本当によく眠るやつだな。将来大物になるぞ、きっと」

寝汗をかいているようだったので肌着を少し開いてやったら、胸のあたりにぽつぽつと赤い吹き出物ができていた。

八

十二日午前四時。

列車隊は出発の朝を迎えた。日の出まで少し間《ま》があるが、すでに空は明るい。例によって偵察警戒班はひと足先に駅を発し、今は大鉄橋を渡っているころ合いだ。

ジャムスを出るとすぐ、満洲一番の大河、松花江に差しかかる。

満洲の中央部を南から北に向かって流れる松花江は、ハルビンで東に向きを変え、ジャムスを経てロシアのアムール川に合流、ついにはオホーツク海に流れ込む長大な河川である。広いところでは川幅が一キロメートルを超え、人や物を運ぶ水運としての機能だけでなく、漁業や観光の面においても満洲の経済を回している。そしてときに、国境紛争の舞台ともなった。

河川を遡《さかのぼ》って侵攻するソ連海軍に対抗するため、関東軍とは異なる満洲国の独自軍、「満洲国軍」も小型の砲艦数隻から成る海上戦力を保有していたが、今のところ姿を見ない。

陸で、空で、河で、友軍はいったいどこでなにをやっているのだろうか。

そんなことを考えながら九十九は送受話器を握り、車内放送を開始した。

「マルヒト・ソコレの諸君、列車長だ。おはよう。いい朝だな。さて、われわれはこれから、予定どおり綏佳《すいか》線を通って綏化へ向かう。順調にいけば明日の朝には綏化に到着できると思うが、松花江から先、しばらく見通しの悪い山道が続くため、地上から、空中から、昨日のように不意の攻撃を受ける可能性が高い。皆、不眠不休の作業が続いて疲れているだろうが、これまで以上に対地、対空警戒を厳とせよ。以上だ」

送受話器を通信兵に渡すと、受け取った通信兵の目が真っ赤だった。乗員は皆、牡丹江を出発以来まともに眠っていない。兵の充足率がもっと高ければ結果は異なっただろうが、窓際部隊のつらいところである。

「しばらく上にいるぞ」

井先任に声をかけ、観測台に上った。

列車はゆるゆると引き込み線を進んでいた。本線に合流するとき、線路の脇で手を振る駅員の姿を認めた。機関庫を手配してくれた駒場とかいう宮部の弟子だ。

「世話になった！」

すれ違うとき、両手を口に当てて礼を述べた。

「鉄さんをよろしく頼む！」

ふたりは互いに敬礼した。

本線に乗り入れた装甲列車は駅の乗降場を横目に見ながら徐々に速度を上げていく。駅舎の内にも外にも、昨日と変わらないどころか昨日以上の人々が押しかけていた。

風呂敷包みや大きなカバンを手にした人がいるかと思えば、着の身着のままの人もいる。ジャムス周辺の開拓村から逃げてきた人々なのだろうが、どちらを見ても婦人や子どもや年寄りばかりで、壮年の男子がひとりも見当たらない。

今年七月に満洲で施行された大規模召集、いわゆる根こそぎ動員によって、各家庭から十八歳以上の男が残らず消えたことによる影響だった。

男手のなくなった村に、ソ連軍が乗り込んでくる。

そこでいかなる惨劇が繰り広げられるか、想像するのはたやすかった。そしてすでに、そういう事態が国境近くの村々で無数に起きているのだろう。彼らの盾となるべき軍が、姿を消したがゆえに。

進路前方に松花江の茶色い流れが広がっていた。

大型の外輪船や数人乗りの帆船《はんせん》などが川岸につながれているのが見えるが、ここでも駅と同じように多くの人々が集まっていた。少しでも早く、少しでも遠くに逃れようと船に群がる人々からは、離れていても感じ取れるほどの必死さが伝わってきた。

九十九は防塵眼鏡をかけると、手すりに体を預けて両目を閉じた。

ぬぐえない疲れを感じていた。

しかし部下の前でいびきをかくわけにはいかないから、時々こうして屋上の観測台に逃げてくることがある。

一瞬だったか、それとも一分だったか、ほんの少しだけ違う世界に意識が飛んでいき、すぐに人の気配を感じて頭を持ち上げた。

丸眼鏡の奥にのぞく知性的なまなざしと目が合った。矢野軍医だった。

「よくこんなところで眠れるね」

「みっともないところをお目にかけました。自分にご用でしょうか」

「いや、下にいると息が詰まりそうだったから。外の空気を吸いに来ただけさ」

そうでしたか、と言いながら、こめかみを強くもんだ。眠気は晴れず、頭が痛い。

「それにしても、君らはよくこんな勤務環境に耐えられるな。鉄の箱に四六時中閉じ込められて、さぞや息苦しいだろうに」

「潜水艦乗組員に比べれば、まだましかと」

「それはそうだろうが、この列車には便所がない。少なくとも、潜水艦にはそれがあるぞ」

「潜水艦では、潜っている最中に窓を開けて放尿するわけにはいきませんから」

「そうそう、それ。君らは走行中の列車から外に向かって小便を放っている。尻だけ外に出して排便している兵隊もいたけれど、初めて見たときは器用なことをするものだと驚いたよ。しかし車内に便所がないとなればそうなってもしかたがない」

「軍医殿もおやりになりましたか？」

「まさか。そんなみっともない真似ができるわけないだろ。これは装甲列車を設計した者の犯罪的過失だよ。軍医少佐ともあろう者が、駅に着くたびに便所を探してうろうろさせられているのだから」

「駅に着くたびに、ですか。それはご不便をおかけしているようで、申しわけありません」

ちょっと爆弾を落としてくる、と言ってその辺の草薮で一発やるのが当たり前の陸軍に、便所の有無にこだわる者がいるだろうか。が、矢野軍医は生粋《きっすい》の軍人ではない。便宜上階級を与えられてはいるが、彼は軍に協力している外部のお医者様である。当然のことながら、土にまみれ、鮮血を浴び、占領地住民から憎しみのまなざしを向けられる陸軍軍人の悲喜こもごもを知っているはずもない。

「けれども、そんな列車生活も明日で終わりだ」と矢野軍医は続ける。

「そうですね」と九十九はうなずく。

「ハルビン到着は明日の夕方か夜だと思います」

矢野軍医の目的地はハルビン、と初めて会ったときに聞いていた。

「朝倉大尉、じつはね、わたしの本当の降車駅はハルビンの隣にあるピンファンという小さな駅なんだ」

「ピンファン？　知らない駅名ですね」

「君が知らないのも無理はない。小さな駅だし、ピンファンにあるのは一般部隊ではなく研究施設だから。本当なら、わたしはハルビンで降りて歩いて行くつもりだったんだ。先を急ぐ君らの迷惑になるだろうと思ってね。しかし現在の状況を考慮すると、ひとりで行くのは危険過ぎると思う。少々面倒だろうが、ピンファンまで送ってほしい」

九十九は眉間にしわを寄せた。

「目的地はハルビンの隣駅とおっしゃいましたか」

「厳密には隣ではないが、すぐ近くだ」

「路線の乗り換えが必要でしょうか」

「そうだな」

矢野軍医が降りたいと言っているピンファン駅は、大都市ハルビンに至る浜江線《ひんこう》ではなく、ハルビン手前の三棵樹《さんかじゅ》駅から拉浜《らひん》線に乗り換えて三つ目の駅であるらしい。大連に向から本線を外れての小迂回ということだ。

九十九は、ふうむ、とうなりを発して腕を組む。

相手は少佐だ。平時であれば断ってよい話ではない。しかし大連到着の期限まであと四日である。ただでさえ間に合うかどうか微妙な運行計画を組んでいるのだから、遅れがちの予定をさらに遅らせるのは避けたいところだった。

「軍医殿、即答できずに申しわけありませんが、本件についてはハルビン周辺の状況を実際に確認してから決めたいと思います。本当に危険ならピンファンまでお送りいたしますが、ご指摘のとおり、われらは先を急ぎます。こちらの事情も汲んでいただけるとありがたいのですが」

「もっともだな。それでいい」

「ありがとうございます」

応諾したとはいえ、矢野軍医が少しむくれた様子なので、話題を変えることにした。

「ところで、軍医殿は研究施設で勤務されているということですが、そこでどんなご研究をされているのかうかがっても構いませんか？　もちろん差し支えなければ」

「わたしの専門は伝染病だ」

「そうでした。以前教えていただきましたね。ではマラリアやデング熱などを？」

「わたしはペストについて研究している」

「ペストと言えば、数年前に新京で大流行したあれですね」

「あぁ」

「宮部整備士の娘さんは、そのとき亡くなったそうですよ」

「へぇ……」

矢野軍医はハンカチを出して汗をぬぐった。

「ペストという病気は細菌性の感染症でね。腺ペスト、肺ペスト、敗血症型ペスト、大きく三つの種類があるが、流行頻度のもっとも高いものは、リンパ節が冒される腺ペストだ。新京で流行ったやつもこれだった。わたしも現場に出たが、ひどいものだったよ」

「罹患《りかん》したら、きっと苦しむんでしょうね」

「ああ、ペストに感染すると、数日から一週間程度の潜伏期間を経て、倦怠感、悪寒、下痢、発熱といった、感冒にかかったときのような症状が出る。しかしそれは初期だけで、やがてリンパ節が腫《は》れ上がり、手足が壊死《えし》し、ついには呼吸困難に陥《おちい》る。末期は悲惨としか言いようがない恐ろしい病だ。そしてたちの悪いことに、治療法がない」

「ない？　本当ですか」

「本当だ。感染を拡大させぬよう患者の隔離措置は必要だが、治療という意味では、できることはなにもない。いったん罹患してしまえば六割の確率で死に至る。中世ヨーロッパでは総人口の三分の一がペストに殺されたというぞ。だがもし、この恐ろしい細菌を兵器に転用することができれば、と考えたことはないか？」

「自分にはその手の知見がありませんが、実現可能なんでしょうか」

「ペストの兵器転用という発想は、別に目新しいものではない。古代の攻城戦では、ペストで死んだ兵士を投石機で城内に投げ込む、などということを行っていたらしい。現代において同様のことをやるなら、爆撃機を飛ばして敵国の主要都市にペスト菌をばらまくといったやり方になるだろう」

説明がずいぶんと具体的だった。

「軍医殿も、そういう研究を？」

「いや、違う違う」

矢野軍医が顔の前で二度三度と手を振ると、丸眼鏡が鼻からずり落ちた。

「わたしは、そういうこともあり得ると言っただけだ。だが戦争に関わる技術は日進月歩の勢いで進化し続けている。先の大戦では戦車や戦闘機、そして毒ガスがヨーロッパの戦場を席巻《せっけん》したが、細菌武器だってそのうち当たり前のように使用されるだろう。わが国のように資源に乏しい国家は、少ない資材で大《だい》なる成果が期待できる細菌武器をもっと真剣に研究すべきなんだ」

身振り手振りを交えて力説する矢野軍医が一般論を述べているようには思えなかった。その手の研究が実際に進められているのかもしれないが、眠気でもうろうとして深く考えなかった。あくびをかみ殺そうと少し下を向いたとき、矢野軍医の足元に置かれた金属製のカバンに目がいった。そういえば、虎林駅で初めて会ったときもこれを抱えていたなと思い出す。よほど大事なものが入っているのだろう。

「あ、ちょっと失礼します」

会話を中断して双眼鏡をひょいと掲げた。松花江を遡ってくる数隻の軍艦を見つけたからだ。列車は河に架かる鉄橋を渡っているところだった。

「友軍の船か」

矢野軍医も気づいた。

「旗はよく見えませんが、おそらく満洲国海軍の艦《ふね》でしょう。避難民の誘導警備に出動したのかもしれません」

軍艦は四隻。前後に砲塔を一門ずつ備えた小型の河川警備用砲艦だった。下から誰かがハシゴを登ってきた。

「列車長、朝食をお持ちしました」

当番兵だった。盆の上に握り飯ふたつと、赤いリンゴを載せている。

「おう、俺の好物だ」

礼を言いながら両手で盆を受け取ったとき、当番兵が視界から消えた。

いや、消えたのは彼の上半身だった。

観測台に残された下半身がボコボコと血を噴き出し、ふらっと傾くとハシゴを転げ落ちていった。

受け取った盆の一方には、当番兵の手首から先だけが、どうぞ、と差し出されたときの形でぶら下がっている。

矢野軍医の叫び声で、われに返った。

ふたりは全身に返り血を浴び、盆の上には肉片が飛び散っている。九十九は赤く染まった握り飯を放り出すと、車内につながる伝声装置に向かって吠え立てた。

「敵襲ッ、敵襲ッ、全車戦闘配置！」

すぐさま車両全体に非常ベルが鳴り渡る。

四隻の砲艦はソ連海軍の小艦隊であった。そのうちの一艦が放った砲弾が、不運な当番兵を貫いたのである。

「列車の速度を上げろッ。各砲は三時方向、距離一〇〇〇の河川砲艦を狙えッ。照準できしだい砲撃開始！」

次々と飛来する敵弾が橋脚やアーチ型の鉄骨に命中した。牡丹江出発から三日目となった十二日の朝は、最悪の形で始まった。

第三章　西へ

一

顔を洗って指揮車に戻ってみると、兵士たちがバケツで水をまき、観測台や指揮車内部に飛び散った血や肉片を洗い流していた。マルヒト・ソコレにとって三人目の戦死者となった当番兵は毛布に包まれているが、彼がこの世に残すことができたのは下半身だけだった。

「戻ったぞ」

九十九が言うと、井先任は常の微笑を消して静かにうなずいた。部下の死を悼《いた》んでいる様子だった。

「軍医殿はどうした」

「着替えてくると言って、出て行ったきりです」

「あの先生、しばらく戻ってこないかもな。頭から血潮を浴びたことなんてないだろうから」

「列車長殿は大丈夫でありますか」

「大丈夫ではない、と言ったらどうかなるのか」

井先任が眉根を寄せた。

「冗談だ。俺は大丈夫だから、君は若い兵隊に気を配ってやれ。ほとんどのやつらが初陣だからな。そろそろ音《ね》を上げるころ合いだ」

「注意しておきます」

列車長席に腰を下ろすと、体が座席に沈んでいくような感覚があった。肉体の重みを感じるほど、疲労がたまっていた。

鉄橋を渡ってから一時間が経っていた。

河川砲艦と交戦しながら鉄橋を走り抜けた列車隊は、林口から続く北上の行程を終え、進路を西に取っていた。

侵攻ソ連軍と入れ違う形でジャムスを離脱できたものの、世話になった駅員たちや逃げ惑っていた避難民の今後を思うと、ましてや部下をひとり失ったばかりとあっては、自分たちの幸運を喜ぶ気になれようはずもない。車輪の奏でるゴトンゴトンという規則正しい振動にゆられながら、暗澹《あんたん》たる気持ちで路線網図に目を落とす。

綏化まで続く綏佳線は、経路のほとんどが山道だ。われらが老ソコレは厳しい勾配にふたたび悲鳴を上げるだろうが、綏化から先のハルビン、新京、そして大連まではずっと平地が続くため、道のりだけを見れば本行程が最後の難路と言えるだろう。

しかし平地が続く、という地形的特性は敵にも利益をもたらす。東部国境の町ハバロフスクから四〇〇キロメートルも離れているジャムスが攻撃を受けたのだから、北の孫呉《そんご》あたりから平地に沿って進撃してくるであろう敵が、先に綏化やハルビンに達している恐れは十分にある。

その際は力ずくで突破せねばならないが、友軍の姿はなく、総司令部と連絡はつかず、頼みの綱は幸運だけ、とあっては、考えれば考えるほど気が滅入る……。

「列車長殿」

耳元で井先任の声がして、水中から引き揚げられたような浮遊感とともに視界が明るくなった。頭をもたげると、口からつーっとよだれが垂れた。

「お疲れのところ申しわけありません」

「あ、あぁ……」

ぼーっとしたまま時計を見ると午前十一時だった。不覚にも、部下の前で四時間あまり眠っていたらしい。

「やれやれ、俺は列車長失格だな」

口をぬぐって、立ち上がった。

「で、用か？」

「はい、じつは歩兵車で問題が」

「歩兵車？」

「兵がロシア人の捕虜に暴行を加えたらしいのです。今から自分が行ってきますので、列車の指揮をお願いできますでしょうか」

急に頭がはっきりしてきた。

「原因はなんだ」

「これから確認してきますが、乗員がまたひとり死んだことと関係があるかと」

「砲弾に当たって死んだ当番兵のことだな。なるほど、八つ当たりか」

「おそらくは」

「君が捕虜を列車から降ろせと意見具申したのは、こういう事態になることを見越していたんだな」

「兵たちを抑えておくのが自分の役目だと言っておきながら、この状況を防げずに申しわけなく思います。二度と同じことが起こらないよう、よく言い含めて参ります」

「いや、俺が行こう」

「いえ、ここは自分が」

「君を信頼していないわけじゃないんだ。ただ、扱いの難しい問題に発展しそうな予感がするから、さっさと火を消しておきたいと思う。ついでに捕虜とも話してくるつもりなので、ここは俺に任せてくれ」

「……わかりました」

「とはいえ、矢野軍医を連れて行かんことには会話もできん。誰か呼びに行かせて……」

「遅くなった」

矢野軍医が戻ってきた。上着を脱いで襯衣《シャツ》だけの姿だった。

「軍医殿、大丈夫ですか？」

「大丈夫って、なんのことだ。上着を洗って干してきただけだが」

「いや、あんなものを間近に見たのですから、さぞ驚かれただろうと……」

「そのことか。ああ、驚いたさ。鼻先を砲弾がかすめたんだからね。でも死体のほうには慣れている。研究室では死体の相手ばかりだったから」

あまりにあっさりと言うから、かえってこちらが驚いた。医者というのも死に鈍感にならねばやっていられない職業なのかもしれない。

「軍医殿、戻られたばかりで恐縮ですが」

九十九は矢野軍医に事情を話して通訳支援を頼み、一緒に歩兵車へ向かうことにした。

連結部につながる重たい扉を開けて外に出ると、緑の匂いが濃厚だった。平野を過ぎて山岳線に入ったのだ。振り返って扉を閉めようとしたら、雲井が追ってきた。

「なんだ」

「わたしも行きます」

「患者が殴られたと聞いては放っておけないか」

「はい」

「損な性分だな」

ふたりを連れ、今度は歩兵車の鉄扉を両手で開けた。

車両の一番奥に五、六人が集まっていた。彼らは床に転がった捕虜を囲んで見下ろしている。

「お前たち、どういう状況だ。説明しろ」

ルカチェンコ少佐はずいぶん殴られたようだ。頬は腫れ、唇は切れ、赤い頭髪を覆うように巻かれていた包帯は引きちぎられていた。雲井は兵士たちを押しのけすぐに手当を施した。当然だが、彼女は怒っていた。

「こいつが抵抗したんです」小池機関士だった。

「なにか隠し持っているようだったので、検査しようとしたら突然噛みついてきて……」

「だから、両腕を縛られた男をよってたかってか」

兵士たちに目をやると、皆ばつが悪そうにうな垂れた。

「こいつは近藤《こんどう》の仇《かたき》です」小池機関士が吐き捨てた。

「近藤？　当番兵の近藤二等兵のことか」

「あいつは同郷のなじみでした。母ちゃん想いのいいやつです。あんなむごい死に方をしていいやつじゃなかったのに、全部こいつらのせいです」

小池機関士は全身に憎悪をたぎらせていた。親しい間柄だったのだろう。どうやら、ほかの兵も気持ちは同じらしい。

「それで、こいつはなにを隠し持っていたんだ」

「これです」

小池機関士が渡したのは銀色の首飾りだった。鎖の先端に親指大ほどの丸い飾りがついている。どうやら開閉式らしい。いわゆるロケットペンダントというやつだろう。

「きっと重要な物が入っているはずです」

小池機関士に言われるがまま、親指の爪を引っかけてロケットペンダントを開いた。なかにあったのは髪を後ろで結んだ若い女性の写真だった。妻、恋人、そんなところだろうか。

「これのなにが重要なんだ、小池」

「いや、でも……」

そのとき、ルカチェンコ少佐が獣のうなるような声でなにか言った。人の死にも自分の死にも関心のなさそうな薄ら寒い碧眼《へきがん》は相変わらずだが、顔つきにわずかな動揺を読み取った。

「今、彼はなんと？」矢野軍医に尋ねた。

「返せ、だとさ」

「これをですか」

「きっと大事なものなんだろう。ちょっと見せてくれ」

矢野軍医は九十九からロケットペンダントを受け取り、ためつすがめつ眺めたのち、「なるほど」とひとりうなずくとルカチェンコ少佐に向かってロシア語で問いかけた。その言葉にルカチェンコ少佐がつぶやくように応じ、矢野軍医がふたたび返す。しばらく内容のわからないやりとりが続いていたが、ルカチェンコ少佐のなかで渦巻くどす黒い感情だけは明白に感知した。

「彼、しゃべったよ。われわれを攻撃した理由」

「なんと」

「連絡任務で飛んでいたら、血の気の多い操縦士が勝手に手を出したらしい。単なる遭遇戦だったと言っている」

「嘘か真《まこと》かは別にして、よく聞き出せましたね」

「首飾りを捨てられたくなかったら話せって言ったんだ。これは母親の写真らしいから、脅せば口を割ると思った」

「母？　どうして母親だと」

「赤い革の手帳があったろ。鎌と槌が交差していて、そこを剣が貫いているＮＫＶＤの紋章つきの」

「ええ」

「手帳のなかに家族についての欄があったんだが、彼の母親はすでに死亡しているらしい。そして、これだ」

矢野軍医はペンダントの裏を九十九に見せた。

「一九二五年八月十六日とあるだろ。彼の母親の命日だ。今から二十年前だから、彼はまだ十歳かそこらだったと思うが、首飾りに刻んでおくほど重要な出来事、それも子供にとっての重大事とくれば母親の死だろうと当たりを付けてみたところ、見事的中したというわけさ。それから、手帳には彼がシベリア出身ともあってね。シベリアは流刑地として知られた辺境の酷寒地だから、きっと彼の家も厳しい暮らしをしていたはずだ。そういう家では家族の結びつきが自然と強くなる。母親の写真を入れた首飾りに命日を刻印するぐらいだから、亡き母を想うことひとかたならぬといったところらしい。彼はＮＫＶＤ将校のくせに、ちょっと揺さぶったらすぐ落ちたよ」

半身だけ起こしてこちらを見返すルカチェンコ少佐を改めて観察してみると、鼻筋の整った写真の女性とどことなく似ていないでもない。処刑人と忌み嫌われるＮＫＶＤの将校であっても、思慕の情は人並みということなのだろうか。

しかし母親を知っている分だけ、彼はまだ幸せなほうだろう。

買い出しに行った母が車にはねられたとき、九十九はまだ一歳だった。だから姿も声もぬくもりも、なにも記憶には残っていない。仏壇の遺影、それが九十九にとって母のすべてである。写真だけが、母親のぬくもりを伝える唯一の手がかりだった。

「どうする、この調子で尋問《じんもん》を続けるか？」と、矢野軍医がどこか得意げな様子で提案した。

ルカチェンコ少佐に訊きたいことは山ほどあるが、訊いたところで真実を答えるとは限らないし、こちらには情報の真偽を確かめる術もない。さてどうしたものかと腕を組んでいたら、「それ、返してあげてください」と雲井が包帯を巻き直しながら刺々《とげとげ》しく言った。

「母親を人質にするなんて卑怯です」

「卑怯だって？」矢野軍医が甲高《かんだか》い声で応じた。「雲井君、それを言うなら、条約を一方的に破棄して戦争を仕掛けた彼らこそ卑怯じゃないか」

正義はわれにあり、と矢野軍医はムキになって反論した。

四年前、ソ連に攻め入ったドイツ軍が順調に戦いを進めている状況を見て、日本はドイツと協力してソ連を挟撃《きょうげき》すべく、七十万を超える兵力を訓練名目で満ソ国境に集結させた。関東軍特種演習、通称関特演だ。

しかしながらソ連軍は国境地帯の警戒を緩めず、ドイツ軍の進撃も思ったほどの成果を上げていない状況を受けて、北進案は無期限延期となった。

相互不可侵の中立条約を先に破棄しようとしたのは日本だった。そうしなかったのは善意からではなく、国際信義に基づくものでもなく、付け入る隙を見出せなかったからに過ぎない。

「軍医殿、首飾りは返してやりましょう。雲井看護婦の言ではありませんが、敵とはいえ、母親を出汁に使うような真似は自分の流儀に反します」

九十九は手のひらを上にして矢野軍医にペンダントを渡すよう迫った。

「敵に情けをかけるというのか。お人好しだね、君らは」

矢野軍医から受け取ったペンダントをルカチェンコ少佐の首にかけてやると、彼は無表情のまま、「パチムー」と短くつぶやいた。

なぜだ、と言っていた。

「俺は貴様らＮＫＶＤと違って、喧嘩は対等な立場でやらねば気が済まない性分なのでな。戦場でならいくらでも殺し合ってやるが、俺は両腕を縛った男から母親を取り上げて楽しむような卑怯者ではない」

言い終わると、矢野軍医を見た。矢野軍医は肩をすくめて、「はいはい。君が、正々堂々と喧嘩するサムライであることを言えばいいんだろ。武力と暴力は別物だと君は主張したいのだろうけど、そんな美学がこのロシア人に通じるとは思えないけどね」とブツブツ言いながら、通訳を始めた。

矢野軍医のロシア語を黙って聞いていたルカチェンコ少佐が、最後の部分で口元をゆがめながら強い語気で言い返した。

「自分は卑怯者ではない、だそうだ」矢野軍医が訳した。

「ダグダドカシーエドミア」

ならば証明しろ、と九十九はロシア語で言った。

「ビヤダカシュウェアタ」

証明してやる、とルカチェンコ少佐が歯ぎしりしながら応じた。

彼は侮辱されたことに怒っているらしい。こいつにも誉《ほま》れを解する武人の心があるのだな、と九十九は意外の感を抱きながら、しばらくルカチェンコ少佐と無言で睨み合った。

「朝倉大尉、そんな煽《あお》るようなことを言っても大丈夫なのか」と矢野軍医が言ったので、振り向いた。

「帝国の軍人なら、敵の虜囚《りょしゅう》となるのを恥じて自決を選ぶだろ。卑怯者でないことを証明しろなんて言われたら、恥辱のなんたるかを知らないロシア人だってさすがに舌を嚙み切るんじゃないか？」

「いえ、そうはならないと思います」九十九はルカチェンコ少佐に視線を戻した。「少なくとも、わたしや軍医殿を一発殴るまで自決することはないでしょう。こいつは今、大いに憤《いきどお》っていますから」

「では、わざと挑発したのか。自決を予防するために」

「いえ、そこまで考えてのことではありません。売り言葉に買い言葉というやつです。これはただの喧嘩なので」

「終わりました」

そうこうしているうちに、雲井が治療を終えた。それを合図に九十九はルカチェンコ少佐から視線を外し、兵士たちに向き直って、「お前たちにも申し渡しておくぞ」と告げた。

「このロシア人は、わが隊が二名の尊い犠牲と引き換えに捕らえた貴重な捕虜である。この者が持っている情報の内容によっては、わが軍の作戦に利するところ大なるものがあるかもしれん。従ってだ、俺たちは仲間の死を無駄にしないためにも、こいつを新京の憲兵隊本部、もしくは関東軍総司令部あたりにしかと引き渡さねばならんのだ。だからこいつに手を出すな。もしも殺したら、そいつは利敵行為と同じことだぞ。このロシア人が死んで今一番喜ぶのは、こいつの口から機密が漏れるのを恐れる侵攻ソ連軍だけなんだからな。わかったか」

兵士たちはうな垂れると、「申しわけありませんでした」とか「ご命令に従います」とか、消え入りそうな声で了承した。しかし小池機関士だけは、こぶしをぎゅっと握りしめて唇を引き結んだままだった。

「おい、小池」

九十九は小池機関士の固く握られたこぶしを開かせた。油で汚れて真っ黒だった。

「小池、この機械油にまみれた手は、われらが老ソコレを動かすのに必要不可欠な重要部品なんだ。人を殴って痛めでもしたら今後の運行に問題が生じるだろ。そういう荒っぽいことは俺たちに任せて、お前はこの手をもっと有意義なことに使え。いいな?」

しばらく自分の手を見つめていた小池機関士は、やがて諦めたように腕から力を抜いた。

そのとき突然、列車に急制動がかかった。

体を前に持って行かれそうになって、あわてて手すりにしがみつく。矢野軍医は体勢を崩して転がり、雲井はとっさにルカチェンコ少佐の肩を支えた。

「俺だ。状況を報告しろ」

車輪がレールを削る鋭い制動音が鳴り響くなか、九十九は壁の伝声装置を握った。井先任から の応答を聴き取ると、すぐさま振り返って全員に言う。

「お前たち、仕事だぞ。進路前方でさっそく問題発生だ」

二

九十九は雲井と矢野軍医、そしてルカチェンコ少佐を伴って指揮車に戻った。

ルカチェンコ少佐を壁際に座らせて見張りを置くと、いぶかしげな顔をしている井先任を促して観測台に上がった。

列車は完全に停止しており、緑一色に染まった山肌が車両の両脇すぐそばまで迫っている。前方に延びる単線の線路は、まるで原始の森に掘られた緑のトンネルのようだった。

「問題というのはあれか」九十九は言った。

「はい」

井先任はうなずいた。

一〇〇メートルほど先、トンネルが切れたあたりに駅が見える。小さな田舎駅だ。その乗降場に軍旗を手にした兵士の一群がいた。

「どこの部隊だ」

「満洲国軍です」

「では友軍だな。なにを警戒している」

「先に通過したはずの川野辺少尉から、なにも連絡がありませんでした」

「こんな山道だ。無線が通じなくても不思議ではない」

「そうならよいのですが」

「ここで考えていてもしかたがない。列車を進めろ。俺が話してみよう」

「了解でありますが、その前に、ロシア人の捕虜を指揮車に連れてきたわけをお聞かせ願えませんか」

「歩兵車にあのまま置いていたら、いつまた騒ぎが起きるかわからんのでな。兵たちには釘を刺しておいたが、敵国人との共同生活は思っていた以上に士気と規律に悪影響を及ぼすものらしい。捕虜を指揮車に移したのは、つまるところ、そういうわけだ」

「この車両には軍機に関わる物がいろいろとあります。指揮車に捕虜を拘禁するのは情報管理面で不安があると、列車長もおっしゃっていたではありませんか」

「そこは考えぬでもなかったが、やつは日本語が理解できないし、縛っておけば問題はないと改めて判断した。見張りも付けたことであるしな」

「列車長がそうお決めになったのでしたら、自分に不服はありません」

「では列車を動かしてくれるか」

「はい」

井先任が下に降りてしばらくすると、列車が車体をきしませながら前進を再開した。乗降場にゆるゆると入っていくと、士官らしい男が列車の行く手を遮るように手をかざしてなにか言っている。

トマレ、と聞こえた。

「鉄道第四聯隊の者だ。君らは満洲国軍だな。ここでなにをしている」

トマレ、トマレと手を振っていた士官に観測台から声をかけた。詰め襟で、中尉であることを示す星ふたつの階級章が肩についている。遠目だとよくわからなかったが、彼の着ている服は開襟型に改める前の日本軍の軍服にそっくりだった。

「駅の警備でアリマス、大尉ドノ」

下手な日本語を話す青年士官は、日本人ではなかった。

「中尉、君がここの責任者か。上官は？」

「ほかに将校はオリマセン。自分が当地における階級最上位者でアリマス」

「日本人は？」

「オリマセン」

「ひとりもか」

「ハイ」

さっと見渡した限り、駅にいる兵士は三十人ばかりである。

満洲国軍は、日本人、満人、漢人、朝鮮人、蒙古人の五族で構成される多国籍軍である。五族協和を掲げる満洲国の理想を体現したものと言えば聞こえはいいが、部隊長はすべからく日本人が独占している。よって、日本人がひとりも含まれない部隊が独立して行動するなどということは、いささか考えにくい。

「中尉、列車を停車させた理由を訊こう。手短にな」

「大尉ドノはお急ぎのようデスガ、どちらに向かわれますか」

「軍機につき、詳細は言えない」

「後部に連結している大きな大砲はなんでショウカ」

「それも軍機だ」

ひげをきれいに剃った青年士官の顔に爽やかな微笑が浮かんだ。

「グンキ、グンキとおっしゃいましても、この先に進むことはできまセン。線路が破壊されておりマスカラ」

「線路破壊？　匪賊の仕業か」

「おそらく」

「うちの警戒班が先に来たはずだが、通ったか？」

「ええ、駅の裏にオリマス」

「裏でなにをしている」

「怪我人の治療デス。何者かに攻撃を受けていたところを、われわれが助けたのデス」

「攻撃だと」

嘘を言っているようには聞こえなかった。無線連絡が来なかったのは、単に電波が地形に遮断されたためであろうか。

「わかった。支援に感謝する。すぐに人をやるから彼らのところに案内してくれ」

「心得ました、大尉ドノ」

九十九は観測台を降りて状況を先任に伝え、線路補修の準備を命じた。次いで兵士四人にふたつの担架を持たせ、最後に矢野軍医の同行を求めた。

「なぜわたしなんだ」と矢野軍医は目を丸くして言った。

「怪我人がいるということですから」

「だったら彼女が……」

雲井がぱっと立ち上がった。両手に赤ん坊を抱きかかえている。

「わかったよ。わたしが行くよ」

渋々といった様子で矢野軍医は救急嚢を持ち、洗って干していたという上着に袖を通した。

全員の準備が整ったのを見届け、外に通じる扉を開けた。九十九を先頭に矢野軍医と兵士たちが乗降場に降り立つと、部下を率いた青年士官がにっこりと笑いながら近づいてきた。

「これだけデスカ？」

「人手が足りないのでな」

「この装甲列車には何人乗っているのでショウカ」

「五十人ほどだが、それがどうした」

「なるほど、逃亡兵が五十人も」

「なに、逃亡兵？」

「降りてクダサイ。乗員全員デス」

青年士官は穏やかな表情を崩さず、煙草でも取り出すような自然な動きで拳銃を抜いた。

「われわれは第四軍管区特別憲兵隊デス。敵前逃亡の疑いにつき、あなた方を拘束シマス」

列車を囲むように配置されていた兵士たちが、青年士官の動作に呼応して一斉に据銃《きよじゆう》する。

「冗談、で言っているわけではなさそうだな」

「もちろん冗談ではありませン」

「俺たちはまんまと騙されたというわけか。では、うちの偵察警戒班の連中が攻撃を受けて負傷したというのも嘘っぱちか」

「嘘ではありまセン。彼らは抵抗したので、その報いを受けたのデス。あなた方もおとなしく指示に従わねば、彼らの二の舞になりマスョ」

「報いね、なるほど」

蟬の鳴き声が大きくなったように感じた。

「中尉、君はひとつ思い違いをしているようだが」

九十九は銃口から目をそらさず、努めて冷静を装って言った。

「俺たちは満洲国軍とは指揮系統の異なる関東軍だ。よって君の指示に従う筋合いはないし、もしも特務で行動中の俺たちを拘束すれば、あとで君らのほうが咎めを受けるだろう。それでもやる、と言うならしかたがない。急ぎの旅ゆえ、力ずくで通らせてもらう」

「指示に従わねば射殺シマス」

「従う筋合いはない、と言っただろ」

そのまま無言で対峙《たいじ》した。

彼らは本当に取りしまりをしているだけかもしれない、とは思うが、一度武器を手放してしまったら、不当な嫌疑を晴らす機会を与えられることなく、即決裁判で銃殺刑に処されるような事態に陥りかねない。

戦地ではそういうことがよく起きる。満洲は今、戦地である。だからこそ、はいどうぞ、と簡単に武装解除に応じるわけにはいかなかった。

そうやって打開策の見えないままに睨み合いを続けていたら、隣の矢野軍医が「わたしに銃を向けるんじゃない!」と甲高い声を発して満洲国軍の兵士を叱りつけた。銃で小突《こづ》かれたことが気に食わなかったようだ。

「軍医殿、ここは抑えてください」九十九は小さな声で言った。

「イマ、軍医と言いマシタカ」

どうしてかわからないが、青年士官の銃口が少し下がった。

会話が続いているあいだは撃つまい。九十九は矢野軍医が作った機会を最大限活用してやることにした。

話して、糸口をつかむ。そう決めた。

「中尉、この方は軍医少佐殿で、うちのお客様で、東京帝国大学のお医者様だ。あとで面倒なことになるから、失礼なことをしないほうがいいと思うぞ」

「東京帝国大学の医者が、なぜ装甲列車に乗っているのデス。それもグンキとやらですか」

「これは軍機とは関わりないことだ。軍医殿は、とある駅まで相乗りを希望されたに過ぎない。たしかピンファンとかいう駅名だったが」

「……ピンファン」

「ああ、そこで勤務されているそうだ」

「ピンファンで働く軍医……」

青年士官の目つきが急に鋭さを増し、支那の言葉で何事かをつぶやきながら矢野軍医に拳銃を向けた。

日本鬼子《リーベン・グイズ》――。

そう聞こえた。

「おい、ちょっと待てッ」

高まる殺意を感じて一歩踏み出したが、間に合わなかった。

乾いた音、広がっていく赤黒いシミ、ずり落ちた眼鏡。腹部を撃たれた矢野軍医が倒れるのとほぼ同時に、青年士官もまた撃ち倒された。

とっさに伏せた九十九の頭上を銃弾が激しく飛び交ったのはほんの数瞬だった。銃声が止んだのでそろりと頭を上げて辺りを見回すと、軽機関銃を構えた川野辺少尉が駅舎のほうから走り寄ってきた。

「川野辺……」

「危ないところでしたね」

青年士官は胸から血を流して地に突っ伏しており、満洲国軍の兵士たちもことごとく倒れていた。足で蹴りながら彼らの生死をたしかめているのは偵察警戒班の連中だ。

列車の扉が勢いよく開いて、「ご無事でありますかッ」と言いながら井先任たちが外に出てきた。

「俺は大丈夫だ。それよりも軍医殿を」

矢野軍医の腹から漏れ出た鮮血がコンクリートに広がっていく。事態の展開に頭が追いつかなかった。

「お前らがやったのか」川野辺少尉に言った。「なぜ全員撃ち殺した。友軍だぞ」

「撃たねば列車長も撃たれていました。それに、彼らは友軍ではありません。造反軍です」

「造反？」

「裏に将校の射殺体がありました。おそらく日本人の部隊長です。きっとこの者たちは、ソ連軍の侵攻を知って仰ぐ旗を変えたのでしょう。自分たちも危うく殺されるところでした」

川野辺少尉は軍帽をかぶっていなかった。額や口から血が流れ、ところどころ赤く腫れている。暴行を受けた痕跡だった。捕らえられたが、隙を見て反撃に転じたという。

矢野軍医のもだえ苦しむ声を聞いて、はっとした。

真っ先に飛び出してくるはずの雲井が、どこにもいない。九十九は指揮車に駆け寄って開きっぱなしの昇降口に飛びつき、「雲井看護婦、いるか！　軍医殿が重傷……」と言いながら車両内部をのぞいて、わが目を疑うような光景に直面した。

列車長席のあたりでルカチェンコ少佐と見張りにつけた兵士がもみ合っていたのだ。ルカチェンコ少佐は兵から歩兵銃を奪おうとしているらしい。ほかの乗員は外に出ており、残っていたのは必死に組み合う兵士と、背中を壁に押しつけて立ちすくむ雲井だけだった。その胸には赤ん坊が抱かれたままである。

九十九は弾かれたように車両内へ躍り込んだ。だが九十九がルカチェンコ少佐に飛びつく前に、彼は奪い取った銃の銃床で兵士を殴りつけ、銃口を素早く九十九に向けた。

「ズマロズィツィ！」

動くな、と彼は叫んだ。

あと四、五歩という間合いで、九十九は足を止めざるを得なかった。拳銃は腰にぶら下がっているが、抜く前に撃たれるだろう。殴られた兵士は意識を失っており、少佐を縛っていた縄は床に落ちていた。どうやって縄を切ったかは不明であるものの、外の騒ぎで指揮車から人がいなくなった一瞬の隙を突かれたということだった。

「なにゅしよんのか！」

異変を察した井先任が大分弁で怒鳴りながら昇降口から入ってきた。続く兵士たちは銃を構え、川野辺少尉は軽機関銃を腰だめに抱えていた。

状況不利とみたか、ルカチェンコ少佐はぱっと身をひるがえすと、壁沿いにいた雲井の首に腕を回して有無を言わさず脇に抱え込んだ。彼女はキヨ子ちゃんを抱いていて両手が使えず、抵抗することもできない。少佐はふたりを人間の盾にするつもりなのだ。

「待てッ、双方待て！　撃つなッ！」

両者の間に挟まれる格好で立っていた九十九は両手を掲げて制止した。先任たちとルカチェンコ少佐が互いに銃を構えた状態で睨み合いになると、異様な空気を察したのか、キヨ子ちゃんが小さな声でエッエッと泣き始めた。

「お願い」

雲井はキヨ子ちゃんを胸にひしと抱きしめ、顔だけをルカチェンコ少佐に向けて震える声で言った。

「赤ん坊を傷つけないで、お願い」

日本語を理解できなくても言わんとするところは察したはずだが、左腕を雲井の首に巻きつけ、右手に歩兵銃を構えたルカチェンコ少佐に動きはない。感情を表に出すことの少なかった男の青い瞳から、ぞくりとするような殺意が放たれていた。

いっそのこと、一発撃たれる覚悟で飛び出すべきだろうか。彼が奪った三八式《さんぱちしき》歩兵銃は射撃のつど槓桿を手で引いて弾薬を装填《そうてん》する鎖閂《ささん》式だ。次弾装填前に距離を詰めさえすればなんとかなるかもしれない。だがルカチェンコ少佐に体当たりしたとき、雲井の腕からキヨ子ちゃんが床に落ちでもしたら一大事である。

膠着《こうちゃく》状態が続き、キヨ子ちゃんの泣き声だけが段々大きくなっていく。どちらかが下手を打てば、そのときは地獄だ。やはりここは安全策でいくべきだろう。

九十九は心を決めると、ゆっくりとルカチェンコ少佐の背後に指を向けた。

その扉を開ければ線路に降りられる。このまま逃がしてやるから、人質を解放しろ。そういう意味のことを、たどたどしい発音と適当に並べたロシア語で、なんとか伝えた。

そして最後に、こうつけ加えた。

「ふたりを傷つけたら殺す。必ずだ」

ルカチェンコ少佐がちらりと背後の昇降口に視線を飛ばし、酷薄な笑みを浮かべた。指揮車の昇降口は左右ふたつある。進行方向に向かって右側は乗降場につながり、左側の扉を抜けると線路沿いの防風林がすぐそばだ。ルカチェンコ少佐はふたりを盾にしたまま、左の扉のほうへじりじりと後ずさっていく。

「お前たち、銃を下ろせ」

九十九は兵らに向かって後ろ手で指図した。「列車長、しかし！」と井先任が鋭い声で異を唱えた。

「ふたりの安全を優先する。命令なく発砲するな」

ルカチェンコ少佐が雲井の首をしめていた左手を離し、扉の取っ手に手をかけた。同時に、歩兵銃の銃身を彼女の肩に載せ、九十九にぴたりと狙いを定める。

行きがけの駄賃に撃つつもりなのだ。

だがそうとわかっていても、今動くわけにはいかない。九十九は少しだけ膝を曲げ、その瞬間に備えるに留めた。撃たれたら前に出る。それだけ決めた。

昇降口の扉がきしみながらゆっくり開いていった。

外から陽が差し込み、ルカチェンコ少佐の赤い頭髪が妖しく波打った。

心臓の鼓動を感じた。

額から汗が流れた。

ふたりの視線が交差した。

撃たれる。

そう覚悟して足に力をためたとき、ルカチェンコ少佐が不敵な笑みを見せつつ言った。

「スコーロ・ヴィージムサー、ヤポンスキー」

少佐は雲井の背中をトンと軽く押すと、陽光のなかに溶けるように姿を消した。九十九は前に飛び出し、崩れかけた彼女の体をすんでのところで抱き留めた。

「怪我は？」

「あ、ありません」

「よし」

キヨ子ちゃんの無事もたしかめると、九十九は昇降口から線路に飛び降りた。数メートル先には緑の壁のごとき樹海が広がっており、ルカチェンコ少佐の姿はすでにない。

背後から兵士たちがばらばらと降りてきた。

「追いますか」横に立った井先任が怒りを押し殺した声で言った。

「雲井さんに手当してもらったくせに、恩を仇《あだ》で返すとは許せません」川野辺少尉だ。軽機片手に鼻息が荒い。

「今なら追いつけます」いつのまにか現れた金子少尉が地面に顔を近づけていた。泥だらけの足元には砂利や小枝が転がっているだけだが、彼には足跡が見えているらしい。

「もういい」九十九は首を横に振った。

「俺たちに山狩りなんてしている暇はない。すぐに出発するぞ」

「貴重な情報源です。よろしいのですか」と井先任が続ける。

「よろしくはないが、本来任務のほうがもっと重要だ。すでにずいぶん時間を無駄にした。これ以上やっかいごとを増やしたくない」

「わかりました。みんな聞いたか。列車長のご命令だ。撤収しろ」

兵たちがブツブツ言いながらふたたび車両に乗り込むのを見届けると、九十九は昇降口付近に立っていた雲井を呼んだ。だがぼんやりしていて反応がないので、もう一度強い口調で、「雲井看護婦！」と呼びかけた。

「は、はいッ」

目に生気が戻った。

「こんなことがあった直後で悪いが、矢野軍医が撃たれて重傷だ。急ぎ処置を頼む」

「はい！」

彼女は駆けつけた宮部にキヨ子ちゃんを託すと、救急嚢を手に走っていった。やがて機関車に力強い蒸気が入り、出発準備完了を告げる汽笛が鳴った。その間ずっと、九十九はルカチェンコ少佐が姿を消した森を線路脇に立って睨み続けていた。

線路に飛び降りる直前、彼は撃とうと思えば撃てたはずだ。実際、九十九は撃たれることを覚悟した。至近距離である。撃てば必ず当たり、当たれば致命傷は避けられなかっただろう。彼には日本人を殺す理由があり、肌に感じた殺意は本物だった。だが彼は、なぜか引き金を絞らなかった。

「列車長、発進します。乗ってください」井先任が昇降口から顔を出して言った。

九十九はタラップに足を乗せると、森のほうに視線を投げてつぶやいた。

「あの野郎、スコーロ・ヴィージムサーと言いやがったな。くそ」

ルカチェンコ少佐が不敵に笑いながら言い残したのは、また会おう、という意味合いの言葉であった。

三

探照灯《たんしょうとう》が進路を照らす時刻、午後八時。九十九は炊事車に向かっていた。

赤ん坊がどんなに泣き叫んでも戦闘指揮の妨げにならない場所、すなわち炊事車の一隅がキヨ子ちゃんの定位置として定まったのは人質事件の直後だが、そのキヨ子ちゃんの具合がよくないというのだ。

夕食の後片づけに追われる炊事兵を労《ねぎら》いながら奥へ行くと、今やマルヒト整備隊の神に祭り上げられた宮部が、悄然とした面持ちでキヨ子ちゃんを抱いているではないか。

「その子の調子が悪いと聞いたが」

「これを見てくれ」

宮部がキヨ子ちゃんの肌着をめくると、大きな吹き出物がいくつも胸に広がっていた。裸電球の下では顔色まではわからないものの、頬に手を当てると、心なしか熱っぽい。先日見たときはただの汗疹《あせも》かと思っていたが、ここまでくるともはや皮膚病である。

「なにかの病気なのか」

「病気ではない」キヨ子ちゃんを心配そうに見つめる宮部は言った。「栄養が足りぬらしい」

「米の研ぎ汁を飲ませているんじゃなかったのか」

「あくまで一時しのぎとしてな」

「砂糖を使うことも許可しておいたはずだが」

「もうこの子は、砂糖水を飲めぬくらい衰弱しておるのだ。嬢ちゃんが時々ビタミンを注射してくれてもいるが、早く乳母に預けねば、あと二、三日の命だと、お医者様は言っておった」

「矢野軍医が？　いつ聞いた話だ」

「先生があんなことになる前だが」

昼の一件で重傷を負った矢野軍医は、あれから意識を失ったままだった。

治療に当たった雲井の話では、銃弾が体内に残って出血がひどいらしい。このままでは失血死しかねないので、一刻も早くしかるべき医師の手に委ねるべきだと彼女は言っていた。つまり、彼の同僚医師たちがいるであろうピンファンの施設に急いでお連れするしかないということである。所属部隊まで送り届けるかどうかはハルビン周辺の治安状況を見てから決めたい、と判断を保留していた件は、ハルビンに着く前に結論が出てしまったというわけだった。

「ところで宮部さん、なんであんたがここにいるんだ。キヨ子ちゃんは雲井看護婦が面倒を見ていたんじゃないのか」

「嬢ちゃんなら、ほれ、そこだ」

宮部がアゴで、大釜が並んだ一角を指す。

釜と釜の隙間をのぞくと、雲井が釜にもたれて眠っていた。

「赤ん坊の面倒を見るのは簡単なことではないのだ。ましてや、母としての経験もない嬢ちゃんではな。加えて治療に看護にと走り回っておるのだから、きっとろくに寝ておらんのだろう。そっとしておいてやれ」

「こうして見ると、ただの女の子だな」

「その女の子の肩にどれほど重たいものを乗せてしまったのか、わしら大人はもう少し考えてやるべきだぞ」

「そうかもな」

列車がゆれて、雲井の肩から毛布が滑り落ちた。起こさないようにそっとかけ直してやる。

「宮部さん、かゆです」

炊事兵が飯《はん》ごうの蓋に盛った黄色いかゆを持ってきた。

「列車長に怒られるかもしれませんが、溶き卵も入れておきました」

炊事兵が眉尻を下げたので、九十九は構わんと言ってうなずいた。

「兵隊さん、いつもすまんのう」

宮部はかゆを受け取った。

「その子、大丈夫ですか」炊事兵は声を潜めて言った。

「俺にも歳の離れた兄弟がいるけど、赤ちゃんって、いつもギャーギャー泣いているような印象があるんですけど、炊事車に来てから全然泣きませんね、その子」

「この子は泣く元気ものうなってしまったのだろう。乳をたくさん飲んで、たくさん泣いて、たくさん眠る。赤ん坊のやるべき仕事はそれだけなのに」

蓋からかゆをひとさじすくってキヨ子ちゃんの口に運ぶと、小さな口がもにょもにょと動く。

「食べているみたいですね」

「砂糖水よりはお気に召したらしい」

「俺にできることがあればなんでも言ってください。じゃあ、仕事に戻ります」

「ありがとう」

炊事兵は夕食の後片づけに戻った。

「あんたも存外親切な男だが、あの兵隊さんは輪をかけて親切だの」

炊事兵の後ろ姿を見ながら、宮部はつぶやいた。

「あのときの兵隊たちとはえらい違いだわい」

「あのとき？」

「あぁ、キヨ子が死んだ、あのときだ」

宮部はどこか遠くを見るような目をしながら、かゆをすくった。

「わしには娘がいた。キヨ子という名のひとり娘だ。以前、話したかの」

「先任から聞いたよ」

「キヨ子は産後の肥立《ひだ》ちが悪くて死んだ妻の忘れ形見での。男手ひとつで育て上げたのだが、そのせいかどうか、ずいぶんと勝ち気な娘に育ってのう。なにを思ったか、成人してから新京で小さな幼稚園を開いてな。しかも、日本人だけでなく、満人も漢人も朝鮮人もロシア人も受け入れる門戸の開かれた幼稚園をだ。わしはすぐに失敗すると思ったのだが、五族協和を体現するかのような経営姿勢が時代に合っていたのだろう。新聞が取り上げたこともあって、たちまち入園希望者が殺到してのう」

「大した娘さんじゃないか」

「そう思うか？」

「ああ、新しく事業を起こすなんて、なかなかできることじゃないぞ」

「今でこそ、わしもそう思う。しかし当時のわしは違った。整備の世界しか知らんわしは、娘がどこか遠いところに羽ばたいていってしまうような不安と寂しさに耐えられなかった。だから、結婚話を持ちかけた。人並みの幸せという鳥かごに閉じ込めることで、理解できる範囲に娘を留め置こうとしたのだと、今ならわかる」

「あんたも人の親ということだろ」

「いや、わしはただの馬鹿親だ。娘の幸せと言っておきながら、結局は自分のために娘の将来を潰そうとしたのだから」

「そんなに自分を責めなくてもいいだろ。それで、娘さんは結婚話を受けたのか？」

宮部はくしゃっと顔にしわを寄せて笑った。

「撥ねつけられたよ、あっさりと。もう子どもをたくさん授かったから、結婚する暇なんてないと言われての」

「どういうことだ」

「入園した子どもたちが自分の息子であり娘だと言うのだ。その子らを育てていると、まるで未来を育てているみたいで幸せだと。これ以上の幸せを望むのは欲張りだと、うれしそうに言っておったわ」

「娘さんはよほど子どもが好きだったんだなぁ。他人の子にそこまで思い入れるなんて、俺にはちょっと理解しがたいが」

「わしとて理解できんかったよ。だが、園を訪れて娘の仕事ぶりを見たら、すぐにわかった。この子はやはりわしの娘だと。生粋の整備士、宮部鉄三のひと粒種だと確信することができたのだ。目の青い子どもや日本語をろくに話せない子どもらに懸命に向き合う娘の姿は、子どもたちにそそぐまなざしの厳しさと優しさは、わしが機関車に向けるものと寸分違《たが》わなかったのだから」

「なんだか、うれしそうだな」

「ああ、うれしかった」

晴れ晴れとした宮部の表情に、ふっと影が差した。

「五年前、娘がペストに冒されるまでは」

「ペストか。新京で流行《はや》ったやつにかかったと聞いたぞ。郊外にも広がってたくさんの人死にが出たらしいが」

「そうだ。至急の知らせを受けて園に赴いたら、防護服を着た軍人さんたちが封鎖線を張っておった。家族だと話してもなかには入れず、感染者は軍の医療施設で面倒を見るからと言われて追い払われてのう。祈りながら待つしかなかったのだが、七日後、娘は死んだ。遺骸との面会はおろか、遺品の受け取りさえ許されなかった。今でも昨日のことのようにありありと思い出せるわい」

老人の白っぽくよどんだまなざしに、深い怒りと哀しみを読み取った。

「わしは軍を恨んだ。ペストを憎んだ。そして、この世の破滅を願いながら五年を過ごした。そうしたら、天に祈りが通じてソ連軍が満洲に攻め込んできた。避難することを拒んで、駅長秘蔵の酒をたらふく飲んで、惨めにひとりで最期の瞬間を迎えるつもりでいたら、強面《こわもて》の大尉さんが突然現れて、有無を言わさず装甲列車に乗せられた」

「宮部さん……」

「だが、わしはあんたに感謝しとる」

宮部はかゆを少しずつすすっている赤ん坊に慈愛のまなざしを向けた。

「この子の長いまつげ、右目の下のほくろ、背中のあざ、必死に握り返してくる小さな手。手塩にかけて育てたからよくわかるのだ。襲撃された避難列車でただひとり生き残ったこの赤ん坊は、死んだキヨ子の生まれ変わりに違いないと。だから、キヨ子にふたたび引き合わせてくれたあんたに、わしは心底感謝しとるのだ」

「その感謝の気持ちは、ぜひ仕事で返してくれ」

「あんたのそういうところ、わしは嫌いじゃない」

宮部が寂しげに笑ったとき、赤ん坊がエッエッと小さな声で泣き、弱々しく宮部の袖にしがみついてきた。

「矢野先生が、あんなことになりさえしなければのう」

そうつぶやいて、宮部はキヨ子ちゃんを抱きしめた。

「あんなことになりさえしなければって、どういうことだ」

「なに、先生にな、この子を連れて行ってもらえたらと思ったのだ。お勤めの病院がハルビンの近くにあると聞いたぞ。向かっておるのだろ？」

「そのとおりだが……」

医療関係の研究施設なら、特殊な意味での病院と言えなくもない。もしも預かってくれるというなら、渡りに船と喜ぶべきだろうか。

「宮部さん、よくそこに気がついた。こいつは灯台もと暗しというやつかもしれないぞ。いや、光明が見えたと言うべきか」

「先生は意識不明だ。口添えもなく預かってもらえるとは思えんぞ」

「そこは安心しろ。病院に着いたら俺が話をつけてくる」

「まことか」

「こんな小さな赤ん坊が死にかけているんだ。相手が誰であろうと否《いな》やは言わせん」

「あんた、本当に頼もしい男だの」

そのとき、必ず助けるから、という雲井の声が釜の隙間から聞こえた。寝言だったらしい。

「必ず助ける、か。嬢ちゃんは夢のなかでも頑張り屋さんだ。だが、大人が先に諦めてはいかんかったわい。のう、隊長さん」

「そうだな。希望は見えたんだ。生まれ変わったキヨ子ちゃんを今度こそ助けてやろう」

九十九は後ろ髪を引かれるような気持ちで引き揚げた。

あと、二、三日の命。

矢野軍医の見立てが外れていることを願うばかりだが、赤ん坊の容態が思わしくないのは素人でもわかる。宮部には自信たっぷりで請け合ったものの、もしもピンファンの施設で受け入れを拒否されたら、キヨ子ちゃんはそこまでかもしれない。

重苦しい気持ちで扉を開けると、井先任と出くわした。

「おう、どうした」

「運転室で問題発生です」

「また問題か。あっちでもこっちでも問題だらけだな」

機関車運転室で事故があったらしい。負傷者も出たという。

連れだって運転室に行くと、若い機関助士が担ぎ出されるところだった。右腕の肘から先にひどい火傷を負っていた。外に光が漏れないよう開閉窓を閉め切った運転台は灼熱風呂のように蒸し暑かった。

ひとり残った小池機関士に事情を訊くと、焚き口扉から石炭と一緒にショベルを放り込んでしまった助士が、それを取ろうと燃えさかるカマのなかに手を突っ込んだのだという。

「なんでそんなことが起きる」

「あいつ、疲れてたんです」

小池機関士は加減弁ハンドルを左手で握りながら、右手にショベルを持っていた。助士不在のため、一人二役を務めているのである。

「お前も相当疲れているようだが、ここは何人で回しているんだ」

「機関士三人と助士六人の計九人です。これからは八人で回さねばなりませんが」

交代の助士が運転室に入ってきた。彼は小池機関士からショベルを受け取り、焚き口に石炭を放り込む。足元にバラバラと石炭がこぼれても、構うそぶりはなかった。

「ここに増員は可能だろうか」

横を見ると、井先任は眉間にしわを寄せて首を左右に振るだけだった。

「大丈夫です。ほかの班に迷惑はかけられません。自分たちだけでやり抜いてご覧に入れますから、心配はご無用です」

そう言って小池機関士は油まみれの手を固く握った。

休むことなく炎にあぶられ続けて丸三日、運転室の面々は列車隊のなかでもっとも消耗しているのかもしれない、とは思いつつも、ただちに処置できることはなく、無力を嚙みしめて外に出るしかなかった。

「列車長、ほかにも問題が」井先任が声を落として言う。

「列車の速度が落ち始めています。勾配のせいもありますが、いくら石炭を燃やしても馬力が出ないのです。おそらくは蒸気漏れ、それも漏れがひどくなりつつあるようです」

九十九は暗闇に目を向け、風の音に耳を傾けた。なにも見えないが、流れる風と足下から伝わる振動で、概《おおむ》ねの速度を推測する。時速一〇キロメートルというところだろう。

「ひと晩の修理くらいでは焼け石に水だったか」

「よくもってくれたほうだとは思います。しかしこれ以上は無理できません。カマが破裂でもすれば、怪我人ひとりでは済みませんから」

「そうだな。しかしどうしたものか」

「ハルビンの鉄道第三聯隊から機関車一両を借り受けてはいかがでしょうか。お許しいただければ、自分が話をつけてきます」

「君がみずから行くのか？」

「自分の古巣ですから」

「そうだったな」

井先任は九四式ソコレを装備する第三聯隊出身である。であれば顔なじみが多いだろうから、話を通しやすいのかもしれない。

「わかった。では偵察警戒班と一緒に行ってくれ。俺たちは綏化駅まで前進してそこで待つとしよう。もちろん、待機可能な状況であれば、の話となるが」

それから、六時間経った。

あえぐ機関車をいたわりながら山道を進み続けていると、行く手の空が徐々に赤みを帯びてくる。そろそろ朝日がのぼる時刻だった。かろうじて視認できる山容はしだいに穏やかさを増し、軌道は勾配の厳しい登り道から、なだらかな下り坂に……。

観測台にいた九十九は、ほどなく異変に気がついた。

列車は西に向かっているのだ。進行方向の空が明るくなるわけがない！

「警報ッ、警報ッ、全車戦闘配置につけ！」

伝声装置に向かってがなり立てた。

峠から望む薄暗い景色の先で、町が紅蓮《ぐれん》に染まっていた。

綏化が、炎上していた。

四

ソ連軍の大型爆撃機や小ぶりな襲撃機が二機、三機と編隊を組んで頭上を通過していくたびに、線路右手の銀行が吹き飛び、左手の呉服屋が炎に包まれる。防空頭巾をかぶった人々が、荷を背負い、幼子の手を引き、火の粉を浴びながら逃げて行く。

列車隊が北満最大と言われる大穀倉地帯の中心都市に突入したとき、その市街地は激しい空襲にさらされていた。

停車することなく駆け抜けたいのは山々なれど、水と石炭を補給する必要があったため、列車隊は火の回り始めた綏化駅構内に足を止めた。

列車が停車すると、兵士たちが素早く飛び降り、給水施設から炭水車までホースを伸ばし、ショベルを手に石炭庫に向かう。同時に、列車を見かけた人々が周りに集まってきて、口々に乗せてくれ、助けてくれと言う。

「水、残っていませんッ」

「石炭、空っぽですッ」

戻った兵士たちから報告を受け、九十九は愕然とする。駅の機能を維持する者がいなくなれば、遠からず列車隊の補給にも影響が出る。ソ連軍の侵攻から四日、恐れていたことがとうとう現実になったということだった。

どこかの川でバケツリレーをすれば、水はなんとかなる。

ここになくても、ほかの駅にはまだ石炭が残っているかもしれない。

井先任たちと合流できれば、状況は必ず好転するだろう。

そう判断して出発しようとすると、押し寄せる人々が列車に手をかけ足をかけ、危ないことこの上ない。これは避難列車ではない、乗せてやることはできないと繰り返し言えば言うほど、彼らは段々激してきた。

軍人も役人も満鉄の職員も、昨晩のうちに専用列車で避難してしまったという。

「どうか子どもだけでも」

乗降口で押し問答をしていると、髪を振り乱したモンペ姿の婦人に三歳くらいの男の子を押しつけられた。母親から捨てられるとでも思ったのか、男の子はいやだいやだと鼻水を垂らして号泣した。

「ダメだ。預かれない」

心を鬼にして、はっきり断った。

すると、後ろから出てきた雲井が男の子に手を伸ばそうとしたので、九十九はぐっと肩をつかんで引き止めた。

「やめろ。ひとりを助ければ、俺もわたしもと続く者が出てきて収 拾《しゅうしゅう》がつかなくなる」

雲井は、おろおろする婦人と泣きわめく子どもから目を離さず言った。

「全員を助けることはできないかもしれません。けれど、ひとりを救うことはできるかもしれません」

「それはただの偽善だ」

「偽善で構いません。ひとりも救えないよりはるかにましです」

薄明かりのなかで黒い瞳が輝いていた。

彼女は常に正しい。その正しさゆえに命を落としかねないほど。

だからこそ、分別《ふんべつ》という名の打算と折り合いをつけた大人が、その正しさを断ち切ってやらねばならなかった。

「君がなんと言おうと、今回ばかりはダメだ」

「それは命令ですか」

「命令と言ってほしければそう言ってやる。そうだ。命令だ。俺たちには救えない。諦めろ」

一歩も引かずに対峙していると、群衆から怒りの声が上がった。

こいつら、自分たちだけ逃げるつもりだぞ。

引きずり下ろせッ。

ぶち殺せ！

恐怖で満たされた感情の盃《さかずき》は、その声で一挙にあふれてしまった。

きっかけを得て抑えの利かなくなった人々が、堰《せき》を切った濁流のように乗降口目がけてなだれ込む。九十九は押しのけられ、制止する兵士は突き飛ばされ、雲井は腕をつかまれて外に引きずり出されそうになる。

「出せッ、列車を出せ！」

九十九は拳銃を抜いて空へ放った。二発、三発と立て続けに放たれる銃声と、発車を告げる汽笛の高らかな吹鳴が、恐慌を来《きた》した群衆を遠ざけた。

数両のT－34戦車が駅舎を押し倒しながら構内に乗り込んできたのは、そのときだ。

悲鳴を上げて逃げ惑う人々を、戦車の車載機銃がなぎ払う。

老人が木の葉のように舞い、婦人の腕が吹き飛び、子どもの頭が破裂する。止むことなく吐き出される銃弾の嵐が、人々を紙切れのように千々《ちぢ》に引き裂いていく。

突然、一番近い戦車の砲塔が爆発した。

いや、砲塔が黒煙に包まれただけで、損傷らしい損傷はない。最後尾に連結した火砲車（乙）が発砲、七五ミリ砲弾を命中させたのである。

列車から見てほぼ真後ろの位置に出現した戦車隊に対して、指向できる砲はその一門のみだった。

長っ鼻の戦車砲が旋回する。

機関車のロッドが懸命に車輪を回し、列車はガタガタと身震いしつつ前進し始める。

ふたたびの爆発。

しかしT－34の丸みを帯びた砲塔は黒煙のなかで回り続けた。五〇メートルを切る至近距離から二発の直撃弾を受けたというのに、意に介する様子もない。

乗降口の手すりにつかまって車外に身を乗り出すと、四一式山砲の砲員たちが次弾を装填しているのが見えた。

着発信管の榴弾《りゅうだん》ではダメだ。あの分厚い装甲は徹甲弾《てっこうだん》でなければ。

そう思ったとき、戦車砲がこちらを向いて止まった。

砲口に稲光が走った。

背後から砲弾を食らった火砲車（乙）は一瞬宙に持ち上がり、それから線路上に叩きつけられた。上半分がなくなって火炎に包まれた車両の残骸に、砲員たちの姿はなかった。

かつて火砲車だった代物を後ろ手に引きずりながら、それでも列車は進む。

建物に遮られて戦車が見えなくなると、九十九は後部につながる車内通話装置に飛びついた。

「火砲車（乙）にいる者、誰でもいいから応答しろッ」

「金子であります」三度目の呼び出しで返事があった。

「自分は今、八両目の弾薬車におります。もしや最後尾の火砲車が……」

「そのとおりだ。一番後ろのやつがやられた。四、五人いたはずだ。君のいる位置から近い。助けに行って……」

バチンッと音がして、急に通話が途切れた。

「金子少尉、おい、聞こえているかッ」

返事はなかった。回線がやられたようだ。

くそッ。

叩きつけるように送受話器を戻すと、救急嚢を抱えて指揮車を走り出て行く雲井の後ろ姿が見えた。

「しばらくここを任せる。とにかく突っ走れッ」

先任補佐の古参軍曹に言い置くと、雲井の後を追った。

速い！

指揮車背後に連結している機関車と炭水車に通路はなく、車体の外に設けられた足場を伝って炊事車に至る。ほんの数秒遅れただけなのに、指揮車の外に出たら彼女の姿はもうなかった。

機関車運転室の横を通り過ぎるとき、泣きそうな顔で運転中の小池機関士と目が合った。

「列車長、もう石炭がありません！」

「いいから、走れるだけ走れッ」

炭水車に詰め込んだ石炭が尽きたら、そのあとはボイラー内の残り火が頼りである。九十九は腕時計をたしかめた。

あと三十分。

それが老ソコレに残された寿命ということだ。

炊事車と弾薬車の通路を駆け、列車砲の脇を通り、観測車などの各種支援車両を五つ走り抜けると、ようやく十五両目の通信車にたどり着く。通信車の後部扉前に雲井と金子少尉と輸送班の兵士たちが集まっていた。

その鉄扉の向こうが、被弾した火砲車（乙）だった。

「なにをやっているッ、すぐ開けろ！」九十九が言うと、「開かないんですッ」と金子少尉が言い返した。

ふたりで渾身の力を込めて扉を押したが、なにかが邪魔をしているのか、びくともしない。

「どいてッ」

雲井が兵士たちを押しのけ、いきなり手斧《ておの》を振り下ろす。何度も振り下ろす。なんという馬鹿力であろうか。蝶つがいがはじけ飛び、取っ手が変形し、ついには扉に大穴を開けてしまう。

兵士三人が扉に体当たりした。

半開きになった。

「もう一度ッ」

ここぞとばかりに一緒にぶつかると、扉は外に向かって折れ曲がった。

そこからの眺めは、控えめに言っても地獄だった。

火砲車（乙）の後ろから入った砲弾は、車両内部を完全に貫き、通信車の後部扉にまで達したのだろう。屋根は崩れ落ち、壁はひしゃげ、背後を流れる線路がここからでもはっきり見えるほど、車内はきれいに吹き抜けていた。

いまだくすぶり続ける車両内に踏み込むと、足がなにかを蹴った。切断された人間の手首だった。

めくれ上がって傾いた床に、焼けただれた兵士が頭からめり込んでいた。

ぎざぎざに飛び出した金属板に体を貫かれて宙にぶら下がっている者がいるかと思えば、原形を留めないほど黒く炭化した死体もある。

手分けして車内を捜索した兵士たちが、皆一様に首を横に振る。雲井はあまりの惨状に言葉なくうな垂れた。

生存者はひとりもない。

全滅だった。

天井から床まで大きく裂けた側面装甲板の隙間から光が差し込み、吐き気をもよおすような凄惨な情景をいっそう鮮明に浮かび上がらせる。

列車が市街地を抜け、平原に出たのだ。

大地が三分に、兵士が七分。

側面装甲板の裂け目から見える車外の景色に息を呑んだ。

一〇メートルと離れていない線路脇の道を、歩兵の大部隊が進軍中だった。もちろん友軍ではない。前方から後方へ風とともに流れていく風景は、どこを見ても草色の鉄帽と赤い軍旗を掲げたソ連軍兵士で埋められていた。

彼らも突然のことに驚いたのだろう。列車を指さして目を見開き、口々にロシア語で叫んでいる。

「ヤポンスキーッ！」

無数の銃口が一斉に向けられた。

「伏せろッ」

叫びながら雲井の頭を押さえつけた。

伏せ損ねた兵士が撃ち倒され、黒焦げの死体がさらに細かい肉塊に変わっていく。戦車砲によって手ひどく破壊された火砲車（乙）に、銃弾を防ぐめぼしい遮蔽物などない。車内は一瞬で鉄の暴風に包まれた。

「金子少尉、どこだッ。生きているか！」

永遠に感じられた数瞬が過ぎ去ると、唐突に銃撃が止んだ。歩兵の行軍縦列を追い越したらしい。

「はッ、ここに！」

瓦礫《がれき》のなかで手が挙がった。

「俺は指揮車に戻る。君は怪我人を連れて炊事車まで移動しろ。この場は任せたぞ」

「はッ、しかし遺体はどうすべきでありましょうか」

「死んだ者は置いていけ。脱出の邪魔になる」

「だ、脱出……」

「もう機関車が止まりそうなんだ。いよいよとなれば、この列車を放棄して脱出する」

「そんな、では、われらが姫君は……」

「そのときは諦めろ。どうにもならん」

「しょ、承服できません。自分は、とうてい承服できません！」

「馬鹿野郎！　大砲一門のために俺の部隊を全滅させる気かッ。そんなこと、俺は絶対認めんぞ！」

誰かが腕を引っ張った。

「なんだッ」

振り向きざま怒鳴ったら、雲井が救急嚢から包帯を取り出そうとしていた。

怪我？　俺が？

左腕を曲げようとして、急にしびれるような痛みを感じた。力が入らない。

「動脈はそれていますが、あまり動かさないでください。血が止まらなくなります」

包帯がじわじわと赤くにじむ。

「俺はいいから、ほかのやつを……」

「それはわたしが判断します。患者があれこれ指図しないでください」

そう言って、彼女は包帯の端をきゅっと結び終えた。

「さっきは守っていただき、ありがとうございました。けれど、自分の体も大事にしてください。列車長の肩には大勢の命が乗っているのですから」

雲井は別の兵士の手当に取りかかった。

顔を戻すと、やりとりを聞いていた金子少尉はなにか悟るところがあったのだろう。横に広がった低い鼻をヒクヒク動かしながら、自分の気持ちをねじ伏せるような言い方で応じた。

「……ご命令、了解であります。列車砲輸送班も……脱出に備えます」

「そうしてくれ」

九十九は後部車両にいた兵士たちに炊事車へ移るよう指示しながら指揮車に向かった。

機関車外の足場を渡っていると、列車の行き足が人の歩行速度くらいに落ちていることに気がついた。

前方遠くに、大きなアーチを描く鉄橋が見える。松花江に架かる鉄橋だった。渡ればハルビン市街地というところまで来ていながら、健闘を続けた老ソコレはいよいよ最期の時を迎えようとしていた。

運転室の横を通るとき、前方を凝視して立ち尽くす小池機関士の横顔を見た。その手は加減弁ハンドルを全開の位置に置いていた。要求に応じるだけの力が機関車に残っていないことを知りながら、そうせざるを得ないのである。彼の足元では、機関助士が床に落ちた石炭のかけらを拾って焚き口に放り込んでいた。

無言で通り過ぎた。

指揮車に戻ると、顔つきに余裕のなくなった本部班の者たちに取り囲まれた。さすがに彼らは事態の深刻さをよく知っていた。

「五分で脱出の準備をしろ。個人装備品以外の持ち出しは禁ずる。暗号表、命令文、作戦図等、敵の手に落ちたらまずいものはここへ置いていき、指揮車ごとガソリンで焼き払え。後部の乗員は炊事車に集めておいたから、準備ができたら君たちが先導してハルビンに向かうこと。鉄橋を越えればすぐそこだ。なんとか逃げ延びろ」

列車長はどうされるのですか、と先任補佐の古参軍曹が訊いた。

「俺は残って時間を稼ぐ。すぐ後ろに敵が迫っているからな。負傷者を連れていては追いつかれるだろう」

男たちはうろたえたが、九十九は彼らに考える時間を与えなかった。

「俺は五分で準備しろと言った。すでに三十秒過ぎている」

靴底でガンッと床を蹴った。

本部班の連中があたふたし始めたのを見届け、列車長席横の小型金庫を開けた。軍票の束に用はない。防水仕様の大ぶりな茶封筒をつかんで取り出すと、先任補佐だけを小声で呼び止め、その手にしっかり握らせた。

「さっさと動け！」

絶対なくすな、と目で伝えながら。

やるべきことをすべて終えると、前から二両目の火砲車（甲）に移動した。

脱出命令を受け取った砲員たちはすでに退去しており、車両はもぬけの殻である。

九十九は激しく痛みを発するようになった左腕に四一式山砲の榴弾を抱きかかえ、右手で手すりをつかんで屋根の砲座に登る。この動作を三回行い、砲側に榴弾二発と徹甲弾一発を積み上げた。

危険な弾薬を砲のすぐそばに集積するなど、本来なら厳しく咎められる行為である。だが弾薬運搬手がおらず、通常三人でやるべき照準と装填と撃発をひとりでこなさなければならないのだから、いたしかたない。

指揮車の開閉窓からガソリン臭い炎がちろちろとのぞいていた。

機関車の煙突から排煙は出ていなかった。

列車はもう、止まっていた。

「列車長殿ッ」

先任補佐の古参軍曹が車両の外から九十九を見上げつつ叫んだ。

「乗員三十九名、列車砲輸送班十六名、矢野軍医少佐、雲井看護婦、宮部整備士、赤児一、総員五十九名、集合終わりましたッ」

担架に乗せられたり、背に担がれたり、戦友に肩を預けた兵士たちが車両の脇に並んでいた。

出発時、乗員は偵察警戒班を除いて四十七名だった。それが今は三十九名である。総数としてはかえって数を増やした彼らを見下ろしながら、ずいぶん顔ぶれが変わったものだと思う。

「ご苦労、では行ってくれ。ここは俺が預かる」

「はッ」

のろのろと動き始めた隊列に宮部を見つけた。布を敷き詰めた木箱にキヨ子ちゃんを寝かせている。即席のゆりかごといったところだろうか。

「宮部さん、世話になった」

「どうせすぐ会える」

宮部はそっけなく応じた。あの世で、という意味だと解した。

愁いを帯びたまなざしで見上げているのは雲井だ。やはり、どこか姉貴に似ていると思った。

隊列が森の陰に入ってすっかり見えなくなるまで見送ると、今度は車両後方に目を凝らす。

波打つ地形起伏の向こう側で、黄色い土ぼこりが盛大に舞っていた。歩兵部隊の進軍で、あれほどの土煙が立つわけがない。

九十九は輝く朝日と高鳴る鼓動とエンジン付きの敵意の接近を感じながら榴弾を持ち上げた。痛む左腕をかばいつつやるから、装塡には時間を要した。

弾を薬室に込めて閉鎖機を閉じるころには、台地の中腹に歩兵の一群が現れていた。

三〇〇メートル、まだ遠い。

慎重に距離を測り続けた。

装甲車が一台、徒歩で進む兵を追い抜き猛然と走っていた。砲を上下左右に振るためには、照準器の転把《てんぱ》、つまりハンドルをふたつ同時に回さねばならないが、左手は思うように動かない。動きの速い目標を狙うなら、間合いを詰められる前にやるべきである。

九十九は方向照準器の転把をゆっくり回転させて装甲車に狙いをつけた。

偏差、左に一・五——。

距離二〇〇で引き金につながるひも、拉縄《りゅうじょう》を引いた。

まばゆい光と轟音と衝撃と爆煙が同時に全身を包み、一瞬遅れて砲身がボンッと後ろに下がる。下がった砲身は駐退複座機《ちゅうたいふくざき》が衝撃を受け流したあと、空気バネの力で元の位置に戻っていく。

命中。

装甲車の炎上を確認しつつ、閉鎖機を開いて薬莢《やっきょう》を排出。カランッという甲高い金属の響きとともに空薬莢が砲塔内に転がる。

榴弾を再装填。

列車に気づいた敵歩兵から撃ち返しがきた。砲手を敵弾から守る防楯《ぼうじゅん》にバチンッバチンッと弾が当たる。

狙って撃つまでもない。どこに撃ち込んでも当たるほど、敵兵は多い。

第二射を放った。

黒煙が十人ばかりを包む。

排莢。

戦果を見届けず、徹甲弾を押し込めた。

照準具をのぞきながら、九十九はつぶやく。

来ると思っていたよ。

T－34の巨体が歩兵群の後ろに続いていた。一両、二両、三両……計四両である。

装甲車と違って戦車の守りは堅く、榴弾はもちろんのこと、徹甲弾であっても近距離でなければたやすく弾き返されてしまうだろう。

一番近い戦車は一五〇〇メートルまで迫っている。距離一〇〇〇まで待つと決めた。

車体全体に突き上げるような振動が走った。機関車あたりで煙が上がっている。戦車砲を食らったようだった。

一二〇〇メートル。

攻撃距離の目安は折れ曲がった電柱である。砲を少し下げ、わずかに開いた戦車操縦手の前方視察口を狙う。唇を舐めた。乾いていた。

距離、一〇〇。

発砲。

砲弾の命中した正面装甲に火花が散った。戦車はそのまましばらく走り、曲がった電柱をさらに押し曲げて停止した。操縦手視察口からひと筋の白煙が立ちのぼっている。

敵戦車一両が列車の右に、二両が左に、扇形に広がって速度を増す。

カランッと薬莢の転がる音がしたので、照準具から顔を上げた。

「弾種徹甲、装塡よし！」

金子少尉が閉鎖機を閉じたところだった。

「少尉……」

「大尉殿が列車と命運をともにされるなら、自分も最期まで列車砲とともにありたく思います」

「この、大砲馬鹿め」

九十九は口の端を持ち上げ、金子少尉が運んできた弾薬箱を一瞥すると照準具に目を戻す。

右に行った戦車は列車の陰に入ってしまう。回り込もうとしているのだろう。右を捨て、左を守ることに専念した。

第四射は、外れた。横方向に移動する目標に当てるのはなかなか……。

照準具の狭い視野を光の線が走った。左から迫る敵戦車が発砲したのである。が、砲弾は火砲車のすぐ上を飛び越していった。移動目標に当てるのが至難なら、移動しながら固定目標に当てるのも至難の業《わざ》なのである。

確実に当てようと思ったら、射撃の直前に停車するしかない。

「装塡よし！」

敵戦車が急制動をかけた。車体がつんのめったように前に傾き、後ろに戻り――。

敵に時間を与えず、第五射を撃ち込む。

長っ鼻が折れて地に落ちた。

「命中、撃破ならずッ」金子少尉が戦果を告げた。

「そうだな。しかし無力化した。もう一両はどこだ」

「一〇時方向、距離八〇、三本木立の左ッ」

「確認」

「装塡よし！」

放った徹甲弾は砲塔の傾斜に弾かれた。敵戦車は止まっていた。

「次弾急げ」

言ったそばから応射がきた。

足回りに命中したのか、火砲車全体が大きく前に傾く。振り落とされないよう左手を突っ張って体を支え、右手で高低照準器の転把を回す。左腕の包帯から染み出た血がボタボタと垂れていた。

「装塡よし。これで看板です」

最後の弾、という意味だ。九十九は眉をひそめて金子少尉に目を向けた。

「下の弾薬置場は空っぽです。後方の弾薬車にはまだ残っていると思いますが、取りに行く余裕はないかと」

「だな」

戦車はまだ木立の脇で止まっている。微妙に砲が動く。向こうも照準と装塡に大わらわなのだろう。

最後の弾を外すわけにはいかない。転把を回し、狙いを慎重に修正する。

拉縄を引く瞬間、戦車砲の砲口に閃光を見た。

発砲は両者同時だった。

パノラマ照準眼鏡越しのまるい世界が光で満たされたと思ったら、砲塔にあったはずの体が車外に放り出されていた。

空と大地が逆さまになって、砂利道に背中から落ちた。

衝撃が体を貫き、星が瞬いているような白いモノが目の前を飛び交った。息ができない。段々あたりが暗くなり、星さえ見えなくなっていく。

諦めるなッ。

目を開けろッ。

ちゃんぽんがお前を待っているぞ！

右手で小石を握りしめた。その感覚だけが自分をこの世につなぎ止めていた。

五

どのくらい経ったのか、ゆっくり光が戻ってくる。

はじめに見えたのは大きな影。

迷彩柄。

車輪。

抜けるような空。

姉貴？

吐く息を感じられるほど近いところに雲井の白い顔があった。

「どういう、状況だ」

酒焼けしたようなしわがれた声だった。手のひらに食い込む石ころの感触が、ここがあの世ではないことを教えていた。

「生きていますよ。かろうじて」

川野辺少尉がひょいと上からのぞき込んだ。

「起こしてくれ」

雲井に肩を貸してもらって半身を起こすと、空を覆うようにそびえ立つ迷彩柄の鉄塊《てっかい》が目前にあった。ほどなく、自分がマルヒトの老ソコレとは比較にならないほど大きな装甲列車を見上げていることに気がついた。

右を見ても左を見ても長大な鉄の壁が続くばかりで、線路上に横たえた巨体のどこが頭でどこが後尾なのかさえ、ここからではわからない。鈍い色を放つ長砲身砲、至るところから突き出す機関銃。車輪をつけた鋼鉄の城塞とでも形容すべきただならぬ迫力をただよわせる異相の重装甲列車は……。

「きゅ、九四式だ。こいつは、試製九四式ソコレじゃないか」

混乱するあまり声を震わせると、川野辺少尉が誇らしげに胸を張る。

「機関車を借りてこい、というご命令でしたので」

「か、借りてきたのか？　こいつを借用してきたっていうのか？　この、関東軍秘蔵の決戦兵器を！」

「聯隊に残っていた列車はこれだけだったものですから」

「し、信じられん。俺は夢でも見ているのか。こいつは機密の塊みたいな代物なんだぞ」

「最初はダメって言われましたよ。でも先任が現れたら」

川野辺少尉は含んだように笑う。

「先任って、仏になる前は鬼だったんですね。第三聯隊の連中、さっきまでダメだダメだって言っていたのに、先任を見たら急にどうぞどうぞって言い始めて。あんまり怖がるもんですから、もうおかしくって」

川野辺少尉のニヤけた視線を追うと、井先任が兵たちを指揮して黒煙に包まれる老ソコレから九四式に物資を積み替えているところだった。

鬼軍曹の威光、いまだ健在ということだ。本人は不名誉なことと感じているだろうが。

「そういえば敵は？　戦車は？」

「こちらが近づいたら逃げていきましたよ。すぐ戻ってくるでしょうけど」

九四式を目にした痺れるような興奮が冷めると、周りを見る余裕が戻ってきた。

気を失う直前に撃ち合った戦車は、三本木立の脇でくすぶっていた。火砲車（甲）もザクロのように割れて火を噴いている。かろうじて相討ちだったらしい。

右に回り込もうとした戦車がいたはずだが。

そう思って首を動かすと、一両のT‐34が深い窪地にはまり込んだ状態で放棄されていた。ハッチが全部開いているから、乗員は戦車を捨てて脱出したらしい。

「お前がやったのか」

「いえ、勝手に落ちたんです。九四式の出現に、よほどあわてたんでしょうね。後ろ向きのまま走行して、そのままボテッと穴に落ちていきました。マヌケな連中です」

「戦わずして勝つ。さすがは関東軍秘蔵の決戦兵器」

「せっかく腕のよい者たちを借り受けてきたのに、活躍の機会がなくて残念です」

第三聯隊の主力はすでに南に転進しており、駐屯地に残っていたのは九四式の保守整備要員だけだったという。川野辺少尉は彼ら二十数人を〝鬼の威を借りて〟一緒に連れてきたのだった。

彼らに礼を述べねばなるまいと思いながら立ち上がったところ、背に激痛が走って雲井に抱きついてしまった。

「おっと、すまん」

「いえ」

「俺は、どこか負傷しているのか」

「はい、背中をかなり。骨は折れていないようですが、深く切っています。左腕の傷もそうですけど、たくさん縫わなければならないと思います」

「そうか。仕事を増やしてすまないな」

「そう思うのでしたら、怪我しないようにもっと気をつけてください」

「難しいことを注文するんだな、君は。怪我をせずに戦争する方法があるっていうなら、ぜひご教示願いたいね」

「じゃあ、もういいです」

雲井がぷいっと横を向いた。

「あ、そうだ。金子少尉は？　無事なのか」

唐突に思い出した。

「ええ、ピンピンしています。今は列車砲を九四式に連結している最中です」川野辺少尉が答えた。

「列車砲も無事だったんだな」

「支援車が何両かやられたようですが、砲本体は無傷だったそうです」

「なによりだ。われらが老兵のほうは……」

完膚《かんぷ》なきまでに破壊された老ソコレを眺めやる。

「運行はもう無理でしょうね。ここまでやられては」

川野辺少尉は肩をすくめた。

砲弾を受けて上半分がバラバラに砕けた車両があり、今なお炎上中の車両もある。最寄り駅まで牽引して、そこに置いていくしかあるまい。残念だが、健闘を重ねた老兵との半年間に及ぶ付き合いは、そこで終わりのようだ。

「ではひとまず、列車長はなかで治療を受けてください。物資の移送やら連結作業などが終わりましたら報告しますので」

「わかった。頼む」

「それと、こちらはお返ししておきます」

川野辺少尉は膨らんだ茶封筒を差し出した。先任補佐の古参軍曹に渡した封筒だ。九十九は無言で受け取った。

ふたりに支えられながら列車のタラップに足をかける。

「君らはハルビンまで行かずに戻ってきたのか」雲井に訊いた。

「はい。鉄橋を渡っていたら川野辺さんたちと出会ったので、列車に乗って一緒に戻ってきました。ついさっきのことです」

「軍医殿の容態はどうだ」

「よくありません」

「もうすぐ軍医殿の所属部隊に着く。それまでなんとかもたせてくれ」

「わかっています」

表情と声が刺々しいままだった。

「君は、なんだか怒っているみたいだな。綏化の駅で人々を見捨てたことについてなら、責任はすべて俺にあり……」

「わたし、怒ってなんかいません」と言いながら、ますます怖い顔になる。

「いい香りがしてきましたね」

川野辺少尉が会話を遮った。

「この匂いは味噌汁かな？　さっき先任が昼飯を作るよう炊事係に指示していたんですが、さすがですよね。戦闘が終わった直後に兵隊の胃袋の心配ができるなんて、普通そんなことまで気が回りませんよ。雲井さんもそう思うでしょ？」

川野辺少尉と目が合うと、彼女は困ったような顔で微笑んだ。お坊っちゃん少尉は、いい意味で空気を読まないやつだった。

六

縫合針が皮膚を刺すたびに、ビリッ、ビリッと電気が走るような痛みが頭の奥まで響き、歯を食いしばっていても冷や汗か脂汗かよくわからない液体が額から頬を伝って床にボタボタと落ちていく。

九十九は上半身を脱いで雲井に背中の傷口を縫われながら、祈るような気持ちで床の一点を見つめていた。

列車砲を九四式最後部に連結し、破壊された老ソコレを最寄り駅まで牽引して引き込み線に放置。南下を再開してから一時間ほど経って、九十九は地獄をさ迷うような忍従の時間から解放された。麻酔なしでの縫合は二度と御免こうむりたいものだった。

縫ったばかりの傷が開くから動き回るなと厳命されたので、新たな愛馬となった九四式を隅から隅まで見て触りたい欲求に抗って指揮車の観測室に登る。九四式の指揮車は二層構造になっており、上が砲撃指揮に必要な各種機材を備えた屋根付き観測室、下は指揮室である。ほかの車両へ続く出入口がある下の階では、赤い腕章をつけた雲井が特高警察のごとく目を光らせているから、鬼のいぬ間を狙わぬ限りうろつけそうにない。

しかし、ここからの眺望は見事の一言に尽きた。

低い姿勢で風を切り裂く先頭の警戒車は、まるで波濤《はとう》を越えてゆく戦艦の艦首のよう。甲乙《こうおつ》丙《へい》と三両つながる火砲車群は、対地対空両用の大口径高射砲を計四門搭載、威風あたりを払うの感がある。

火砲車の後ろには指揮車、装甲機関車、炭水車、電源車と続いているが、八両すべてが統一された哲学に基づいて設計されているため、こうして全体を俯瞰《ふかん》していると、洗練された芸術作品を鑑賞しているときのように感嘆のため息しか出てこない。

全長一二一メートル、全備重量五〇一トンにもなる鋼鉄の城塞が、重々しく、雄々しく、地響きを立てて鉄路を進む。

超弩級《ちょうどきゅう》戦艦の艦橋に立った艦長は、こんなぞくぞくするような景色をいつも眺めているに違いない。まことに、うらやましい限りである。

「金子少尉、参りました」

観測室に金子少尉が入ってきた。

「おう、しばらくぶりだな」

「はッ、百二十分ぶりであります」

「かろうじて生き残った俺と違って、健康状態極めて良好、と見えるが」

「はッ、かすり傷ひとつありません」

「君はとんだ強運の持ちぬしらしい」

「お呼びと聞きましたが」

「おう、まずは列車砲だ。支援車両を何両か駅に捨ててきたそうだな」

「使い物にならないと判断した四両を放棄しました」

「そんなに捨てて大丈夫だったのか」

「砲本体を載せる砲車、電源を供給する動力車、そして弾薬車。この三両があれば列車砲の運用はとりあえず可能です。通信観測機材など、必要な物は移し替えておりますので、ご心配には及びません」

「そうか、ならいい。列車を破壊されたときはどうなることかと思ったが、九四式に乗り換えたことで期限内の大連到着に希望が出てきた。猶予はあと三日だから、きっと滑り込みでなんとかなるだろう。さて、次は今後のことなんだが、ちょっと座らせてもらうぞ」

うめきを漏らしながら観測手用の座席にそっと腰を下ろす。雲井に言われるまでもなく、少なくとも今日一日は安静にしていたほうがよさそうだ、と思うほどの電撃が、背中を曲げ伸ばしするたびに全身を貫いた。

「それで君に話、というより頼みごとなのだが、じつは九四式を動かす人手が足りなくて困っている。そこでと言ってはなんだが、君たち列車砲輸送班に火砲車三両の操砲を頼みたい。君らは元々砲兵だし、砲の扱いにかけてはうちの隊の者より信用できる。いざ戦闘となったときはもっとも大事な部署となるからな。腕の立つ者に任せたいんだ。大連に着くまでの臨時任務だと思って、引き受けてもらえまいか」

「自分らが火砲車を……」

「君が三両を統一指揮する砲班長ということになる」

「門外漢のわれわれにできるでしょうか」

「それを言うなら、俺たちだって高射砲になど触れたことさえない」

「わかりました。そういうことでしたら、微力を尽くします」

「助かるよ。それから、班長として上番《じょうばん》するに当たって一点留意事項がある。第三聯隊から連れてきた九四式の保守整備要員たちの扱いだ。現在、それぞれの整備担当区分に従って機関車や電源車などで勤務してもらっているが、火砲整備の者たち十人ばかりが今後君の部下となる。彼らを特別扱いする必要はないが、少し気にかけてやってほしい。無理やり連れてきてしまった感じだからな。勝手に借りた兵隊を死なせてしまうと後味が悪いだろうし……いや、これはダメだ。特別扱いをするなと言っておきながら、これでは特別に扱えと言っているも同然だな。すまん、今のは取り消す」

「大尉殿、自分にとっては部下全員が特別な存在です。死んでよい者など、ひとりもおりません。第三聯隊の兵士たちが自分の部下になるのでしたら、ほかの者たちと同様、責任を持ってその命を預からせていただきます。自分にはこういう言い方しかできませんが、よろしいでしょうか」

「それでいい。その言葉だけで十分だ。ありがとう」

金子少尉は退出した。

ああいう男が上官なら、下の者はさぞや仕え甲斐があるだろう。輸送班の連中は運がよい。

「列車長」

川野辺少尉の声に振り返ると、昇降口から頭だけが出ている。

「もうすぐ飯だそうです」

「なんでお前がここにいる。広軌牽引車はどうした」

「列車砲のそのまた後ろに連結してきました。ガソリン切れです」

「なに、ついにか」

「あと四〇キロメートルも走ればおしまいです。補給のめどもつきませんし、ここぞというときまで温存しておくべきと判断しまして」

「やむを得んな」

「それで、昼飯だそうです」

「昼飯と言えば、糧食はどうしたんだ。牡丹江から持ってきた分を積み直したのか。たくさんあっただろ」

「食い物はほとんど燃えてしまったそうです」

「大問題じゃないか。あと何日分の備蓄があるんだ」

「約二週間分とか」

「牡丹江を出発したときより増えているのはどういうわけだ」

「こういうこともあろうかと、第三聯隊の倉庫から少々拝借しておきました」

「少々、で済む量ではない気がするが、お前の機転に助けられたわけだな」

「で、昼飯です」

「献立はなんだった」

「海老天丼です」

「冗談だろ」

「冗談です」

「あのな」

「で、どうします？　できたら持ってこさせましょうか」

「ああ、傷を縫ったばかりで動き回れないんだ。ここに運んでくれ」

「出前一丁、観測室まで！」

川野辺少尉は階下に向かって威勢よく注文すると、ひょいと引っ込んだ。

ああいう男が上官なら、下の者はさぞ楽しいだろう。しかし、すぐ全滅しそうな気がした。

入れ替わりに井先任が上がってきた。

「早いな」

「出前ではありません」

「冗談だよ。どうした」

「次の停車駅の確認ですが、ハルビンでよろしいのでしょうか。軍医少佐殿はハルビンで降りることを希望されていたと記憶しておりますが、意識も戻っておりませんし、あの怪我です。どこかの病院までわれわれの手でお連れしたほうがよいと思うのですが」

「ああ、すまん。君に言ってなかったな。軍医殿が負傷する前に教えてもらったのだが、所属の部隊がハルビン近くにあるらしい。容態は一刻を争うと雲井看護婦からも聞いているから、そこまで運ぶつもりだった」

「そうでしたか。ちなみに、その部隊の最寄り駅をご存じですか」

「俺は知らない駅名だったが、ピンファンというそうだ」

「ピンファン」

井先任の表情が、すっと消えた。

鬼軍曹時代の井先任は、きっとこういう感じだったのだろうと思うような冷たい面持ちだった。

七

「矢野軍医によるとだな、ピンファン駅はハルビン手前の三棵樹駅から拉浜線に乗り換えて三つ目の駅であるらしく……」と言いつつ九十九が路線網図を指でたどると、「列車長殿、自分はピンファンにあるというその軍施設に行ったことがあります」と井先任が話し始めたので、耳を傾けた。

「五年前、新京でペストが流行ったときのことです。自分は応援部隊の一員として聯隊から派遣されたのですが、そこで防疫活動の指揮を執っていたのが、ピンファンから来たという医療部隊でした」

「軍医殿が属する部隊、ということだろうか」

「ええ、そういうことになるかと」

井先任は、罹患した者、死んだ者をピンファンへと運ぶ特別列車に乗り組んでいたため、何回もその軍施設に赴くことになったという。

そして、ある噂を耳にする。

そこは軍が細菌武器を開発するために建設した極秘研究施設であり、新京で流行したペストは彼らが実験のためにみずからペスト菌をばらまいて発生させたもの、というまことしやかな噂である。

「その施設では生きた人間が実験材料にされているとか、ほかにもいろいろと気持ちの悪い話を耳にしましたが……」

「興味深いが、よくある与太話だろ」

「そうかもしれません。いや、お忙しいのに変な話をお聞かせしました。下に戻って列車をピンファンまで誘導します」

「そうしてくれ」

井先任が下に降りると、今度は宮部が、また会えたのう、とあまりうれしくなさそうな顔で現れた。今日は千客万来だ。

「宮部さん、あんた、あの世で俺と再会するつもりだったんだろ」

「まあ、そんなところだ」

「俺はまだ三十にもなっていないんだ。そう簡単に死ぬつもりはない。で、どうした。あんたが神妙な顔で来るってことは、また不具合か」

「まさか。こんなすごい列車、少々乱暴に扱ったくらいでは壊れやせん。小池機関士も機関士冥利《みようり》に尽きると興奮しとったぞ。ところで話というのはな、キヨ子のことだ」

「もしや容態が」

「体調は相変わらずよろしくないが、そのことではない。キヨ子の今後のことについてなのだが、もうすぐ病院に着くのだろ？」

「ああ、もうすぐだ」

「約束を忘れてはおらんだろうな」

「無論だ。必ず話をつけるから、準備して待っていてくれ」

「期待しておるぞ」

「任せろ」

宮部は大きくうなずくと、下に降りていった。

心臓の鼓動を感じた。幼い命を救えるかどうかの分かれ道に立っている緊張だった。戦闘を目前に控えたときでさえ、これほどの重圧を感じたことはなかった。

やがて、列車が目的の駅に入った。

駅名を示す看板には平房とあった。支那語の読み方でピンファンである。

駅からは長い長い引き込み線を走る。わざわざ特別線を敷くくらいだから、大がかりな研究施設なのかもしれない。

進行方向に見えてきたのは、空にたなびく黒煙だった。

通話装置を手に取った。

「指揮車から警戒車」

《警戒車です》

「その声は川野辺か。なぜそこにいる」

《偵察警戒班班長の定位置は、やはり先頭の警戒車かと》

「まあいい。前方の黒煙が見えているか」

《はい、確認しました》

「戦闘が行われているわけではなさそうだが、用心に越したことはない。停車したら完全武装の兵士を連れて偵察してこい」

《了解》

施設へ近づくにつれておぼろげだった景色が形を得ていく。崩れ落ちたコンクリートの壁、開け放された鉄の門、天をつくようにそびえ立つふたつの煙突、そして隊舎を焦がす炎。

門から内部に延びていく線路をたどり、列車は営庭のような広場で停車した。

すかさず飛び降りた警戒班の兵士たちが周囲に散っていく。

九十九は階下に降り、扉を開け、井先任と一緒に外へ出た。キヨ子ちゃんを抱きかかえた宮部と救急嚢を肩に提げた雲井が後ろに続いた。

目的の施設は激しい爆撃を受けたような惨状を呈しており、人の気配はまるでない。だが見る者が見れば、破壊が外部からの力によるものではないことは一目瞭然《いちもくりょうぜん》だった。

内側からの爆発、つまりは自爆である。

「これはいったいどういうことだ」

宮部が瓦礫と化した施設の様子に呆然としている。

「ソ連軍の攻撃を受けたわけではないようだ。軍医殿の部隊は施設をみずから爆砕して撤退したのだろう」

「ならば、キヨ子はどうなる」

「すまん」

宮部はぐらりと姿勢を崩し、雲井に支えられた。川野辺少尉と数人の兵士が施設の奥から戻ってきた。

「どうだった」

「あたりに人はおりません。しかし、こうも徹底して破壊するなんて、いったいなにがあったんでしょうか。爆薬だって相当使ったでしょうに、まるで火葬場に踏み込んだような気分です」

五メートルほど離れた営庭の端で、今なおくすぶり続けている大きな塊があった。井桁《いげた》を何層にも組み上げて火を放ったらしく、ガソリン臭に混じって獣の肉を焼いたような臭いが立ちこめている。人の背丈ほどの高さを留めたまま煙を吐き続ける黒い柱は、まるで墓標のようだった。

列車長殿、と井先任がささやく。

わかっている、と九十九はつぶやく。

この臭い。

支那の奥地で村々を焼き払ったとき、心に染みついて二度と忘れられなくなった、この臭い。

ガソリンで焼かれていたのは、ひとりやふたりではない数の人間だった。

機関車の静かな息づかいに、人がしゃくり上げるような「ヒッヒッ」という苦しげな異音がまざった。

「矢野先生！」

雲井の悲鳴がして、背後を振り返った。

矢野軍医が指揮車の車輪に寄りかかるように座っていた。ぎょっとするほど顔が真っ青なのに、見開いた目に鬼気迫るものをちらつかせ、肩をふるわせ笑っている。消えてしまった、全部消えてしまった、と言いながら。

矢野軍医の首ががくりと落ち、糸の切れた操り人形のごとく前のめりに倒れた。

駆け寄ってあお向けに抱き起こすと、彼の視線は虚空をさ迷い、呼吸は小さく速く、咳をしながら血の混じった泡を吹いている。隣で手を握っている雲井の額には汗がにじんでいた。

死相だった。

矢野軍医の蒼白な顔には、疑いようのない死相が浮かんでいた。

「軍医殿」

九十九は手と声に力を込めて言った。

「研究施設はご覧のとおりの有様ですが、新京まで行けば、軍医殿に適切な治療を施せる別の病院が見つかるかもしれません。われわれは諦めませんから、軍医殿も最後まで諦めることなく……」

ガッと腕をつかまれた。指が肉に食い込むほどの力だった。

「わたしのことはいい。それよりも、これを、これを……」

矢野軍医は金属製のカバンを脇からたぐり寄せた。後生大事《ごしょう》に常時携行しているあのカバンだ。

「約束してくれ。これを日本に持ち帰ると。わたしの努力のすべてだ。わたしが生きた証なんだ。必ず、必ず……」

「軍医殿、この中身は？」

返答は聴き取れなかった。代わりに、彼は震える手で鍵を取り出した。首から紐でぶら下げた小さな鍵だった。九十九が受け取ると、矢野軍医の口からひゅーっと息が吐き出され、それきり静かになった。

「先生！　矢野先生！」

雲井が必死に声がけを繰り返したが、矢野軍医の目に光は戻らなかった。

九十九は彼の体をそっと地に横たえ、まぶたを閉じてやる。それから金属製のカバンを手元に引き寄せると、受け取ったばかりの鍵を使って蓋を開いた。なかにあったのは緩衝材《かんしょうざい》で梱包された円筒形の金属容器だった。

「金子少尉」

「はい」

人の輪のなかにいた金子少尉が近寄った。

「君は虎頭要塞から軍医殿と一緒だったな」

「はい」

「彼は要塞でなにをしていたんだ」

「よくは存じませんが、なにかの実験を要塞演習場で実施していたと聞き及びます」

「ひとりでか」

「いえ、大勢の部下を率いて来られたそうです。実験が終わったので、後片づけを部下に任せて先に帰隊する予定だったとか」

「じゃあ、この容器は実験の成果物か」

「存じません。詮索《せんさく》するなと上官から厳しく命じられましたので」

「よく、わかった」

九十九は円筒形の容器を手に取り、カバンを閉じた。

施設にまつわる不気味な噂、矢野軍医の研究分野、要塞での実験、目前で燃えている人間の山。合算すればおのずと答えは出る。

日本鬼子《リーベン・グイズ》とつぶやきながら憎しみも顕《あら》わに矢野軍医を撃った満洲国軍の青年士官は、きっとここの存在を知っていたのだろう。その瞳に映ったのは、まさしく鬼だったのかもしれない。

「警戒班を残して全員乗車しろ。すぐに出発するぞ」

「矢野軍医の遺骸を置いていくんですか」と雲井が言った。

「彼の体はここで荼毘《だび》に付す。どこかに運ぶ当てもないのでな。それよりも、乗員全員の検査と車内の消毒作業を君に頼みたい」

「検査って、どういうことですか?」

「この容器だが、中身はおそらくペスト菌だ。それも、殺傷力を高めた強毒性のやつだろう。この施設は細菌武器の開発実験場で、矢野軍医はその担当だったらしい。容器から菌が外に漏れているとは考えにくいが、念には念を入れておきたい。ペストってやつには治療法がないらしいからな。君の専門外ではあろうが、頼めるか」

「そんな……」

「時間がない。黙って従ってくれ」

雲井は唇を嚙むと、矢野軍医の亡骸に一瞥を投げかけた。

「……先生、ごめんなさい」

外に出ていた者たちが列車に乗り込んで姿を消すと、あとに井先任と川野辺少尉と警戒班の兵士だけが残った。

「おい、お前たち」

九十九は残った四人の兵士と川野辺少尉に命じた。

「遺体を焼くからなにか燃料になりそうなものを探してこい」

偵察したとき、彼らは廃墟と化した施設で重油のタンクを見つけたらしい。五人はうなずき合うと、携行缶をぶら下げて走って行った。

「その入れ物、本当に中にペスト菌が入っているのでしょうか」

彼らの後ろ姿を目で追いながら井先任が言った。

「さあな。違うかもしれないが、ろくでもない代物であることは間違いないだろう」

「軍医殿は日本に持って帰ってくれと遺言されましたが」

「一生懸命作ったんだろうよ。たくさんの人間を実験台にしてな」

「東大の立派な先生だと思っておりましたが、人は見かけによらないものです」

「医師を目指したくらいだから、当初は崇高な志があったのかもしれん。しかし、戦争は人間を変える。彼は、もうひとりの俺だ」

しばらくして、川野辺少尉たちが重油を持ち帰った。

毛布で包んだ矢野軍医の遺骸を営庭の端まで運び、真っ黒になって輪郭がわからなくなるほど重油をかけ、マッチで火をつける。業火《ごうか》は瞬く間に人の背丈を越える高さに燃え上がり、矢野軍医の全身を炎のなかに消し去った。

「さあ、撤収だ。引き揚げるぞ」

言うが早いか、九十九は右手に握っていた容器を火中に放った。

「あッ」

川野辺少尉が目を丸くした。

「列車長、今投げたのって……」

「俺たちが請け負った仕事は列車砲を大連に運ぶこと。それ以上でもそれ以下でもない。ほら、見せもんじゃねえぞ。さっさと行け」

九十九は川野辺少尉たちを列車のほうへ追い立てた。

列車に戻ってタラップに足をかけたとき、後ろ髪を引かれるような心持ちで背後を振り返り、人を焼く赤い炎のゆらめきを目に留めた。

「なあ、先任」

「はい」

「君は教えてくれたな。生きた人間が研究に使われているという、この施設にまつわる黒い噂を」

ただよう黒煙と炎をふたりで遠望しながら、語を継いだ。

「その噂は本当だったようだが、だったら、五年前に新京で流行したペストにこの部隊が関わっていたという噂のほうも、まことのことなのかもしれない。実験のためにペスト菌をばらまいたなんて、ただの与太話だと思っていたが」

「真偽はさておき、宮部整備士には知られたくないことです」

「そうだな」

あなたの娘を殺したペスト菌は、じつは日本製だったのです。そんなことは、口が裂けても言えるわけがない。

ゆっくりと息を吐いた。

「なぁ、先任」

「はい」

「時々思うんだが、俺たちは、いつになったら地獄から足抜けできるんだろうか」

「一度踏み入ってしまったら死ぬまで抜け出せない。だからこそ地獄なのです。われわれは、どこまでもこの世の地獄を背負っていかねばなりません。職業軍人とは、そういうものです」

ため息がいっそう重たくなった。

燃えさかる真っ赤な炎が、医の道を踏み外した男の罪を焼き払ってくれることを祈るばかりだった。

八

大連到着期限まで残すところ二日となった十四日の午前三時、列車は暗がりのなかで新京駅に到着した。

停車するとすぐに兵士が現れ、こちらの所属を確認してから引き込み線へ誘導する。綏化駅で遭遇したような怒れる群衆はどこにも見当たらず、国都の駅は今なお整然とした秩序が保たれていた。

補給作業が始まると、九十九は作業指揮を井先任に任せ、駅から二キロメートルほどのところにある関東軍総司令部に赴くことにした。現状報告のためである。

九日朝に口頭命令を受け取って出発して以来、一度も電話がつながらなかったから、担当者は気を揉んでいるに違いない。そう思ってのことだった。

駅の守備隊から自転車を借りるつもりでいたところ、傷の悪化を憂慮した井先任たちによって、有無を言わさず広軌牽引車の後部座席に押し込められた。

一周一キロメートルもあるという駅前の巨大なロータリーを回ると、片側三車線、幅員五〇メートルを超える町一番の大通り、大同大街《だいどうだいがい》に出る。

まだ暗いから当たり前かもしれないが、季節によってはアカシアの白い花が咲き乱れるという美しい並木道に人の姿はない。コンクリートで建造された近代的な外観の銀行やデパートや官署などが立ち並ぶ瀟洒《しょうしゃ》な通りを無骨《ぶこつ》な広軌牽引車がわが物顔に走り抜けていく。滑稽というほかなかった。

しばらくすると、泣く子も黙ると謳《うた》われた関東軍の居城が行く手に現れた。

屋根は日本の城郭天守のごとく、建物本体は西洋風の鉄筋造り。司令部の外観は和洋折衷《せっちゅう》を地で行く、言うなれば贅《ぜい》を尽くした悪趣味の塊であった。

日露戦争の勝利によってロシアから譲渡された鉄道と沿線の土地、つまり東清《とうしん》鉄道とその付属地守備隊として産声《うぶごえ》を上げた関東軍は、元は遼東《りょうとう》半島の関東州に司令部を置いていた。満洲全体に隠然たる影響力を持つようになってからも関東軍と呼称され続けるのは、その由来ゆえである。

「鉄道第四聯隊の朝倉大尉でありますッ。列車砲輸送の件につき、現状報告に参りました！」

作戦課の入口で声を張り上げた。

机が並ぶ室内に人は少ない。そして、全員が業務に没頭して誰も取りつがない。

「鉄道第四聯隊の者でありますッ。列車砲輸送任務をご担当の方は……」

「やかましい！　静謐《せいひつ》を旨《むね》とする作戦課内で朝っぱらからぎゃあぎゃあ騒いでいるのは、どこのアホゥだッ」

叫び続けていると、剣呑《けんのん》な目つきの参謀少佐に一喝された。

「はッ、自分は鉄道第四聯隊一〇一装甲列車隊の朝倉であります。総司令官特命事項として虎頭要塞から列車砲を輸送中のところ、けさがた新京に到着しましたので、現状報告のため参上いたしましたッ」

「なにィ、列車砲だとォ」

参謀少佐は後ろの大尉になんのことだと訊く。キジマさんがやってたやつですかね、と若手の大尉は答える。

「ああ、あのボケナスの案件か」

参謀少佐は向き直り、「おい、鉄道兵」と苛立ちを全身に滲ませて言った。

「貴様に命令を伝えた担当者なら、もうここにはおらんぞ。総司令官とともにお歴々はみーんな通化《つうか》に引っ込んでしまったのでな。そういうわけであるから、もう帰ってよし」

「あのー、それはどういう……」

「俺は帰れと言ったんだ。貴様の耳は飾りなのか？　あぁ？」

参謀少佐は九十九の頬をぺちぺちと叩き、ズボンのポケットに手を突っ込んで奥の部屋に行ってしまった。チンピラのごとき不良少佐に取りつく島はなかった。

そうはいっても、このままでは帰れない。

九十九は若手の参謀大尉に食らいつき、同じ階級のよしみで事情を教えてくださいよ、と頼み込む。

こっちも忙しいんだけどね、とか、仕事を増やさないでほしいな、とか、面倒くさそうに、本当に面倒くさそうに、そいつは教えてくれた。このものぐさ太郎が陸士の後輩なら、いつか殺してやろう。

ソ連軍の奇襲侵攻を受けた関東軍は、朝鮮半島国境の山岳地帯までしりぞいて持久する方針に決したという。

といっても、朝鮮半島との境まで後退しておきながら、守るもなにもあったものではない。とどのつまり、軍は満洲の防衛を断念したということなのである。しかも総司令官以下の上級将校が通信設備の整っていない山奥に引きこもって連絡がつかなくなってしまい、現場部隊がおのおのの判断で勝手に戦っているらしい。

明日は新京だってどうなっているかわからないよ。え？　列車砲？　命令を受けてしまった以上、やりきるしかないだろうね。関東軍総司令部は、新たな命令を出すことも、従前の命令を取り消すこともできなくなっているんだから。

ものぐさ太郎は気の抜けた声で全般状況を解説すると、疲れ切った様子で書類仕事に戻ろうとした。

「あとひとつ、あとひとつだけ！」

九十九は戦況図を前に彼を引き止めた。

「われわれはこれから大連まで行かねばなりませんので、新京から遼東半島に向から経路間の敵情をわかっている範囲で教えてください。この図を見る限り、西部国境から侵攻した敵はいまだ大興安嶺《だいこうあんれい》山脈あたりをうろうろしている感じのようですから、連京線を南下するのは特に問題ないということで……」

「それ、二日前のものですよ」

「え」

「自軍の状況さえ満足につかめていないのに、敵の状況なんてわかりっこないでしょ」

彼はそう言いながら、目を細めて戦況図を眺めやった。

「あー、でもね、西から攻め寄せる敵の侵攻経路なら線路沿いですよ。それだけは間違いない」

「線路沿い？　なぜです？」

「敵も列車を使っているからです。兵力と兵站《へいたん》物資を輸送する足としてのみならず、火力戦闘部隊としても」

「列車を戦闘部隊にって、本当ですか」

「敵は装甲列車を持ち込んでいるらしいのです。二日前、国境の駅を守備していた部隊を全滅に追いやったのがそのソコレらしいですよ。守備隊からの最後の報告は、化け物が来た、だったとか」

「化け物って……」

「そんなに驚くようなことじゃないでしょ。ソ連はソコレ大国ですよ。独ソ戦ではソコレ同士の交戦も報告されているようだし、われわれだって敵地進撃の要《かなめ》として重武装の九四式装甲列車を開発したんですから、あちらさんだって同じことを考えついたんでしょ。おっと、失礼。あなたのような現場の人間に九四式と言っても、なんのことかわかりませんよね」

「……そ、そうですね」

「いずれにせよ、急いだほうがいいんじゃないですか。敵に連京線を遮断されたら、それまでのことですから」

彼は表情の抜け落ちた顔つきで書類仕事に戻り、作戦課にも墓場のような静寂が戻った。総司令部は指揮機能を完全に喪失していた。参謀たちが投げやりなのはそのためである。

九十九は広軌牽引車にゆられて元来た道をたどった。もう見ることのないであろう街並みを、日の出とともにまぶたに焼きつけながら。

駅前に着くと、群衆整理が始まっていた。憲兵隊に守られた数列だけが駅構内に吸い込まれていき、それ以外の人々は追い散らされている。市民の脱出が始まっているのである。避難列車に乗れるのは選ばれた市民だけ、という不平等な脱出が、である。行き先は朝鮮半島だという。

列車に戻ると、雲井と宮部が外で待っていた。

「別れを言おうと思っての」

宮部の目的地は新京だった。それを今、思い出した。

「宮部さん、新京に留まるのはやめておけ。総司令部で確認してきたが、満洲はもう危ない。俺たちはこのまま大連に向かうが、あんたは朝鮮半島に逃れたほうがいい。俺が話をつけてくるから少し待っていろ」

「隊長さん、あんたは強面の見かけによらず、本当にええ人だのう」

宮部は、ほっほと笑う。

「だが、わしの終点はここだ。死んだキヨ子の幼稚園に、生きているキヨ子を連れて行かねばならんのでな」

宮部の背にはキヨ子ちゃんが帯でくくられていた。黄疸《おうだん》の出始めた顔に吹き出物が広がっており、速く浅く息をついていた。容態の深刻さは疑うべくもない。

「この子を幼稚園に連れて行ってどうするんだ。医者でもいるのか」

「幼稚園には女手が多いから、乳母がおる。いや、おると思う」

「思うって、そんなあやふやな……」

「しかし、このまま列車に乗せていては死んでしまう。朝鮮半島に向かったとしても結果は同じだろう。矢野先生の病院に預ける話もご破算《はさん》になってしまったのだから、ここは万にひとつの可能性に賭けてみるべきだ」

「宮部さん、あんた……」

雲井を見ると、黙って首を振る。宮部の決意はどうやっても覆せないと目で訴えていた。

「子どもを育てることは未来を育てることと同じ、娘はそう言っておった。だから、わしはこの小さな命を未来につなげたい。先の短い老いぼれジジイが命を懸けるには、十分過ぎる理由であろう」

「わかった。もうなにも言うまい」

九十九は手を差し出した。

「武運長久《ぶうんちょうきゅう》を祈る。死ぬなよ、じいさん」

「あんたらこそな」

油の染みた節くれ立った手をしっかり握ると、宮部も老人とは思えない力で握り返す。

元気でね、と雲井が頰を寄せると、キヨ子ちゃんは力なく微笑んだ。駅舎の陰に姿を消すまで、宮部は一度も振り返らなかった。

「雲井看護婦」九十九は言う。

「君はどうする。下車するなら今しかないぞ。君は軍人ではないから、最後まで付き合う必要はない」

「列車がいったん走り出したら途中下車は許されない、と列車長はおっしゃいました」

「前言撤回だ。今日《こんにち》のような最悪の事態を、あのときは予想していなかったからな」

「でもわたし、降りる気はありません」

「女の強がりにもほどがあるぞ。君はもう十分に責務を果たした。悪いことは言わないから、ここで朝鮮行きの列車に乗り換えたほうがいい」

「そこに救う命がある限り、看護婦の責務に終わりはありません。列車隊の乗員のひとりとして、最後まで皆さんと一緒に戦わせてください」

そう言って、彼女はよどみのないまなざしを向けてきた。

命を守ることに懸命になる者がいるかと思えば、平然と命を奪う者がいる。

軍人という度《ど》しがたい職業の罪業を思うにつけ、宮部や雲井の崇高な志に少しだけ救われる思いであった。

第四章　半島へ

一

新京を発した列車隊は南下を続けた。大連までは連京線で一本、約七〇〇キロメートルの距離である。九四式の最大運行速度六〇キロメートルで飛ばせば今日の夜にも到着できるが、列車砲の足回りは三〇キロメートルを超える速度に耐えられない。それでも、何事も起こらなければ期限一日前の明十五日朝には港に入れるだろう。

しかし、何事も起こらないわけがなかった。

北、西、東の三方から迫り来る戦火を逃れるため、何千、何万もの人々が一斉に南を目指しているのである。避難列車の渋滞は至るところで発生し、引き込み線でやり過ごしたり、まるで動く気配のない列のなかで待たされたりしながら、新京から一〇〇キロメートルほどしか離れていない四平《しへい》までの道のりを、たっぷり六時間はかけて通過した。

四平を過ぎると、急に道が空いた。

ほとんどの列車が四平から路線を乗り換えて朝鮮半島に向かうからである。

さらに二〇〇キロメートルばかり進んで奉天を通り過ぎると、ほかの列車を一両も見かけなくなった。半島は半島でも、大連港がある遼東半島に行こうという物好きは装甲列車隊だけらしかった。

「敵機三機、推定高度三〇〇〇、北進ッ」

「全車対空戦闘、全車対空戦闘」

「一個中隊規模の敵歩兵、二時方向、距離二〇〇〇、接近中」

「一番砲、対地戦闘準備、榴弾込め！」

兵士たちがあたふたしているのを見届け、「まああだな」と九十九はうなずいた。

九四式という新たな装備を得た列車隊は、大連への道すがら、慣熟《かんじゅく》訓練を繰り返していた。

訓練の音頭を取っているのは、九四式のことならなんでも知っている元乗員の井先任である。

「やり直しだな」「まだまだ遅い」「そんなことでは死んでしまうぞ」「頑張れ」と声をかけ、肩を叩き、額に汗して走り回る井先任を見て、ハルビンから合流した第三聯隊の乗員は、その変貌ぶりに驚きを隠せない様子だった。

内務班では王のごとく振る舞い、将校ですら道を譲る。昔の井先任はそういう手がつけられない鬼軍曹だったという。

「まだまだ動きが鈍く、総合評価で六十点というところでしょうか」

日暮れ時、三度目の訓練を終えた井先任は九十九に総評を述べた。

「一日でそれだけできれば上出来だ。今日はここまでとしよう」

しかし井先任は食い下がった。

「しごき足りないようだな。鬼の血が騒ぐか」

「違います」井先任は強くかぶりを振る。

「あのころの自分は、しごくこと自体を目的にしていました。指導と称して新兵を殴りつけるのをどこかで楽しんでいたのです。しかし今の自分は知っています。実戦で流れる血の量を減らすこと、それが訓練の真の目的であることを。自分はもう、誰にも死んでほしくないのです。ですから、もう少しやらせてください。せめて、七十点になるまで」

それから二度、訓練は繰り返された。すっかり日は落ち、そろそろ夕飯が欲しくなるころ合いに、「今、何点だ」とふたたび尋ねた。

「七十一点」

先任は、仏の顔で笑っていた。

夜になって、九十九は後部から順番に車内を巡見した。

最後尾の電源車は、列車の搭載兵器や各種機材に電力を供給する車両で、電気調理具をそろえた炊事室、原動機室と蓄電池室、そして無線室に分かれている。九十九は無線室に立ち寄り、新しい情報が入っていないかを当直通信士である酒井《さかい》兵長に確認した。

「ロシア語での交信がときおり入るのですが、自分はロシア語がわかりませんので」

「そりゃそうだ」

「友軍の交信もたまに耳にしますが、撤退とか、玉砕とか、嫌な言葉ばかりが飛び交っています」

「味方は苦戦中ということだろう」

「それから、こんなものも」

酒井通信士は周波数ダイヤルを回して、ヘッドフォンを頭から外して寄こす。耳に当てると軍歌が聞こえた。「抜刀隊」だ。

「ラジオか？」

「ええ、内地の放送です」

「ここまで電波が届くのか。すごいな」

「電離層の具合によって聞こえたり聞こえなかったりなんですが、九四式の通信能力は大したものです」

「なにか面白いネタが入ったら教えてくれ」

「はい」

前方の炭水車に移動して、便所に寄った。

そう、九四式には便所が三ヵ所もあるのだ。矢野軍医に犯罪的過失と指摘された便所問題はこうして解決し、男たちが汚いケツを車外に突き出す奇観を拝むことはなくなったのである。

運転室に顔を出すと小池機関士がいた。横の機関助士はショベルを杖の代わりにして休んでいる。機関車の調子を小池機関士に尋ねたところ、満面の笑みで絶好調と太鼓判を押した。

「新しいおもちゃを買ってもらったガキみたいなはしゃぎっぷりだな、小池」

「いや、実際のところ、このミカド型を改造した機関車にはいろいろと面白い機能がついていまして」

「ほう」

「例えば貫通ブレーキです。こいつがあるおかげで、すべての車両のブレーキを運転室が一括操作することが可能になりました。緊急に制動をかける必要があるときなど、大いに重宝すると思います」

「その貫通ブレーキを使ったら、制動距離はどれくらい短くなるんだ」

「実際に試したことはありませんが、井先任が言うには、全速運転から完全停止まで三〇〇メートル以内とか」

「おう、そりゃすごい。俺たちが乗っていた老ソコレの半分じゃないか」

「それから、もうひとつはこれです」

小池機関士が足の横でポンポンと軽く蹴ったのは、足元からにょきっと生《は》えて焚き口のすぐ下につながっている大きな管だ。まるで、床に寝そべった人間がボイラーに頭を突っ込んでいるかのような形状だった。

「こいつは自動給炭機《きゆうたんき》です」

「どういう代物なんだ」

「この大きな管のなかでスクリューが回っているのですが、そのスクリューが後ろの炭水車から石炭を前方に送り、蒸気の力で火室に投げ入れるんです。次々と、しかも勝手に」

「なるほど、だから助士が石炭をくべていないのか。人手不足の俺たちにはありがたい機能だな」

「ええ、投炭作業がえらく楽になったのは間違いありません。ただ、スクリューが石炭を細かく砕いてしまうことが多くて、石炭の粒子であるシンダが大量に煙突から吐き出されてしまうところが玉に瑕《きず》です」

「たしかに排煙が黒いとは思っていたが、そういう理由だったか」

「使っている石炭の質があまりよくないことも原因ではありますが、まあ、これだけ煙が黒いと、煙幕としてはうってつけかもしれません」

「煙幕か。覚えておこう」

九十九は小池機関士と別れて運転室を出た。

指揮車を素通りして火砲車まで足を延ばしてみると、兵士たちが所狭しとごろ寝していた。三両ある火砲車は、それぞれひとりの不寝番《ふしんばん》を残して仮眠態勢だった。

彼らを起こさないようそっと通り抜け、砲座に通じるハシゴに近づいた。一〇五ミリ高射砲のずぶとい砲身は装甲板に囲まれているが、開閉式の屋根は開いている。

満天に星がきらめいていた。

月は弓なりの弧を描く、いわゆる上弦の月というやつだ。昇降口の下から星空を見上げていたら、上のほうで人の話し声がした。暗くて輪郭しか見えないが、砲塔内に誰かいるようだった。

君は元々学生さんなんだってね、とひとりが言った。砲塔の壁に反響している声は金子少尉のものだ。

「たしか中央大学だったよね。専攻は？」

「法律です。高等文官試験を受験するつもりなので」と答えたのは川野辺少尉だった。ふたりして煙草を吸っているらしい。

自分自身ヤニ休憩のつもりだったから、砲塔内は火気厳禁だぞ、と言って割り込む気はない。なんとなしに、そのまま立ち聞きする格好になった。

「へえ、君は高等文官を目指しているのか。じゃあ、末は官僚、いや大臣か。すごいじゃないか」

「まだ合格すると決まったわけではありませんから」

「高等文官を目指しているというだけで、十分すごいことだとぼくは思うけどね」

「ありがとうございます。金子少尉にそう言っていただけると励みになります」

「金子さんでいいよ。ぼくは年上だけど、同じ少尉じゃないか」

「自分は少尉になってまだ一年の予備将校ですから」

金子少尉は、ふーんと言った。

「川野辺くん、君は謙虚過ぎるよ。若いやつはもっと生意気になっていいと思うぞ」

川野辺少尉は、へぇ、と驚いたような声を出した。

「そんなことを言われたのは初めてです」

「ぼくは変わり者だからな」

金子少尉はからからと笑った。

「では、生意気ついでにうかがってもいいですか」

「いいよ、どーんとこい」

「どうして列車砲を姫と呼んでいるのかなあ、と思いまして」

「そんなことか」

「なんだか気になって」

「まあ、いいさ。どうせ暇だから話してやろう」

事の起こりは大正十五年、陸軍がフランスのシュナイダー社から列車砲を購入することを決め、その受け取りに金子少尉を含む運用試験班をフランスに送った時点にまで遡る。

彼はそこで、ひとりの女性と出会う。

麗しのプランセス――。

シュナイダー社の人々は、人形のように華奢で可憐《かれん》な容姿から、彼女のことを密かにそう呼んでいたらしい。金子少尉がたちまち魅了されてしまったというその女性は、シュナイダー社が臨時に雇用した通訳で、商社勤務の父親の影響を受けて日本語を学んだという。

ところが日本への輸送と千葉の陸軍技術本部での運用試験が終了し、フランス本国から付き添ってくれたシュナイダー社の面々の帰国が目前に迫ったころ、彼女は突然病に倒れてしまう。結核だった。

金子少尉は毎日のように見舞ったが、入院から数ヵ月が経って……。

「金子さん、ちょ、ちょっと待ってください」

「なんだよ、いいところなのに」

「いや、その先はおっしゃらなくてもけっこうです。金子さんが列車砲を姫と呼ぶ理由はよくわかりましたので」

「わかったの？　今ので？」

「ええ、まさか金子さんの恋愛話を聞かされるとは思いませんでしたが、列車砲に姫、すなわち仏語でプランセスという愛称をつけたのは、亡くなったその方を偲んでのことだったんですね。興味本位でつらいお話をさせてしまい……」

「妻を勝手に殺さないでくれ」

「え？」

「彼女は結核にかかったけど、半年で退院して、そのあとぼくの妻になったんだ。今は千葉にいて、ふたりの娘とともにぼくの帰りを待っている。列車砲を姫と呼ぶのはその幸運にあやかってのことなんだよ」

「エエッ！」

エエッ！と声が出かけて、九十九は煙草を取り落とした。

「ほら、これを見てくれよ」

上のほうで小さな明かりがついた。川野辺少尉はカエルが踏み潰されたような変な声で、

「うわァァ……きれいな奥さんですねェェェ」

と言っている。

どうやら写真を見せられたらしい。いったい、どんな物好きなのだろうか。

「いやあ、川野辺くんはうれしいこと言ってくれるなあ。じゃあ、君にひとついいことを教えてやろう」

「はぁ、なんでしょう」

「ぼくはやや短足で、やや骨太だ」

「はぁ、やや……」

「それから青森の田舎育ちで学もない。そのような星の下に生まれついてしまったのだから、ぼくにはどうしようもないことだ。でも、これ以上ないくらいの幸せを手にすることができた」

「はぁ」

「つまりね、君のように爽やかな好青年が、必ずしも人生の勝者になるわけじゃないんだ。人として大事なのは、生まれ持ったなにかではない。生まれたあとに獲得したものこそ、人間の土壌を真に豊かにするとぼくは思っている。それはぼくの人生哲学で言うところの、心意気だ」

「はぁ、心意気ですか」

「そう、心意気」

しばらく会話が途切れた。

「金子さん、自分は人生の勝者になれるでしょうか。高等文官を目指して勉強してきましたが、自分は生まれに足を引っ張られて、結局どこにも行けないような気がしてならないんです」

「生まれに足を引っ張られて？」

「ええ、自分は……日本人ではなくて……そのう……朝鮮人なんです」

アッと声が出そうになって、拾ったばかりの煙草をまた取り落とした。

イ・ヨンソク、それが川野辺少尉の本名だ。

大変な努力を重ねて中央大学に入ったのだろうが、彼の日本語は日本人以上に完璧で、彼が朝鮮人であることを見抜ける者はまずいないし、列車隊のなかでも列車長と先任しか知らないことだった。

川野辺少尉が部隊に着任した日、当人から事情を聞いた九十九は本名の使用を許可したのだが、もう使うことを許されない名前ですから、と彼は寂しく笑って辞退した。これまで散々辛《しん》酸《さん》をなめてきたのだろう。だから、このことは三人だけの秘密となっていた。

息を呑んで次の展開に聞き耳を立てていると、「そうかそうか、だからか」という、常と変わらぬ金子少尉のはつらつとした声が響くだけだった。

「あのう、だからというのは……」

「言葉になまりがないのはそのせいなんだって、合点《がてん》がいったのさ。君の日本語は学校で教わるような正し過ぎる日本語だから」

「あの、金子さん、驚かないんですか？　自分は朝鮮人なんですよ」

「驚く？　なぜ？」

「だって、朝鮮人と知ったら、普通の人は……」

「ぼくは青森人だよ。そうと知って君は驚いたかい?」

「……いえ」

「君が朝鮮人であることと、ぼくが青森人であることは、どちらも同じことだと思うけどね」

「そ、そうでしょうか」

「そうだよ。さっき言ったじゃないか。自分の力でどうにもできないことに人生を左右されるなんて馬鹿らしいだろ。人間というものを真の意味で形作るのは、生まれ持ったなにかではなく、その人自身の努力と根性によって手に入れたものなのさ。例えるなら、恋ってやつはツラでするもんじゃない。心意気でするものなのだ、というところかな」

「はぁ、恋……」

「君は結婚しているのかい」

「いいえ」

「心に決めた人は」

「おりません」

「では見つけたまえ。そして突撃したまえ。霊峰富士より高いところで咲く高嶺《たかね》の花であろうともだ。君の心意気に感じるところあらば、きっと天が味方するだろう」

暗い床に転がった煙草を手探りで探していると、あっはっはっ、という勝者の高笑いが頭上から降ってきた。

差別主義とは無縁の大砲屋に、人として負けたような気がしてならなかった。

二

半島の付け根に位置する大石橋《だいせっきょう》の駅で、九日に出発してから六度目の朝日を拝んだ。西の地平線がキラキラ輝いているが、あれは海である。列車隊はついに遼東湾が見える駅にまで到達したのだった。

ところがあとひと息というところで、ふたたび避難列車の混雑につかまった。長々しく連結された避難列車の貨車が駅の側線だけでなく本線にもあふれていて、どうやってもすり抜けることができない。しばらく待っても動く気配がまるで見られないので、列車を降りて混雑の先頭に行ってみると、なんと機関車がついていなかった。いくら待っても動かないはずである。

車掌らしき駅員をつかまえて話を聞くと、大連と大石橋のあいだで往復運転が行われているという。つまり、機関車待ちだというのだ。

「避難民の多くは朝鮮半島に逃れているというのに、どうして大連に向かうんだ」

車掌に訊いたら、日本行きの船が出ているという返事だった。

本当かどうかは知りませんけどね、と車掌はつけ加えた。

「大連から脱出船が出ているというのは流言《りゅうげん》かもしれませんが、日本に新型爆弾が落ちたとか、朝鮮半島に米軍が上陸したとか、いろんな噂が飛び交って、どうしたらいいか誰もわからないんです。こういうときこそ軍が……」

こういうときこそ軍が道を照らしてやるべきなのである。不安と混乱と恐怖のなかで逃げ惑う人々の盾となってやるべきなのである。疲れ切った様子の中年車掌はかろうじて言葉を呑み込んだが、彼の主張は明白だった。

列車に戻る道すがら、九十九は善後策を考えた。いつ来るかわからない機関車を待っている時間的余裕はない。となれば、装甲列車で貨車を牽引してやるしかなかった。二十両以上の長大な連結貨車だが、大型のミカド型機関車を動力とする九四式なら、やってやれないことはないだろう。

しかし、そのあとどうすべきか。二十両もの貨車を引っ張れば相当速度が落ちる。ただでさえ予定が遅れているのである。列車砲は来ない、と判断した運搬船が勝手に出港してしまう可能性は、時間が経つにつれて飛躍的に高くなっていく。どこか適当なところまで運んでやったら貨車を切り離してしまうのもひとつの手だが、いったん手を差し伸べた者たちを放り出すなんて真似が、果たして許されるものだろうか。

そんなことを鬱々《うつうつ》と考えながら歩いていたら、鼻が曲がるような臭いに意識を持って行かれた。すぐそばの貨車からだ。家畜用なのかもしれない。糞尿の臭いが外にまで漏れ出ている貨車をのぞくと、腰まで隠れるような大きな防空頭巾をかぶって握り飯を頬張っている女児と目が合った。

たくさんの女と、それ以上に多くの子ども、そしてひと握りの老人が、獣の臭いが充満する貨車の乗客だった。

タタンッと連発音が小さく聞こえた。機関銃の射撃音、遠い。

急いで列車に戻り、観測室に上がった。ふたりの見張りと井先任が、二十倍の砲隊鏡《ほうたいきょう》を西の海岸線のほうに向けていた。

大石橋駅から枝分かれする線路を海岸沿いにたどっていくと、そこは港町営口《えいこう》だ。

「敵か？」

「まだ見えません」と井先任が答えた。

「代わってくれ」

砲隊鏡の焦点を絞ってしばらく観察した。丘の向こうに敵の気配あり、されど姿は見えず。

そのあいだも、銃声が段々大きく激しくなる。

丘の頂《いただき》に現れたのは手をつないだ親子だった。母が幼子の手を取って、丘を駆け下っている。なにかに追われているようにも見えた。

「戦闘用意」

砲隊鏡をのぞきながら言った。

「戦闘用意、了解」

井先任が下に降りていき、警報ベルを鳴らした。

そのうち砲声までもが耳に届くようになる。バカスカ撃ちまくっているのは戦車かもしれないが、いつまで経っても丘を越えてくる気配はない。傾斜の反対側で、誰かが誰かと交戦しているという感触だった。

九十九は右手で車内通話装置の送受話器を耳に当て、左手で相手先の呼び鈴を鳴らす回転式の取っ手をぐるぐる回す。

《はい、警戒班》川野辺少尉だ。

「列車長だ。丘の向こうで起きている騒ぎを承知しているな」

《はい、確認しています》

「広軌牽引車の出番だぞ。ひとっ走りして様子を見てこい」

《え？　いいんですか。ガソリンが切れますよ》
「今が使い時だ。それとも駆け足で行くか。一、二キロメートルはあると思うが」
《喜んで、愛馬を使わせていただきます》
車両の前後を扛重機《こうじゅうき》、つまりジャッキで持ち上げ、軌道走行用の鉄輪から路上走行用のゴム輪につけ替える。訓練を積んだ兵なら、ものの五分で済む。川野辺少尉と四人の警戒兵は三分で作業を終えて出発した。
土煙を立てて走り去った広軌牽引車の後ろ姿を砲隊鏡で追っていると、なにを見つけたのか、丘のふもとあたりで急に足が止まった。どうやら、逃げるように斜面を下ってきた母子と合流したようだ。川野辺少尉と母親らしき婦人が短いやり取りを終えると、牽引車はふたたびエンジンを吹かして丘の反対側へと姿を消した。
ジリリリッと通話装置がけたたましく鳴った。
「列車長だ」
《無線室、酒井兵長です。偵察警戒班から報告が届きました》
「読み上げてくれ」
《丘ノ背後ニ敵影アリ。敵戦車八両ヲ認ム。友軍戦車隊ト交戦中ノ模様。以上であります》
「ご苦労」
通話装置の取っ手を回す。
《はい、火砲班》金子少尉が出た。
「俺だ。三時方向に広がる丘の反対側で戦闘が行われているらしい。偵察に出した川野辺によると、敵戦車八両が友軍戦車隊と交戦しているということだ。おそらくT－34だろう。準備しておけ」

《了解です。徹甲弾を装填しておきます》

送受話器を置いた。

信じがたい侵攻速度と言うべきだった。開戦からたったの六日で、国境から遥かに遠い満洲南部の遼東半島に敵地上軍が現れたのである。あと半日到着が遅れていたら南下経路を遮断されていたかもしれない。かの電撃戦に勝るとも劣らぬ勢いに、身震いするような戦慄さえ覚えてしまう。

砲隊鏡から目を離すと、三両の火砲車に備え付けられた四つの砲塔が、駆動音を響かせつつ右に回り始めているのが視界に入った。

「二時方向、戦車、距離一〇〇〇、数は七、いや八」

見張りの声が聞こえたので、ふたたび砲隊鏡に取りつく。

丘の横に延びている海岸沿いの道を、西から東向きに戦車らしき装甲車両が走っている。T－34の姿に似ているが、鼻がやけに太く、それぞれの砲塔上に歩兵を乗せていた。歩戦一体となって敵陣に突入する跨乗《こじょう》歩兵というやつだろうか。

送受話器を再度手に取った。

「金子少尉」

《はい、金子です》

「二時方向に出現した戦車が見えているか」

《は、目視しております》

「T－34のように思われるが、少し形状が違う。警戒しろ」

《八五ミリ砲搭載の新型でしょう。目にするのは初めてですが》

「よく知っているな」

《敵はすでに高射砲の射程内です。ご命令があればいつでも攻撃可能ですが》

「いや、もう少し様子を……」

ドンッと大きな音が轟いて空気が震えた。

撃った？　いや撃たれた？

火砲車搭載の高射砲は四門とも静粛を保っていた。では誰が、誰に向かって。

《列車長、五時方向に戦車です。距離八〇〇、二連水車のそば》

小川を利用した水車がふたつ、仲良く並んで回っていた。そのすぐそばで、水平方向に勢いよく白煙が噴き出す。二度、三度と水車の右から左から立て続けに煙が吐き出されると、一瞬遅れて砲声が耳を聾《ろう》した。水車の近くに何両かの戦車が布陣しているのだ。砲口から噴出する発砲煙は、接近中のソ連軍部隊に向かってたなびいていた。

報告にあった友軍だろうか。

敵戦車部隊は散開して速度を上げ、二連水車に向かって突撃していく。無駄な戦闘は避けたかったが、友軍を見捨てるのは後味が悪い。それに、避難民でごった返す駅に突入でもされたら、それこそ大惨事だ。

「金子少尉」

《はッ》

「発砲を許可する。素早く仕留めろ」

《お任せください》

すぐさま、送受話器の向こう側から金子少尉の命令指示が聞こえてきた。

《一番砲は最先頭、二番砲は最後尾、三、四番砲は中央付近を前進中の敵戦車を狙え。初弾同時攻撃、次弾以降各個の判断で撃て》

てきぱき動く砲員たちの行動を想像しながら砲隊鏡から目を離すと、火砲車搭載の各砲がそれぞれの獲物の動きに追随して小刻みに旋回している。車体の横方向にそろって突き出された四つの砲身が光沢を帯びて黒光りする様子は、まるで切れ味鋭い日本刀のように見る者をして心胆《しんたん》を寒からしめるものだった。

とはいえ、製造以降長らく倉庫の奥に眠ったまま時を過ごした九四式は、これまで一度も血の臭いを嗅いだことがない。人間の蛮性《ばんせい》と精密科学を紡ぎ合わせた究極の戦闘機械の真価が、今初めて、試されようとしていた。

《各砲、射撃用意》

九十九は両耳を手で塞ぎ、息を止めた。

《撃て》

四門が寸分も狂うことなく同時に咆哮《ほうこう》した。骨まで響くようなすさまじい衝撃が全身を貫き、頬を焼く熱風とむせかえるような火薬の臭いと鼓膜をつんざく轟音に一瞬意識が飛びかける。

全弾命中！

先頭を走っていたT－34の湾曲した砲塔は跡形もなく、最後尾の戦車は自身の何倍もの高さの火柱に包まれ炎上していた。

砲弾が命中した瞬間に四方八方に飛び散った無数の影は人の体だった。腐肉に群がっていたハエの塊が一斉に飛び立つがごとき様相で、戦車上にへばりついていた跨乗歩兵たちが爆風によって空高く放り出されたのだ。むろん彼らの背中に二枚の羽などなく、突然、無造作に、地上から恐ろしい勢いで引き剝がされた兵士たちは、今度は地上を離れたとき以上の無慈悲さで、硬い岩肌や鋭く尖った木立や燃えさかる戦車の残骸に頭から叩きつけられていった。

遠くから見ていてさえ、背筋が寒くなるような光景だった。

長砲身を備えた口径一〇五ミリの一番、二番砲が重々しく、口径七五ミリの三番、四番砲が立て続けに閃光を放つたびに、一両、また一両と、T－34が動かなくなっていく。

一分後、砲四門による全力砲撃が終わった。叩き込んだ砲弾は四十発以上だ。戦場にふたたび静寂が戻ると、ソ連軍部隊が進軍していた海岸道は、原形を留めぬくず鉄で舗装された戦車の墓場と化していた。

全車撃破である。

側面からの不意打ちに成功したとはいえ、九四式の卓絶した火力は敵に撃ち返しのいとまを与えることなく、たった一分で八両の戦車を物言わぬ骸《むくろ》に変えた。関東軍秘蔵の決戦兵器の初陣は、想像をはるかに超える一方的な勝利で幕を閉じたのだった。

九十九はいつのまにか耳から離れていた送受話器をやおら持ち上げた。

「金子少尉」

《はッ》

「俺は言葉を知らんから、端的に言う。見事だった。じつに、見事な戦《いくさ》ぶりだった」

《いえ、この戦果はすべて九四式の力によるものです。自分らは狙って撃っただけでありますから》

「いいや、そいつは違うぞ。最高の兵器が最高の働きをするためには最高の兵士が必要なんだ。

君らのように優れた人材を得てこその九四式なのだから、この結果を存分に誇ってくれていい」

《最高の兵士ですか……》言葉が少し途切れた。《そんな褒め言葉を頂戴したのは初めてです。ありがとうございます。皆にも伝えます。きっと喜ぶでしょう》

「うむ。ついては今後のことを話したい。ちょっと指揮車に来てくれるか」

《はッ》

九十九は送受話器を置き、全車に戦闘終了を下達《かたつ》した。

敵の動きは偵察部隊のそれだが、それにしては規模が大きい。そこが、いささか気になっていた。やがて観測室に姿を現した金子少尉にその懸念を伝えると、「偵察部隊でないのなら、前衛部隊だったということでしょうか」と、彼は顔の煤をぬぐいながら答えた。

「前衛、なるほどそうかもしれん」

「ということは後ろに本隊がいるということです。さっきの敵は増強中隊程度でしたから、本隊の規模は」

「大隊、いや聯隊級だろう」

前衛が撃退されたことを知った本隊は、すぐさま再攻撃を企図するはず。聯隊級部隊の調整攻撃に必要な準備時間は、かかっても三時間である。つまり三時間以内に、敵主力がお出ましになると考えるべきだった。

「すぐに離脱したほうがよさそうな状況ですね」

「弱気じゃないか。さっきの威勢はどこにいった」

「先ほどの戦闘は交戦距離を一〇〇〇メートル以上に保つことができました。しかし近距離戦闘に持ち込まれていたら、どうなっていたかわかりません。九四式に戦車砲を弾く装甲はありませんので」

「九四式は遠距離での火力戦闘に限定して用いるべき、と言いたいのか」

「そのとおりです。この列車は打撃力はあっても打たれ弱い大砲屋なのです。戦車と四つに組み合っての殴り合いをさせるなど愚の骨頂というものでしょう。そもそも、本来であれば間接照準で撃たせるべき野戦砲に直接照準射撃をやらせるなんて、自分も実戦どころか訓練さえしたことがありませんから」

「そう言いながら、うまく当てたじゃないか」

「才能です」

「その根拠不明の自信は、いったいどこから来るんだ」

そうやって話しているうちに、広軌牽引車が爆音とともに戻ってきて、指揮車に横付けする格好で急停車して、操縦席が勢いよく開かれた。

「大変ですッ、すぐに救護班を！」

ふたりを見上げる川野辺少尉は血相を変えていた。

三

丘の向こうには目を背けたくなるような光景が広がっていた。死体、死体、死体。これまで何度も支那の奥地で見てきた、老若男女の屍が幾重にも折り重なる地獄絵図である。ひとつ違うのは、それが支那人の死体ではなく、日本人の死体という点だった。

近くの開拓村から駅を目指して逃げてきた人々が、不幸にも進軍中のソ連軍と鉢合わせしてしまったのである。逃げ惑う人々を後ろから撃ち殺すのは、さぞや楽しかったことだろう。わが子を抱きすくめたまま息絶えている若い母親と、母の胸で血に染まっている幼子を見下ろし、九十九は湧き上がる敵愾心《てきがいしん》に全身を焼かれていた。

列車隊総出で救助に当たったものの、死者は多く、重傷者はもっと多く、生者は少なかった。死者と負傷者を合わせてざっと三百人。救える命は限られていた。

「雲井さん、こちらへッ」

「列車長も来てください！」

井先任と川野辺少尉が、二連水車の陰でくすぶっている戦車の残骸に九十九たちを手招いていた。

その戦車は茶と緑と黄色で迷彩塗装を施し、車体前方の右寄りに短砲身の砲塔を置き、砲塔天板に鉢巻きのようなアンテナを張り巡らしている。日本の九七式中戦車「チハ」だった。撃破されたチハの骸は全部で三つ。すべての車体の横に「校一」、「校二」、「校三」と白い塗料で識別番号が書かれている。

井先任や川野辺少尉が集まっていたのは「校一」だった。履帯《りたい》に背中を預け、両足を投げ出した格好で座っている兵士を囲んでいる。

兵士は全身にひどい火傷を負っていた。防塵眼鏡が溶けて頭皮に張りつき、片目はつぶれ、服が燃えて剝き出しになった赤黒い皮膚が、熱せられたろうそくのようにただれた形状で固まっている。まだ年端もいかない少年戦車兵だった。

「避難民を助けようと思ったのでしょう。果敢に敵戦車隊に挑んでいました。たった三両なのに」

川野辺少尉が寄ってきて耳打ちした。

九十九は少年兵のそばに片膝をつき、幼い瞳をまっすぐ見つめた。

「話せるか」

少年はゆっくりと片目を向けた。

「先ほどは、ご助力いただき……」

「そんなことはいい。君はどこの部隊の兵士だ」

「……自分は……この近くの戦車学校の者であります」

「君らは学校の生徒なのか。ここでなにをしていた」

「……大石橋を死守して、敵の遼東半島侵入を阻止すること。それが……自分らの任務であります」

「君らだけでか」

「……はい」

どこの馬鹿が下した命令であろうか。しかしそれを今さら詮索したところで、益があるとも思えない。一両につき四名の乗員、合計十二名の少年たちはもう帰らないのだ。最後のひとりも、まもなく旅立つだろう。

「大尉……殿」

少年はたどたどしく口を開いた。雲井は手を握ってやるだけで、なにもしてやれない。手の施しようがないのである。

「あの人たちは……無事逃げたでしょうか……ソ連軍に追われていた……あの人たちは」

彼は惨劇の現場を目にしていなかった。死に瀕していながら他者のことを気遣う少年のけなげさに胸打たれ、こう言うしかなかった。

「ああ、無事だ。みんな無事だぞ。君たちのおかげだ」

「……よかった」

心から安堵したのか、少年は片方だけになった瞳に涙を浮かべた。

「自分たちは……お役に立てたのですね……本当によかった」

頬を伝ったしずくは流れ出る血と混じり合い、少年の焼け焦げた胸元にポタポタとしたたり落ちて赤黒いシミを作っていった。

とても見ていられない。

九十九は立ち上がって空を仰いだ。西のほうに黒雲が湧いていた。そのうちひと雨来るかもしれないが、ソ連軍の再攻撃のほうが早いかもしれない。今度は聯隊級部隊による全力攻撃である。すぐにでも動かねばならないが、避難民を満載した貨車を押しながらのよちよち歩きでは、きっと後ろから食いつかれる。

よしんば大連に到達することができても、列車砲を運搬船に載せるには、完全分解で四十八時間、簡易分解でも二十四時間を要することから、作業終了の前に大連が戦場になってしまう公算が高い。開戦から六日で遼東半島に出現したソ連軍の途方もない進軍速度を考えると、たぶん、そうなる。

だが、もしも敵の出端《ではな》をくじくことができれば、大連への移動、運搬船への積載、その両方を実行するだけの時間的余裕が生まれるかもしれない。

日没まで、敵の攻撃をどこかでしのぐ。それで流れが変わる。しかし平野の中央にぽつんと設けられた駅で戦っても、勝ち目はない。

「朝倉列車長」

雲井に呼ばれて、意識を現実に戻す。

「この方は、お亡くなりになりました」

彼女は少年の脈に触れていた。

人々を守れたことに満足したのだろうか。少年は、微笑みを浮かべたまま事切れていた。かろうじて生き残った人々を無事大連まで送り届けてやること、それがせめてもの手向《たむ》けとなるだろう。

少年の志を引き継いで戦う。そう決めた。

四

駅舎の一室に、列車隊の主要な面々が集合した。大きな机を挟んで右手に井先任、金子少尉、川野辺少尉。左手に、小池機関士、酒井通信士、そのほかの各班長、そして雲井が立ち並ぶ。作戦会議のためだった。

「時間がないから手早く説明する。まずは地図を見てくれ」

全員の視線が大机に広げた縮尺五〇〇〇分の一の地図にそそがれた。

「俺たちがいる大石橋の駅はここだ。そして、大石橋駅から分岐する路線を二〇キロメートルほど海岸沿いに西進すると、港町として栄えた営口がある。先ほど交戦した部隊が西のほうから大石橋に迫ってきたことを踏まえると、敵主力の集結地は十中八九、その営口だ。予想される敵は一個聯隊基幹。おそらく数時間以内に大石橋への再攻撃を開始するだろう。俺たちは、装甲列車一両でそいつら全部を相手に戦う」

唾を飲む音がそちこちから聞こえた。

「で、できますかね」と川野辺少尉が動揺を隠さず言う。

「できなければ死ぬだけだ」

川野辺少尉が、やっぱり、と言いつつ額に手を当てた。

「しかし、このあたりはほとんど平野です」と井先任が続ける。「戦うといっても、どうやりますか」

九十九は軽くうなずいた。

「先任の言うとおり、平野に囲まれた大石橋駅は防御陣地として不適だろう。営口に続く線路沿いにも使えそうな固い地形がない。従って、俺たちは陣地に拠って固定的に戦うのではなく、機動的に戦う道を選ぶ」

「機動的と申しますと、つまり……」

「つまり敵の攻撃に先んじて、こちらから打って出る」

げッ、とうめき声が班長たちから上がった。

「いいか、まず俺たちは、営口の町外れまで出向いて敵の先端戦力を叩く」

九十九は地図の一点、大石橋駅に人差し指を置き、西に向かって延びる線路沿いにすっと動かして営口の町をとんッと突く。

「大石橋を攻めようと営口を出撃したソ連軍は、まさか自分たちが逆に攻撃されるとは思っていないだろうから、これは一種の奇襲になるはずだ。この一撃で敵戦力を削れるだけ削り、そののちは営口から大石橋にかけて広がる平野部を使って機動的な戦闘を展開する」

「一本道を退きつつ敵を減殺《げんさい》する、というわけですね」と井先任が言い、九十九はこくりとうなずいた。

道なき道を好き勝手に動き回れる戦車とは違い、装甲列車はあらかじめ敷かれた線路の上で戦うしかない。大石橋駅から営口まで続く、なんの変哲もない長さ二〇キロメートル弱の線路。その頼りなげな一本道がそのまま列車隊の生命線であり、うまく使いこなせるかどうかに作戦の成否が懸かっていた。

「ところで」と九十九は続けた。

「大石橋の駅には身動きの取れない無数の貨車と、そこに身を寄せる数百人の人々がいる。従って俺たちは、敵の侵攻を大石橋のひとつ手前の地形結節点、老辺信号場《ろうへんしんごうじょう》以西に食い止めねばならん。要するに、その信号場が俺たちの腹切り場だ。それ以上の後退はないと思え」

そこまで言ってひと息つくと、九十九は話に聞き入る者たちの神妙な顔つきを見回した。不安と当惑と若干の緊張。しかし誰の顔にも恐れはない。

まことに、骨のある連中であった。

「以上当面作戦の概略を述べたが、今日の日没まで老辺信号場以西に敵の侵攻を阻止すること、これが作戦の第一段。そのあとは避難列車を牽引しつつ、闇に紛れて大連にトンズラする。こちらが作戦の第二段、つまるところの最終目標というわけだ」

「大尉殿」

金子少尉が手を上げた。

「わが姫君はどうしますか。連結したまま戦うのでしょうか」

「いや、君の姫様は老辺信号場の引き込み線に置いていく。アレをつなげたままではいざというとき速度を発揮することができないし、列車砲が被弾して壊れでもしたら、これまでの努力が全部無駄になるからな」

「姫君を戦闘に投入するという手もありますが」

「おう、そんなことができるのか」

「命令さえいただければ、陣地占領から発射まで五分でやってご覧に入れます」

「そいつは頼もしい。しかし今回の戦いは数キロメートルで撃ち合う中距離以下での戦闘になるだろうし、互いに動きながらの運動戦だ。こういう状況で力を発揮するのは、発見、即反応可能な平射砲、すなわち九四式が四門搭載する高射砲であるから、君ら輸送班には火砲車三両の運用に集中してもらいたい。列車砲の火力は魅力的だが、ふたつの仕事を同時にやれるほど人もおらんだろうしな」

「お考えについては了解であります。が、その火砲車の携行弾薬についてはいささか不安があります。火砲車（丙）の七五ミリ砲弾は十分なのですが、甲と乙の一〇五ミリ徹甲弾のほうは戦闘一回分あるかどうか……」

「残り何発だ」

「甲と乙を合わせて、残り四十五発」

「えらく少ないじゃないか。定数は二門で四百発のはずだろ。いつのまにそんなに射耗したんだ」

「いえ、元から少なかったのです。九四式は倉庫の置物だったそうですから、第三聯隊が前線に持って行ってしまったのでしょう」

「やれやれ、とんだ掌握不足だったな。といって今更どうしようもない。一射一殺に努めてくれ。君ならやれるだろう」

「はッ、承《うけたまわ》りました」

「ああ、それから川野辺、お前の偵察警戒班の運用についてだが、広軌牽引車の残燃料は？」

「あと三〇キロメートル走れるかどうか、というところです」

「では、今回の作戦をもって広軌牽引車はお役御免だな。正確な敵情偵知は作戦成功の根幹だ。最後の晴れ舞台だと思って、しっかりやれ」

「はぁ、しかし、日没まで頑張れば、敵は兵を退くという見積もりでしょうか。敵が夜も戦い続けたら、夜陰《やいん》に乗じて大連に逃げ込むというこちらの目算は成り立ちませんが」

「夜間に敵は動かない。地理不案内なことに加えて、夜戦はむしろわが軍の十八番《おはこ》だからな。遠戦火力の優越する敵さんが、近接戦闘に陥りがちな夜間戦闘にわざわざ手を出すはずがない」

「裏を返せば、敵は日が暮れる前に決着をつけようと懸命に攻め立ててくる、ということですよね」

「まさしくそうなるだろう。よくわかっているじゃないか。しかしその全力攻撃を撥ね返すことができたら、敵の侵攻を一日、二日遅らせることができるはずだ。うまくいけば、俺たちが大連に安全に移動し、列車砲を運搬船に載せるために必要な時間も獲得できると思う。さて、作戦については以上だが」

雲井に目を留めた。

「雲井看護婦、君には列車から降りてもらうぞ」

「え？　それはどういう……」

「君には別の仕事を頼みたい、という意味だ」

「別のって、どんな仕事ですか」

「現在のところ、列車隊に君の助けを必要とする重傷者はいない。君を必要としているのは、俺たちよりむしろ駅に逃げ込んだ大勢の避難民、とりわけ、ソ連軍の攻撃をかろうじて生き延びた手負いの人々だ。そこで君は、避難民のなかから元気なやつを何人か引っこ抜いて救護班を編成、駅構内に救護所を設けて負傷者の治療に当たれ。隊の医療品の使用を許可するから、好きなだけ持って行くといい。仕事とは、そういうことだ」

雲井の大きな瞳が困惑でゆれていた。九十九は両手を腰に当て、やれやれといった様子で語を継いだ。

「おどおどするんじゃない。君らしくないぞ。まるで、これが今生の別れみたいじゃないか」

「でも……」

「君は君の仕事に、俺たちは俺たちの仕事に、それぞれ死力を尽くす。それから一緒に天命を待とうじゃないか。やるべきことをやり尽くしたら、きっと神か仏のどちらかが助けてくれるだろう。大和魂の精髄とは、そういうことだと俺は理解している」

「それ、素敵な信条ですね」

「俺もそう思う」

雲井は落ち着きを取り戻してくすりと笑った。男たちも声を発して笑った。九十九は居並ぶ参加者の面構えをしかと胸に刻むと、おもむろに言った。

「最後にひとつ加えておくが、俺たちは今から、およそ二千人から成る一個聯隊を相手にすることになる。従ってこの戦いは、まず間違いなく厳しい戦いとなるだろう。だが、玉砕を目的とした戦闘ではない。生きて大連に着いて初めて、作戦は完遂される」

すっと息を吸った。

「死ぬ気で戦え。しかし死なずに勝て。わかったか」

おうッと男たちが応じた。

「作戦開始だ。解散してくれ」

静かに低く言って、会議をしめくくった。

窓の外で、霧のような細かい雨が降り始めていた。

五

《マルヒト、マルヒト、こちらマルサン》

偵察に出た川野辺少尉から無線が入った。無線室で待機していた九十九は、すかさず送受話器を口に当てる。

中天の太陽が黒い雲のなかで淡く光る午後十二時半のことだった。

「こちらマルヒト、送れ」

《跨乗歩兵付きの戦車が二十九、いや三十。営口から大石橋方面へ海岸道沿いに侵攻中。後方に装甲車、四輪車の一群あり。その数、およそ五十両》

酒井通信士がそばで聞いていなければ、うめき声を上げてしまうような数だった。

徒歩行進が基本の日本軍とは比較にならないほど機械化された部隊である。それにしても、一個聯隊に戦車三十両とは……。

「マルヒト了解。マルサンは敵情に変化ありしだい報告せよ」

《マルサン、了》

無線機の送受話器を酒井通信士に渡し、今度は車内通話装置の送受話器を手に取る。

「無線室から指揮車」

《指揮車》

「俺だ。先任か」

《はい》

「お客さんだ。重量級が三十、そのほかの車両が五十。射程に入るまで五分というところだろう。おもてなしの準備をしろ」

《了解であります》

通話装置を切ると、「変なラジオ放送が流れています」と酒井通信士が言った。

「どうした」

「あ、今終わりました。内地からのようですが、どうも変です」

平和再建とか、ポツダム宣言とか、聖断とか、意味のわからない内容だったという。

「気づいたときにはもう終わりかけでした。しかし、なんらかの重大放送だったのかもしれません」

「いつもの大本営発表だったんじゃないか」

「それとは違ったような」

「まあいい。今は目前のことに集中しろ。俺は指揮車に戻る」

「はい」

指揮車二階の観測室に入ると、井先任が列車前方に砲隊鏡を向けていた。見張りの兵は観測室の外に立って双眼鏡を掲げている。

「見えたか？」

「いえ、しかし気配はあります」

九十九は耳を澄ませて車両の走行に伴う騒音を遠くに聴き取ると、井先任と並んで砲隊鏡に目を当てた。

現在、九四式装甲列車は宮口を出撃した敵が必ず通るであろう海岸道沿いの小集落に身を潜め、鼻面を西に向けた状態で停車している。道幅は戦車二両がかろうじて並んで通れる程度で、左手には砂浜と海が、右手には緩やかな丘陵と湿地帯と緑の濃い林が続いている。要するに隘《あい》路《ろ》だ。

街道を外れて路外を機動するとしても、車両が走行可能なのは道からせいぜい二〇〇メートル程度であり、それ以上先の地形は無限軌道方式の戦車でさえかなわない。幅二〇〇、奥行き十数キロメートル。ところどころに人家が点在するほかは、なにもない。これが宮口の町外れから老辺信号場に至るまでの地形的特徴であるが、側面や背後に迂回される恐れの少ない隘路は、搭載火砲のすべてを前面に集中配備する九四式にとって、好適の地形条件を備えた戦場と言っていいだろう。

地の利は得た。

あとは、人間の頑張り如何《いかん》だ。

「目標を視認！」

見張りが叫んだ。

線路と重なり合うように並走する街道を、戦車の群れが漫然と一列になって進軍している。

どの砲塔にも歩兵が鈴なりにぶら下がっているが、警戒している様子はなかった。距離は約三キロメートル。地面が乾いていれば盛大な土ぼこりが立ち、遠距離からこうもはっきりと敵影を視認することは難しかったはずである。

が、敵もまたほこりに邪魔されずこちらを狙えるのだから、小雨の功績をたたえる気はない。天候というやつは敵味方に関係なく影響を及ぼすものであり、気まぐれな天気の神様を味方にできるか敵とするかは、ひとえに付き合い方しだいであった。

通話装置を握った。

「戦闘各部署、状況送れ」

警戒車、周辺異状なし。準備よし。

火砲班、一番から四番砲まで装塡完了。準備よし。

機関車運転室、ボイラー内圧力正常。準備よし。

補助炭水車、石炭及び水量十分。準備よし。

電源車、電圧問題なし。無線室含め準備よし。

順次、各署から準備完了報告が入る。

「各部署はこのまま回線を開いておけ。今後は常時同時通話とする。火砲班」

《火砲班！》金子少尉が出た。

「目標は確認か」

《はッ》

「敵は油断しきっているようだ。こちらが営口まで出張《でば》ってくるとは夢にも思っていないのだろう。金子少尉、すでに戦いに勝ったつもりでいる未熟者どもに、本物の戦争を教えてやれ」

《はッ、では攻撃を開始します！》

送受話器を肩と頬で挟みながら、砲隊鏡の焦点を調整し終わると、敵の先頭まですでに二キロメートルを切っていた。ほとんど正面から向き合う形だが、背丈の低い民家がちょうど車体を隠しているため、敵からは列車の砲塔しか見えないはず。また停車してカマ焚きを控えているおかげで、機関車の排煙もあまり目立たないだろう。

敵は油断しており、地の利はわれにあり。

初手《しょて》は、こちらが打てるはずだった。

カッと光った。

砲隊鏡の狭い世界が真っ白になって、つかんでいた台座がゆれた。

火砲車が発砲したのだ。

一弾は先頭車の砲塔を貫き、一弾は後続車の履帯を吹き飛ばし、一弾は戦車に跨乗していた人間の塊を肉片に変えた。赤い閃光とともに飛翔する砲弾が、敵戦車隊の鼻っ柱に次々と叩きつけられていく。

撃ち返しが始まった。

だが正確な位置をつかめていないのだろう。でたらめに放たれた敵弾はあらぬ方向へ飛び去った。

先頭を進む一隊がことごとく擱座《かくざ》して街道を塞いでしまったため、後続の部隊は道を外れ、あぜ道、土手、手入れの悪い畑のなかを泥を撥ね飛ばして進む。

斜面を乗り越えようと腹を見せたり、逆に下ろうとして天蓋を見せたり、泥に足を取られて速度を落とし、あげく側溝にはまって身動きできなくなる。いいカモだった。

砲四門による数斉射を終えてみると、炎上するT－34が戦場の至るところに転がっていた。敵の油断に乗じた伏撃《ふくげき》は、有効射程が戦車砲の二倍近くある九四式に軍配が上がりつつあった。

「よいようですね」

井先任が横で成り行きを見ていた。

「ここまではな」

「そろそろ、陣地変換すべきころ合いかと」

「だな」送受話器に口を近づけた。

「火砲班」

《火砲班》

「見事な腕前だったが、一時射撃中止だ。四〇〇メートルほど後退する」

《はッ》

「運転室」

《運転室》小池機関士だ。

「ロの陣地まで推進運転で移動せよ」

《ロ陣地まで推進運転で移動、了解》

プシューッと蒸気の音がして、列車はゆっくり後ずさりを始めた。

次に移動するロ陣地は土盛りの陰、その次のハ陣地は並木の陰、その次は――という具合に、イロハニホヘトの名称を冠した伏撃陣地を数百メートルおきにあらかじめ指定しておいた。同じ位置で攻撃を続けていたら、やがて位置は特定され、地上からは集中砲火、空からは……。

ヒュルルルッと耳慣れた音が上方から近づく。

「砲弾落下！」見張りが叫んだ。

雷が落ちたような轟音がして列車全体が左に傾いた。一瞬遅れて、ビリビリするような爆風が体を包む。見ると、列車の右五〇メートルに巨大な噴煙が上がっていた。次弾はさらに近弾だった。横殴りの爆風になぎ払われた見張りが観測室に転げ落ちる。

敵の野戦砲が第一線の支援射撃を開始したのだ。

移動を終えてロの陣地に腰を落ち着けるころには、最前まで布陣していたイの陣地は猛烈な砲火に包まれていた。

これほど素早く砲撃を開始できたのは、敵の砲がトラック牽引式ではなく自ら動ける自走砲ゆえと思われたが、こうやって撃っては退がり、撃っては退がりを繰り返さねば、大地そのものが火を噴くようなあの業火につかまってしまう。

「列車長、前方に新手《あらて》です」井先任が静かに言った。

九十九は床に伸びた見張りを一瞥、首が半分千切れて即死であることを確認した。名は徳留《とくどめ》。溺れた子犬を助けようと冬の川に飛び込み、凍傷で足の指を一本失うような心優しい本部班付の二等兵だった。

イ陣地に対する砲撃が収まると、新たな戦車部隊が街道に転がる友軍戦車の残骸を体当たりで押しのけ、爆煙のなかから次々と現れる。血の臭いを嗅ぎながら、九十九は命令した。

「火砲班、正面に敵の第二梯隊《ていたい》だ。攻撃を再開せよ」

《火砲班、了解！》

車体を震わす振動とともに、四門の高射砲から砲弾が発射された。

隘路を形成する街道沿いの戦いは、基本的に正面対決となる。攻者は狭い道を一列になって進み、味方の屍を乗り越えながら前進を繰り返す。防者は入れ替わり立ち替わり現れる敵の先頭をあらん限りの火砲で狙い撃つ。

攻者にとって、わが身の盾となるのは火力だけである。砲爆撃によって敵の頭を下げさせ、そのあいだに間合いを詰めてしまう。それしかない。

戦力で劣る防者にとって、頼みの綱は地形である。隘路なればこそ数の劣勢を補う戦いができるわけで、詰め寄られないように、位置を特定されないように、敵を削りながら少しずつ一本道の線路をしりぞいていく。

ロの陣地からハの陣地へ、次のニの陣地へ、さらにホの陣地へと、撃っては退がり、撃っては退がり、数百メートルずつ後退を重ねてトの陣地まで退がったとき、弓を射掛け合う遠間から始まったはずの戦いは、長槍を振り回す中間の戦いへと移っていた。

戦闘開始から四時間、午後四時半の段階で交戦距離はすでに一キロメートルを切っている。敵の照準は徐々に正確になっていき、先頭の警戒車、二両目の火砲車（甲）を敵弾がかすめるようになっていた。金子少尉が指摘したように、見かけはごつくても、九四式は基本的には自走砲である。懐に飛び込まれたら、とても戦車とはやり合えない。戦車砲弾を一発でも食らえば、甚大な被害が出るのは明白だった。

日没は七時五分。

あと、二時間半である。

九十九はゆっくりと動く腕時計の秒針をじりじりしながら見つめていた。

《こちら無線室》酒井通信士の声だ。

「どうした」

《マルサンから応答がありません》
「なに？」
《さきほど敵情報告があったのですが、その途上で交信が途絶えました。以後、何度呼び出しても返事がありません》
「報告の内容は？」
《宮口方面からなにかが接近中だと言っておりました》
「なにか、ではわからん」
《一応聴き取れはしたのですが、自分の聞き違えかもしれず……》
「構わんから言ってみろ」
《化け物、です》
「なに？」
《化け物が来たと、そう言っているように自分には聞こえました》
「あいつら寝ぼけてるのか。出るまで呼び続けて詳細を確認しろ」
《了解》
敵に見つかったのだろうか。だが川野辺ならうまく逃げ切る。そう信じるしかなかった。
「列車長、敵の様子が変です」双眼鏡を掲げながら井先任が言った。
「変？」
「静か過ぎます」
砲隊鏡で敵陣を偵察すると、たしかに動きがない。
道ばたで点々と燃え続ける戦車の残骸、倒れた兵士、横転した装甲車。激戦の痕跡だけを残して、敵の姿が戦場から掻き消えていた。

「まさか、引き揚げたのか？」

「かもしれません」

火砲班から呼び出しが入った。

「俺だ」

《一〇五ミリ徹甲弾が尽きそうです。残弾、各砲一発》

「……了解した」

再度敵陣を眺めても、やはり敵影はなかった。

観測室から車外に頭を出して後ろを見ると、最後尾車からたった五〇メートル先に腹切り場である老辺信号場があった。一〇五ミリ砲の弾が尽きていたら、敵の射程外から有効打を送り込むのは困難になっていただろう。いろいろと危うかった。

「先任、どうやら俺たちは勝ったらしいぞ。ぎりぎりのところだったが……」

そのとき、前方でパアーンッと汽笛が鳴った。

その音は九四式のそれではなかった。九十九は正面を見て、あんぐりと口を開く。

濃緑色の角張った巨体、階段状に並んだ無骨な砲塔、鼻先に赤い星。

馬鹿なと思い、まさかと思う。

それはソ連軍の装甲列車であった。

レールとレールの幅はロシアと満洲で異なるから、相互に乗り入れはできない。ソ連領への侵攻を念頭に置いて製作された九四式は軌道幅を変換できるように設計されているが、敵も考えていたことは同じということか。

「あー、でもね、西から攻め寄せる敵の侵攻経路なら線路沿いですよ。それだけは間違いない」

関東軍総司令部でのやりとりが脳裏を駆け巡った。

「線路沿い？　なぜです？」

「敵も列車を使っているからです。兵力と兵站物資を輸送する足としてのみならず、火力戦闘部隊としても」

「列車を戦闘部隊にって、本当ですか」

「敵は装甲列車を持ち込んでいるらしいのです。二日前、国境の駅を守備していた部隊を全滅に追いやったのがそのソコレらしいですよ。守備隊からの最後の報告は、化け物が来た、だったとか」

化け物が来た——。

九十九は送受話器をぎりぎりと握りしめた。
「火砲班」
《火砲班！》
「敵のソコレを確認したか」
《たった今視認しました！》
「火力を集中して一撃で仕留めろ」
《はッ！》
それぞれの目標を指向していた四つの砲身が、スーッと筒先をそろえて、ぴたりと動きを止めた。

機動力を犠牲にして防御力を高めた結果なのだろう。九四式とはまったく逆の概念で作られたであろう馬鹿でかいソ連製ソコレは、威厳に満ちた王者の風格さえ漂わせながら軌道を進んでいる。

戦慄とともに砲隊鏡をのぞいていた九十九は、敵ソコレの一番砲塔に高々と掲げられた赤い旗に気がついた。倍率を上げるると、旗の中央に紋章が確認できた。一本の剣が、交差する鎌と槌を真上から貫く紋様だ。旗の根元に砲塔ハッチを開けてこちらを睨みつける無帽のソ連兵の姿がある。額に巻く包帯は白く、頭髪は太陽のように赤い。

「まさかッ……」

驚きのあまり砲隊鏡から目を離しかけたとき、四門の高射砲が一斉に発砲した。

射距離八〇〇メートル。

しかし放った徹甲弾は甲高い金属音とともに、ことごとく弾かれてしまう。こんな至近距離で一〇五ミリ徹甲弾をまるで受けつけないなんて、いったいどれほど分厚い装甲なのか。

砲隊鏡の狭い視野内で赤髪の男が高々と右腕を掲げた。こんな状況で、男は笑っていた。

腕が勢いよく振り下ろされ、敵砲が光った。

発砲煙を突き抜けて飛翔した砲弾は、先頭警戒車を正面から撃ち抜いた。

粉砕された警戒車は巨人の手に突き飛ばされたような格好でのけ反り、連結する三両の火砲車は激しく波を打ち、指揮車が横転しかねない勢いで上下にゆれた。九十九はかろうじてこらえたが、横の井先任は衝撃に抗しきれず壁に叩きつけられた。

手すりにつかまって体を起こすと、頭半分を失った警戒車はここまで届く熱風を吐き出しながら真っ赤な炎に包まれていた。

砲隊鏡を目に当てると、砲塔のどこにもやつの姿はない。

「……化け物め」

九十九は送受話器をつかんだ。

「運転室」

《運転室》

「老辺信号場まで後進せよ。石炭を細かく砕いて盛大に燃やせ」

《は？　それはどういう……》

「排煙を煙幕として使って敵との間合いを切る。できるだけ多く、できるだけ濃い煙を作り出せ」

《了解ッ、老辺信号場まで煙幕を展張《てんちょう》しつつ後進します！》

「あわてるな。ゆっくりとだ」

《はいッ》

駆動するロッド、空転する鉄輪、レールを削る金切り声。

列車全体がブルブル震えつつ後じさっていく。煙突口から広がる真っ黒い煙が敵のほうに流れていき、すぐになにも見通せなくなった。

こちらも撃てないが、あちらも撃てない。しばらく時間が稼げるだろう。

「火砲班」

《火砲班》

「今ので一〇五ミリは撃ち尽くしたな」

《はい》

「では、以後の火力戦闘は第三聯隊の要員に任せ、列車砲輸送班の人員をすべて指揮車に引き揚げろ。君自身もだ。今後は火砲車（丙）の七五ミリ砲のみ使う」

《はッ》

指示を終えると、井先任が割れた額を押さえながら横に立った。

「状況は最悪のようですね」

「ああ、最悪だ」

「線路を爆砕すれば、多少は……」

「爆砕？　線路に爆薬を仕掛ける時間的余裕があるとは思えんぞ」

「砲で線路を直接狙い撃つのです。多少なりとも傷つけることができれば脱線の可能性もあるかと」

「いや、それではすぐに敷き直されるのがオチだ。多少の時間稼ぎにはなるだろうが、根本的な問題の解決にはならない。あいつを残したまま大石橋に引き揚げたら、あとでもっと面倒なことになるだろう」

「しかし……」

「策はある」

「なんと」

煙幕を貫いて敵弾が飛来した。しかし当てずっぽうなのだろう。かすりもしなかった。

「先任、君はあいつを牽制しながら信号場の分岐点まで誘い込んでくれ。本線と引き込み線に分岐するその一点にやつを誘引してくれたら、あとは俺がやる」

井先任が目を大きく見開いた。

「まさか、アレを使うおつもりなのですか？」

「察しがいいな」

「なるほど、そういうことでしたら、ここは自分にお任せください。見事釣り出してご覧に入れます」

「頼む」と答えて立ち上がりかけ、ふと動きを止めて九十九は言った。

「先任、気づいたか？　敵ソコレの砲塔上にやつが……」

「やつ？」

井先任の額の傷口から、だらだらと血が流れ落ちた。

「いや、なんでもない」

軍刀を腰に吊ると、いつもとは違う重さを感じた。

一階に降りていくと、ちょうど金子少尉たちが火砲車から引き揚げてくるところだった。

「金子少尉、戻ったばかりで悪いが、すぐに輸送班の班員を率いて信号場に向かってくれ。俺も一緒に行く」

「信号場に行ってなにを……」

「敵のソコレを仕留める。君の姫様でな」

金子少尉の目玉がまん丸くなった。

「れ、列車砲による直接照準射撃……」

「そのとおりだ。なにも言わずに列車を降りろ。走っていくぞ」

外につながる扉を開放すると、九十九はゆるゆると後進している列車から後ろも見ずに飛び降りた。列車はすでに信号場の構内まで後退している。砂利の上に着地すると、すぐそばに転轍機のてこがあった。大石橋に続く本線と引き込み線とに枝分かれする分岐点だった。

目指すは引き込み線の奥に残してきた九〇式列車カノン。あの二四センチ砲で破壊できぬ装甲列車などあろうはずがない。

そう思い定めて列車砲を隠した駅舎の陰に駆け寄ると、銀色に輝く巨砲がこちらに尻を向けた状態で停まっていた。

金子少尉と輸送班の班員たちが追いついた。

「おい金子少尉、なんで列車砲は明後日の方向を向いているんだ。これでは敵ソコレを撃てないじゃないか」

「その点はご安心を。列車砲の砲架《ほうか》は三六〇度旋回可能です。しかし本当に……」

「敵の装甲は重戦車並だぞ。七五ミリでは嫌がらせにしかならない。やれるとかやれないとかではなくて、二四センチ砲で殴りつける以外に手はないだろ」

「はッ、無駄口を叩きました！」

「ではすぐに砲を回してくれ。狙いは本線と引き込み線の分岐点にある転轍てこだ。五分で発射可能と言った君の言葉を信じるぞ」

「はッ」

動力車の発動機が低いうなりを上げて始動した。各車両に電気が行き渡ると、備え付けの起重機が一発二〇〇キロという巨大な砲弾を弾薬車の屋根に吊り上げる。

弾種は榴弾。

挿弾板を滑って弾と装薬が薬室に送り込まれるのと時を同じくして、砲架の横に転倒防止用の四本足が張り出した。

「装塡よしッ」

砲架に乗って閉鎖機を確認した金子少尉が頭上でぐるぐる手を回した。

「回せ！」

発動機の騒音がひときわ大きくなった。

砲身だけで三〇トンという巨砲を動かすには大量の電気を食うのだろう。ゆっくりと、しかし確実に、列車砲はその砲口を分岐点に指向しつつあった。

振り返ると、九四式は一〇〇メートル先の分岐点に停車したままだった。煙突から黒煙がまっすぐ立ちのぼっている。こちらを気遣ってのことだろうが、足を止めてしまったら煙幕代わりの排気煙が敵方に流れていくわけもない。

九四式の左右に砲弾が落ちた。立て続けに周辺の駅舎や信号機が砕け散り、無数の瓦礫が列車に降りそそぐ。

「俺たちに構うなッ、退がれッ、もっと退がれ！」

大声で叫びながら手信号を送ると、観測室の人影が信号を送り返してきた。

距離五〇〇、敵、近ヅク。ワレ後退ス。

九四式は七五ミリ砲を連発しながらゆっくり退がっていった。さあ、来い。こっちへ来い。

そう誘っているような動きぶりだった。

列車砲の旋回角度は一二〇度を超えた。残り六〇度。

列車砲から分岐点の位置までは直線で道がひらけているが、両側に駅舎が並んでいるため左右への視界は利かない。建物の切れ目から敵ソコレが見えたら、ただちに撃たねばあっという間に分岐点を通過されてしまう。

九十九は金子少尉を見上げて言った。

「もっと急げッ。敵の装甲列車が分岐点に来てしまうぞ！」

「無理ですッ。これ以上負荷をかけたら回路が焼き切れます！」

そのときだった。

ウラーッという鬨の声とともに敵の一隊が現れたのだ。数十人の敵兵が、駅舎の並びから短機関銃を乱射しながら向かってくる。

伏せ損なった輸送班の兵士が目の前で撃ち倒された。

「白兵《はくへい》か!? くそッ」

九十九は撃たれた兵士から三八式歩兵銃を取り上げ、すかさず反撃してひとりを射殺した。

列車砲の旋回が残り十五度というところで止まっていた。砲口は近くの駅舎の壁を向いたままだ。

「金子少尉ッ、砲を回し続けろ！」

「電源が落ちましたッ、手動でやります！」

被弾した動力車から白煙が漏れ出ていた。金子少尉が直径五〇センチはありそうな大きなハンドルを両手で回し始めるものの、砲の旋回はよく見なければわからないほど鈍くなる。

「ウラーッ！」

巨漢のソ連兵が銃剣付きのモシンナガン小銃を手に迫った。

「金子少尉を守れッ、敵を近づけさせるな！」

九十九は三八式歩兵銃の銃身を使って繰り出された刃を払い、がら空きになった相手のアゴに銃床を叩き込む。

歩兵銃の弾が尽きると敵の短機関銃を奪い、次に拳銃に持ち替え、それも弾切れになると刀の鞘を払った。

乱れ飛ぶ銃弾、突き出される銃剣、袈裟懸《けさが》けに振り下ろす軍刀。

金子少尉を守ろうと戦う班員たちがひとり倒れ、ふたり倒れ、返り血を浴びながら奮闘する九十九の周囲は敵兵だらけになっていく。

砲架の上でハンドルを回していた金子少尉が撃たれた。

「金子少尉ッ！」

「こ、この程度の傷、ご懸念には……」

彼はよろめきつつもふたたびハンドルに取りつき、全身の体重をかけるようにして回転させる。

残り、五度。

敵にさらなる増援が加わった。右を見ても左を見ても味方はおらず、目に入るのは赤い旗と無骨な草色の鉄帽のみ。

引き込み線の奥からソ連軍の四輪装甲車が猛然と突進してきたのは、そのときだ。

敵兵数人を撥ね飛ばしながら両者のあいだに割って入り、急停車するなりふたつの銃塔を左右に振りつつ機関銃を撃ちまくる。

同士討ちか？

装甲車の扉が勢いよく開いた。

「列車長！」

川野辺少尉だった。顔が血だらけだ。

「生きていたか！」

「敵車を奪ってきましたッ。乗ってくださいッ。離脱します！」

「いや、お前らはそこで踏ん張れッ。まだ仕事が残っている！」

九十九は砲架に駆け登った。

ハンドルにしがみつく金子少尉の背中はいくつもの銃弾に貫かれていた。血で滑ってうまくハンドルを動かせないようだった。

「手を貸す！」

銃弾の飛び交うなか、ふたりで回し続けた。

パアーンッ。

すぐ近くで汽笛が鳴った。

ソ連軍ソコレが地響きを立てながら、ゆるゆると信号場に入ってきた。二階建ての駅舎とほとんど同じ背丈がある。線路が悲鳴を上げるほどの重々しい図体《ずうたい》は、まさに化け物。

先頭の砲塔ハッチが開いて赤髪のソ連兵が姿を現し、こちらを指さし叫び出す。

列車側面の銃眼が九十九たち目がけて火を噴いた。

砲架のそこらじゅうに火花が散り、ふたたび弾丸を食らった金子少尉が崩れ落ちた。

「おいッ、しっかりしろ！　おいッ！」

「じ、自分に構わず……砲を……砲を……」

あお向けに倒れた金子少尉が、見るまに広がっていく血だまりのなかでうめいている。

「くそッ」

九十九はいっそうの力を腕に込めて、ハンドルを回転させた。

あいつはこちらの意図に感づいた。あの巨体が分岐点を通り過ぎてしまう前に、いや、旋回しだした敵砲がこちらを向く前に列車砲を回し終わらねば、そこまでである。

額から汗が噴き出して目に入り、手は血で滑り、敵弾に砕かれた金属の破片が飛び散っていく。

「俺は貴様らＮＫＶＤと違って、喧嘩は対等な立場でやらねば気が済まない性分なのでな。戦場でならいくらでも殺し合ってやるが、俺は両腕を縛った男から母親を取り上げて楽しむような卑怯者ではない」

数日前の情景が、弾丸よりも速い速度でまぶたの裏に蘇った。

自分は卑怯者ではない、とやつは怒りを滲ませて反論した。

ならば証明しろ、と九十九は冷ややかに応じた。

人質を盾に列車から逃げたとき、あいつはなぜか撃たなかった。撃とうと思えば撃てたはずなのに、引き金を絞らず姿を消した。

今、理由がわかった。

相手の反撃を人質によって封じた上で射殺しても、それは従前のやり方と同じ。やつがこれまで行ってきたであろう、一方的で卑怯な処刑と同じになってしまう。あいつがそれをよしとしなかったのは、対等な立場での喧嘩にこだわったからだ。ＮＫＶＤ将校らしからぬ名誉心の持ちぬしと言うべきなのかもしれないが、おのれの過去を顧みて忸怩《じくじ》たる思いがあったのだろう。だからこそ、やつは処刑人としてではなく軍人として、いや戦士として、死力を尽くして戦う名誉の戦場を欲していたに違いない。

すると、この再会は偶然ではないのか？

ここがやつの望む名誉の戦場だというなら、その喧嘩相手は、戦うべき敵は、この俺ということに――。

「大尉殿、拉縄《りゅうじょう》を……拉縄をッ」

一心不乱にハンドルを回していたら、金子少尉の絞り出すような叫びを聞いた。

はっとして顔を上げると、鈍く光る列車砲の長砲身が、今まさに分岐点を通過せんとする敵装甲列車の一両目にぴたりと指向されていた。

敵弾が頬をかすめて赤いしぶきがぱっと散ると、九十九は撃発装置にぶら下がるひも、装薬に点火する拉縄に飛びついた。

視線の先にいるのは、やつだ。

やつもまた、運命に対峙する殉教者のようにまっすぐこちらを見つめ返していた。赤い旗が掲げられた無骨な砲塔はまだ回り終わっておらず、列車砲はすべての準備を終えていた。

戦場でならいくらでも殺し合ってやる。

あのときたしかに、九十九はそう言った。

そしてここは、やつの望んだ戦場であった。

九十九は拉縄を引いた。

白い閃光がすべてを包み込み、世界から突如として音が掻き消えた。

次の瞬間、内臓という内臓をわしづかみにされたような爆圧と全身の骨を打ち砕くような激震を残して、一〇五〇メートル毎秒の速度で発射された二四センチ砲の巨弾は砲口からわずか一〇〇メートル先の目標側面で炸裂した。

目もくらむようなまばゆい光と鉄をも溶かす超高熱の炎が視界を舐め尽くす。

一〇五ミリ砲弾を一切受け付けなかった重装甲が紙切れのように引き裂かれ、四方に吹き飛ばされた装甲板が、動輪が、砲塔が、黒煙を引きながら降ってきた。

列車砲の真上《まうえ》に、九十九の頭上に。

直撃弾による爆発から一瞬遅れて、列車砲の耳をつんざく雷鳴があたり一帯に轟いた。

第五章　終着駅

一

戦場に静けさが戻った。

霧のように降りそそいでいた雨はいつのまにか止んでおり、代わりに黒雲の隙間から顔をのぞかせた西日が夕暮れ時の空を赤く染めている。

意識を失っていた九十九が目覚めてみると、敵は攻勢を断念して撤退していた。時刻は午後六時半、日没まで残すところ約三十分だった。

「どれだけ時間を稼げたかはわかりませんが、少なくとも、明日の朝まで敵は動けないでしょう」

横になって朱色の空を見上げたまま、血のにじむ包帯を額に巻きつけた井先任から報告を受けた。

「何人死んだ?」

「雲井看護婦の迅速な手当のおかげで、多くの者が命を永らえることができまして……」

「何人死んだと訊いている」

「……二十八人、であります。敵装甲列車の主砲弾を浴びた警戒車の乗員は、ひとりも助かりませんでした」

「そうか、二十八人も死んだか」

そうか、ともう一度つぶやいた。

どうやら頭を強く打ったらしい。うずく後頭部をさすりながら体を起こすと、息を呑むような九四式の姿がそこにあった。

頭を叩き潰された警戒車、ねじ曲がった一番砲、指揮車の上部構造物は横に裂け、至るところについた弾痕と突き刺さったままの砲弾の破片。

敵の装甲列車を分岐点に誘い込むのは命懸けの仕事だったのだろう。戦闘終了後の九四式は、地獄から這い出たなにかに様変わりしていた。

しばし呆然として九四式を眺めたあと、列車砲に目をやった。

「あいつは損傷したのか」

「今、点検しておりますが、砲本体は無事のようです」

「金子少尉は？」

井先任はかぶりを振った。

「列車砲の操砲に携わった者たちは、残念ながらことごとく。金子少尉はまだ息がありますが、もう長くは……」

「どこにいる。案内してくれ」

井先任の先導で、九四式の背後に回った。

焼けただれた顔、もげた首、切り裂かれた腹、飛び出した臓物、ちぎれた上半身。日ソ両軍兵士の目を覆いたくなるような遺骸が線路沿いに並んでいる。大石橋駅から駆けつけた雲井が設置したという臨時救護所は、運び込まれた負傷兵らの、水を求め、母を求め、なくなった片腕を求める聞くに堪えない嘆きとうめきであふれていた。

川野辺少尉を見つけて近寄った。両膝をついて横になった誰かに話しかけている。相手は金子少尉だった。

「川野辺」

背後から声をかけた。

「よく生きていた」

「ええ、列車長も。でも、金子さんは……」

九十九は金子少尉の丸い体のそばで膝を折った。うつろな眼《まなこ》は宙の一点に向けられ、呼吸は浅く弱く、鮮血が全身から滲み出て地面に赤い海を作っている。

「雲井看護婦はどうした。なぜ彼に手当を施さない」

井先任をとがめると、誰かが袖を引っ張った。

「自分が……辞退したのです」金子少尉だった。

「少尉、なぜだ」

「……自分は、ここまでです……ですから、ほかの者を……」

金子少尉がたどたどしく言うと、口から血の塊が流れ落ちた。

肩から腹にかけて、少なくとも五つの弾痕がある。致命傷だ。とても救えるものではない。

彼は自分が助からないと知って、治療に無駄な時間と労力をかけさせまいとしたのだろう。資源は限られているのだから、救える命に注力せよと言いたいのだ。

九十九は唇を噛んだ。

「少尉、俺たちが勝利できたのは、君と、君の部下と、君の姫様のおかげだ。全乗員を代表して礼を言わせてもらう。だがな、勝手に諦めてもらっては困る。君の仕事はまだ終わっていないだろ。輸送班長がいなくなったら誰が彼女の面倒を見てやるんだ。最後まで責任を持ってくれ」

金子少尉は急速に色を失っていく顔に笑みを浮かべた。

「あとは、輸送班の者たちに託します……彼らなら……きっとやり遂げます」

はっと胸を突かれて、井先任と川野辺少尉に目をやった。彼は知らないのだ。輸送班がすでに全滅したことを。

金子少尉が胸の内ポケットから覚束ない手つきで黒革の手帳を取り出した。

「列車長殿、これを、家族に……」

九十九は強くかぶりを振った。

「少尉、そういうのは自分でやってくれ。俺は死なずに勝てと命じたはずだ。ここで死んだら命令違反じゃないか。命令に逆らったやつの遺品なんて、俺は絶対受け取らんぞ」

金子少尉は血にまみれた両手で九十九の右手を包み込むと、手帳をそっと握らせた。

「そうおっしゃらず、部下たちを、わが姫君を……なにとぞ……」

触れた指先が、唇が、わなわなと震えている。徐々にしぼんでいく声は風前の灯火のように頼りなく、ぽつりぽつりと漏れ出てくる言葉をひとつも聞き逃すまいと金子少尉の口元に耳を近づけたとき、彼は苦しげに、しかし力を振り絞るようにして言った。

あなたで、よかったと。

最後に仕えたのがあなたでよかったと、彼はこの期《ご》に及んで感謝の念を口にしたのだ。

思わず顔を起こした九十九が目にしたのは、生者のものとは思えないほど澄み切った水面《みなも》のようなまなざしだった。

「おい」

一時《いちどき》に総毛立つような思いで金子少尉の肩を揺さぶったものの、青白い顔をした大砲屋は沈黙のなかに沈んでいるだけであった。だから、もう一度揺すった。「おい」と声をかけながら、何度も何度も揺さぶった。井先任に手を引かれても構わず、なおいっそう強く呼びかけた。

「俺は死なずに勝てと言ったじゃないか。死ぬなって、俺は言ったんだぞ。おいッ、聞いているのか。この大砲野郎！」

九十九は拳を握って、歯を食いしばって、一瞬だけ目をつぶった。常に明朗快活だった大砲屋の元気な声が耳の奥にこだまして、遠くへ消えていった。

ふたたび目を開くと、彼から受け取った黒革の手帳に視線を落とした。なかにあったのは、家族に宛てた遺書と一枚の写真だった。人形のように美しい女性と愛らしい女の子がふたり、満足げに笑う金子少尉を幸せそうに囲んでいる。

輸送班は全滅し、乗員は半減した。

ソ連軍一個聯隊の撃退には成功したものの、列車隊の受けた損害は計り知れなかった。

「列車長、金子少尉たちを失ったわれわれはどうしたらいいのでしょうか」

川野辺少尉が涙をぬぐった。

「このまま大連に向かったところで、もはや任務の達成は……」

「いや、俺たちは大連に行かねばならん」

九十九は立ち上がって金子少尉の遺骸を見下ろした。これまでも、これからも、戦場で生き残った者がなすべきことはひとつしかない。死んでいった戦友たちの遺志を継ぐ。それだけだ。

「俺たちは列車砲の扱いについては門外漢だが、どんな形であれ運搬船に積み込んでしまえば、あとは本土の連中がなんとかするはずだ。あの巨砲が日本を救うと信じていた男の願いを、俺は叶えてやりたい。それが、俺の命令に従って死んでいった金子少尉たちへの、せめてもの報いになるだろう」

死ぬ気で戦い、死なずに勝つ。

果たされることのなかった命令の結果を噛みしめる九十九のまわりでは、九四式の応急修理、死体の始末、そして戦闘で負傷した兵士たちの手当が同時に進んでいた。

「ここを押さえて」

「必ず助けます」

「お湯を持ってきてください」

「しっかりなさいッ、それでも男ですか！」

大の男を手足のように使って、ときに激励、ときに叱咤《しった》して、たくさんの怪我人相手に獅子《しし》奮迅《ふんじん》の活躍を見せていたのは雲井だった。

火傷でただれた皮膚に軟膏を塗ってガーゼを当て、心臓が止まりそうになった患者にカンフル剤を注射し、垂れ流される排泄物を衣類の切れ端でぬぐい、傷口にピンセットを突っ込んで金属片を引っ張り出す。

軍人の戦いが終わったあとも看護婦の戦いは続く。それは自分の知らない戦場、自分の知っている戦争とは別種の戦いだった。

ふと、なにか聞こえた気がして耳を澄ませた。小さいが、一陣の風に乗ってたしかに旋律らしきものが流れている。

歌だ。

鼻歌だ。

出所と思われるほうへ意識を向けると、いまだくすぶり続けるソ連軍ソコレの残骸がある。不審に思って歩み寄り、装甲板の裂け目から内部をのぞいてみた。間違いない。歌声は瓦礫の下から聞こえてくる。

九十九は黒焦げになった鉄板につかみかかると力任せに引っぺがし、ひん曲がった機関銃を放り投げ、手に触れるガラクタを次から次に残骸のなかから掻き出した。

そこに井先任が加わり、すぐに川野辺少尉も駆けつけ、まもなく兵士たちが群がった。そのあいだも歌は続いている。優しくて、でもどこか悲しい曲調で、九十九の知っている歌だった。士官学校のロシア語授業で無理やり歌わされたからよく覚えていた。

眠れやコサックの愛し子よ
空に照る月を見て眠れ
やさしい言葉と歌を聞き
静かに揺り籠に眠れよや

それはコサックの母親が子どもを寝かしつけるときに歌う子守歌だった。

騎兵戦で勇名をはせたコサックの男たちは、三歳にして馬に乗り、二十歳を前に戦場へ赴く。よく眠れ。そして強くたくましく育て。やがてきたる戦いの日に備えて。

コサックの母親は男児を産んだときからその子の出征を、わが子との別れを覚悟している。

そうした心情と哀切が込められた歌だった。

やがて、大きな鉄塊に寄りかかった状態のソ連兵が発見された。

ひどい怪我だ。首から腕にかけて重度の火傷を負い、足は片方ちぎれ、腹には長い鉄杭が何本も突き刺さっていた。彼は敵に囲まれているというのに別段気にするそぶりもなく、赤い髪で覆われた頭をゆっくり前後に揺らしながら鼻歌を口ずさんでいる。

血の池から這い出てきたのかと思うほどの流血で一見判別しがたいが、間違いない。かつて列車隊が捕虜としたＮＫＶＤの将校、ルカチェンコ少佐だった。

「列車長、なぜこいつが……」

井先任の声がかすれた。

「偶然ではあるまい」九十九は額に巻かれた包帯を見下ろしつつ言う。「おそらくこいつは、俺たちを追ってきたんだ」

「追ってきたって、なぜそんな」

川野辺少尉が絶句した。

「決まっている。馬鹿だからさ」

俺と同じ種類のな、と九十九は独り言のようにつぶやいた。

ルカチェンコ少佐に近づこうと踏み出したとき、足がなにかを蹴った。腰をかがめて拾うと、少佐が首から提げていたあのロケットペンダントだった。すでに視力を失っているのか、彼はあれほど後生大事にしていた母の形見に注意を払っている様子もない。

血に汚れたペンダントに目を落としていると、雲井がスッと横をすり抜けたので呼び止めた。

「なんだ、なにをする」

「治療です」と言いながら救急嚢を開く。

「こいつをか」

「それがわたしの仕事ですから」

「敵の治療に時間をかける暇があったら、ひとりでも多くの味方を救うべきじゃないのか」

「皆さんの治療は終わりました。この人が最後です」

そう言っているあいだも、ぎゅっぎゅっと布で手荒に足を縛って止血していく。ルカチェンコ少佐は手当を受けていることにさえ気づいていない様子で、静かに同じ旋律を繰り返していた。

「こいつはもう救えないぞ。それがわからない君ではあるまい」

「それでも救いたいんです。わたし、諦めるのが苦手ですから」

足の血止めが終わると、次は腹、次は腕と、彼女はてきぱきと処置していく。

避難民の手当に続いて負傷兵の面倒まで見て、何時間もぶっ通しで立ち働いているというのに、疲れも見せず、弱音も吐かず、血と汗にまみれてなお諦めないと言う。これ以上なにか言ったところで、この強情な看護婦の意志をくじくことはできそうにない。

九十九は黙って片膝をつき、ルカチェンコ少佐の青い瞳を正面からのぞき込んだ。やはり彼には見えていないらしい。なにかに魂を奪われたような空虚なまなざしが、どこか遠くを見つめている。九十九はペンダントの血のりを丁寧に袖でぬぐうと、「トゥイ・チョルトフ・イディオット（とんだ馬鹿野郎だよ、お前は）」と言いながら少佐の手に握らせた。

唐突に歌がやんだ。

ルカチェンコ少佐の顔がゆっくりと持ち上がり、見えないはずの両目が九十九にまっすぐ向いた。

けられると、ふたたび静かな旋律が血なまぐさい車両内を流れていく。笑みだ。いつぞやの不敵な笑みが、血潮を浴びた端整な顔に蘇っていた。

思ったとおりだった。やっぱりこいつは、どうしようもない馬鹿野郎であった。

「まさか、この人……」

雲井がふいに治療の手を止めた。

「おいおい、今ごろ気づいたのか。そうだ。こいつは俺たちが捕まえたソ連兵だ。額の包帯に覚えがあるだろ」

「そういえば、この歌……」

「ああ、ロシアの子守歌らしい。それにしても、すごい集中力だな。歌声が気にならなかったのか」

「どうしてでしょう。子守歌だから、なのかもしれません。誰しも耳慣れているはずの歌ですから。この人もきっと、お母さんにたくさん歌ってもらったのでしょうね。初めて会ったときも口ずさんでいたくらいですから」

「そうなのかもな」

雲井は気を取り直すと、ふたたび治療に取りかかる。頬に血が飛び散っても気にしたふうもなく、一心に。

赤十字に入ったのは父から逃れるためだと、彼女は言った。満洲に来たのは職業上の使命感に突き動かされてのことかもしれない。しかしここに留まって戦い続けるのは、きっと救えなかった人々への罪悪感から。

戦争というこの世の地獄は、十七歳の少女が背負うには重過ぎる。けれども彼女は、瞳に炎を灯してくじけることなく向き合ってきた。

本当に、大した看護婦さんであった。

「雲井看護婦、もういい。そこまでだ」

「え？」

「彼はもう逝ったよ」

ルカチェンコ少佐の碧眼から光が消えていた。手からペンダントが落ち、不敵な笑みは消え、歌はやんでいた。

「ごめんなさい。救ってあげられなくて、本当にごめんなさい」

脈を取っていた首からそっと指を離してうなだれる雲井を見ながら、そんなことはないと思った。最期を君に看取られたことで、救いはこいつにも訪れた。

戦争に正々堂々なんてない。

対等の立場なんてものもない。

武力と暴力は別物。そんな美学が通用するのは喧嘩の世界だけであり、汚れのなかに身を沈めてなお汚れまいとすれば、圧倒的な孤独と苦悶にのたうつだけ。

どんな屁理屈をこね回して現場を説得したのかは知らないが、ＮＫＶＤと指揮系統の異なる赤軍部隊を動かすのは容易ならざる仕事だったはずだ。そうまでして彼が列車隊を追ってきたのは、戦場で正々堂々と雌雄を決することで、自分が卑怯者ではないことを証明しようとしたからだろう。証明してみせろと言った日本の軍人に対して。そして、おのれ自身の不名誉な過去に対して。

ルカチェンコ少佐は死に場所を探していた。血で汚れた名誉を挽回できるなら命など惜しくはないと、滑稽なほど深刻に思い詰めた挙げ句の果てに。

まったく、あきれるほどよく似た馬鹿野郎だ。

九十九はペンダントを拾い上げて蓋を開き、ルカチェンコ少佐から母親の写真が見えるように床へ置いて言った。

「スコーロ・ヴィージムサー《また会おう》、マイヨル・ルカチェンコ。いい、喧嘩だったな」

赤軍の大粛清に携わったであろう処刑人の死に顔は、母親の胸で眠る赤児のように安らかだった。死力を尽くして戦った、戦士の顔つきであった。

二

かつてロシアが造り、日本が引き継いで発展させた自由貿易都市、大連。

町の南に屏風《びょうぶ》のような形で迫っているのは南山という岩山で、海側から望むと、町の姿が山の背景に溶け込んで一幅の絵のように美しい。

八月十六日正午、遼東半島を海岸沿いに下ってきた列車隊は、とうとう最終目的地に到着した。

町中央の円形大広場から放射状に延びる幹線道路とアカシアの並木道を横目に見ながら、激戦の痕跡も生々しい装甲列車は避難民を満載した貨車を牽いて埠頭へ入っていく。

荷さばきのための上屋《うわや》や野積場《のづみば》には乾燥した大豆かすが大量に並んでいた。大豆は満洲の主要作物のひとつで、食用油を搾り取ったあとの残りかすは本土に運ばれて家畜の飼料や畑の肥料となる。

平時ならば苦力《クーリー》たちが肩に載せて貨物船まで運んでいたであろう満洲の特産物は、屋外で放置されて雨に濡れ、腐臭を放つだけのゴミ屑に成り果てていた。

木造ジャンク船専用の波止場を通過すると、空を突くようにそびえ立つ荷役機械《クレーン》の群れと大型栈橋が進路前方に見えてきた。

定期連絡船のような中型貨客船、数万トン級の貨物船、小型の曳船《ひきぶね》など、三十隻以上の船舶が海に突き出す四つの栈橋に密集して停泊中だった。

そして、人、人、人。

どちらを向いても人がいる。

埠頭内に敷かれた線路にも、待合所にも、倉庫にも、荷物や子どもを背にした避難民が所狭しとあふれていた。彼らは皆、今にも出港しそうな船に乗り遅れてはならじと、乗降用のタラップや搭乗橋《とうじようきよう》を押しつぶさんばかりの勢いで押し寄せている。

一方で、奥地から着の身着のままで逃げてきたであろう人々が、まとまって、あるいは点々と、精も根も尽き果てた様子で倉庫の陰や道の端などに座り込んでいた。戦火に追われてここまで来たが、とても船には乗れそうにないと知って諦めたのだろう。

火砲車の最前部にいた九十九は――警戒車は全壊してしまったので、今は火砲車（甲）が実質的な先頭車である――乗降口の手すりにつかまって身を乗り出し、進路の安全をたしかめながら人波を縫うように列車を進めていた。

目指す船、それは陸軍に徴用された列車砲運搬船「第三十二大福丸」だ。

十六日正午までに到着すればなんとかなる、と思い定めて、実際十六日正午に滑り込みでたどり着いたわけだが、すべては希望的観測に過ぎない。合流予定に何日も遅れた乗船客を待ってくれているかどうかはほとんど賭けだったが、大福丸は第二桟橋の一番奥で煙突から煙を吐きながら浮かんでいた。

その一角は憲兵隊によって厳しく警備されており、近寄ろうとする避難民が突き飛ばされたり足蹴《あしげ》にされたりしていた。

列車が接近すると、立派な口ひげをたくわえた憲兵が行く手を遮った。

「馬鹿モン！　どこの隊だッ、ここは立ち入り禁止だぞ！」

こちらの事情も階級もあらためずにいきなり怒鳴りつける。この手の高慢ちき野郎をずいぶんと見てきたが、そろそろ扱いにも慣れてきた。

「われわれは関東軍総司令官の特命を受けて列車砲を運搬してきた鉄道第四聯隊だ。貴様らこそ、ここでなにをしている。この船は列車砲を積載するための徴用船だろうが。変な言いがかりをつけて邪魔立てすると、容赦なくひき殺すぞ！」

口ひげの憲兵は急におどおどし始めた。

こういう連中は、反撃されることに慣れていない。教官が生徒を殴り、上級生が下級生を殴り、古参兵が初年兵を殴り、憲兵が市民を殴るのは、殴り返されないと知っているからだ。こいつらは、土俵の外から石を投げるだけの臆病者に過ぎないのである。

列車を降りるなり無礼な憲兵に詰め寄ると、曹長の階級章をつけた憲兵は、九十九の階級に気づいてますます及び腰となる。

「おい憲兵、状況を説明しろ。なぜ、俺たちが使う船にどしどし人を乗せている」

憲兵隊に封鎖された一角には二百人ほどの民間人がいて、一列に並びタラップを登っている。が、桟橋入口に集まっている哀れな避難民とは身なりが違う。

男は麦わら帽に白麻の背広、女は着物、子どもは学生服。

彼らは手荷物を苦力に運ばせ、何百キログラムもありそうな大型の木箱や四輪自動車を荷役機械で積み込んでいる。

ひと目で、上流階級の者たちだと知れた。

「あのー、大尉殿は昨日正午のラジオ放送を聞いておられないのでしょうか」

一転して態度を改めた憲兵曹長が、おずおずと上目遣いで言った。

「昨日正午の放送？　なんのことだ」

「陛下の玉音放送のことです。日本が戦争に負けたという、アレです」

負けた？

耳にしたことが理解できず、しばらく動けなかった。

「日本が負けただと？　貴様、気でもふれたのか」

「いえ、いいえ、大尉殿、まことのことです。日本は連合国のポツダム宣言を受け入れたので、今後は平和再建に力を尽くせと、陛下がみずからのお言葉で語られたのです。ご聖断が下ったのです」

記憶が昨日正午の時点まで一気に巻き戻る。

ポツダム宣言、平和再建、聖断――。

変なラジオ放送が流れている、と酒井通信士が言っていたアレのことか。

「嘘だ！」

背後で叫びが上がった。いつのまにか列車を降りていた川野辺少尉だった。

「われわれは負けてないッ。敵の謀略に決まっている！」

「自分もそう思いたいのですが、すでに命令が出ておりまして……」

憲兵曹長が気圧《けお》されたように口ごもる。

「誰が下したどんな命令だ」と、今度は井先任が外に出てきた。

「昨日小型飛行機が飛んできまして、第三十二大福丸を差し押さえよ、という関東軍総司令部からの命令書を置いていったんです。なんでも、お偉い方たちが本国へ引き揚げるのに使うとかで」

憲兵曹長が歯切れの悪い説明を続けていると、小型自動車の隊列が桟橋に入ってきた。警音器を鳴らして避難民を蹴散らしながら現れたのは、軍正式採用のくろがね四起《よんき》だった。

列車のすぐ横に停車した四台のくろがねから、金ぴかの参謀飾緒《しょくしょ》を吊った佐官級の上級将校たちが次々と降りてきた。副官らしい少佐が扉を開け、最後に出てきたのはでっぷりと太った陸軍大佐だった。

「お待ちしておりましたぁ」

突然、憲兵曹長が揉み手で大佐にすり寄っていく。

「船は準備できているのか」

大佐が不機嫌そうに言う。

「それはもう」

「ならばすぐ出航だ」

大佐は黒革のカバンを左手に提げて船のタラップに向かっていき、ご一行様が後ろに続く。

彼らは哀れな居留民を捨て置いて、自分たちだけ本土に落ち延びようとしている。沈没する船から真っ先に逃げ出す舵取りのように、義務と責任を臆面もなく放り出して。

「大佐さん、待ってください」

雲井が列車から降りてきた。

丸々とした大佐がジロリと睨めつけると、彼女の片眉がぴんっと持ち上がる。

「大佐さん、桟橋にはまだたくさん人が残っているんですよ。それなのに自分たちだけ逃げるなんて、陸大出の参謀将校がそろいもそろって恥ずかしいとは思わないんですか？」

「なにィ」

大佐がカッと目を開いて眉を吊り上げた。

「女ァ！　われらは身を賭して本土の防衛に赴こうというのだ。それをなんだッ、看護婦ごときが偉そうに説教しおって！」

そう言いながら鼻息荒く歩み寄り、いきなり雲井を殴りつけた。

彼女は殴られた衝撃で数歩後じさったが、頬に手を当てて大佐を睨み返している。とっさのことで止めるいとまもなかった。

「その目はなんだッ、まだわからんか！」

大佐がふたたびこぶしを握ったのを見て、熱いものが全身に流れていくのを感じた。

「お待ちください、大佐殿」

血走った目が九十九に向けられた。

「第三十二大福丸は、列車砲を内地に持ち帰るために必要な船です。これは関東軍総司令官の特命ですから、勝手に使われては困ります」

「総司令の特命だと、バカめ」大佐は吐き捨てた。

「そんな命令などとっくに無効になっておるわ。戦争は終わったのだ。いまさら列車砲など持ち帰ってどうしようというのか」

「では本当に終わったのですか、戦争が」

「くどい！」

「そう、ですか」

日本は戦争に負けた。

列車砲を運ぶ理由は消滅した。

この信じがたい事実が真実であることを、奇しくも彼らの言動が裏づけた。

これが、苦労に苦労を重ねた旅路の終着点なのか。こんな馬鹿げた結末を見るために、皆死んでいったのだろうか。

「こいつらに構っている暇などない。行くぞ！」

大佐たちが船に向かって歩き出すと、九十九は雲井の横顔に視線を送って言った。

「だから、俺は相手を選べと言ったんだ」

「でもわたし、間違ったことを言ったとは思いません。戦争に負けたって軍人にはやるべきことがあるはずです」

彼女は毅然とした態度を崩さず、しかし悔しそうに大佐の後ろ姿を見送っていた。

「そうだな」九十九は深々とうなずき、彼女の赤く腫れた頬を見ながら腹を決めた。「君は正しいよ。いつだって、常に正しい」

九十九は足早に大佐に追いつくと、後ろから声をかけた。

「大佐殿、こちらをお忘れです」

大佐が「あん？」と言って振り向くと、九十九は渾身の力でその横っ面を殴り飛ばした。体勢を崩した大佐の肥えた体がひっくり返り、手に提げていた黒カバンが勢いよく地面に落ちて蓋がパカッと開く。カバンのなかで、敷き詰められた金の地金《インゴット》が光っていた。

「貴様、なにをするか！」

ひょろっとした副官少佐が甲高い声で叫び、腰の拳銃に手をやった。しかし九十九のほうが速かった。

空に向けて放たれた一発の銃弾が、桟橋に乾いた音を響かせる。

「動くな。お前ら全員を敵前逃亡の罪で拘束する」

副官少佐は銃把に手をかけたまま動けなくなり、ほかのお偉方も目を丸くして立ち止まっていた。井先任が拳銃を抜き、川野辺少尉があわてて続くと、列車隊の兵士たちも三八式歩兵銃を構えて彼らを取り囲む。

「先任」

「はッ」

「こいつらを縛り上げておけ」

「了解！」

井先任が兵に指図して将校たちに縄をかけ、武器を取り上げていった。

「き、貴様ら、抗命《こうめい》だぞ。軍法会議だぞ。わかっているのか！」

ぶざまに尻餅をついたままの大佐がわめいていた。

「本土防衛のためにわれらが帰国するのは軍命令である。その遂行を妨げれば抗命罪で銃殺刑だぞ。鉄道兵、覚悟の上であろうな！」

「本土防衛などペテンもいいところですね、大佐殿」

「なに？」

「戦争が終わったと言ったのはあなたです。その場のはったりと声の大きさだけで好き勝手にふるまってきた参謀将校ならではの言い草ですが、もう通じませんよ」

大佐の顔が怒りと屈辱で赤くなり、青筋が何本も額に浮かぶ。

「大福丸は一〇一装甲列車隊が預かります。彼女の言《げん》ではありませんが、軍人のくせに同胞を見捨てて逃げようとする卑怯者に貸す席などありません」

「貴様、わしに手を上げただけでなく、船を奪おうというのか。そんなことが許されると思って……」

銃口をすっと持ち動かして大佐の額を狙う。引き金にじわりと力を込めると、大佐の顔つきが変わった。

「それ以上しゃべるな。耳が腐る」

大佐の顔中に汗が噴き出し地にしたたり落ちるのを見届けると、九十九は拳銃をしまって大福丸の舷側《げんそく》に目を移した。

「先任」

「は」

「この船は何トンくらいあるだろうか」

「九〇〇〇トンといったところでしょう」

「何人乗れる」

「詰め込めば千人はいけると思います。荷物を載せなければ」

「荷物を載せなければ、か」

振り返って九〇式列車砲を凝視した。

一門で優に三個艦隊、師団換算なら十個師団にも匹敵するという究極の超重火砲。この舶来の姫君は戦争の帰趨を変える力を持っている。そう勢い込んでいた金子少尉のありし日の面影が、鈍い光を放つ鋼鉄の巨体と重なった。

別れは昨日。

虎林駅で彼と出会ったのは七日前。

もう何年も前のことのように感じた。

「先任」

「はい」

「貨車に乗っている人たちを連れてきてくれるか。全員だ」

「その目的は？」

「船に乗せる」

「まさか、列車砲を置いていくと？」

「もう運ぶ理由がない」

「しかし、大勢の乗員を犠牲にして運んできたものをむざむざと敵の手に渡すわけには参りません。自分は、部下の死を無駄にするような真似には反対です」

「先任、われらが盾となって守るべき帝国は消滅したんだ。だが国は消えても亡国の民が残される。それも無防備な状態でな。俺は軍人が果たすべき最後の義務として、彼らの盾になってやろうと思う。列車砲の代わりに避難民を乗せるという俺の判断は間違っているだろうか？」

井先任は沈黙した。

「賛成、自分は賛成です」川野辺少尉が手を挙げた。

「列車長の判断は正しいと思います。金子さんだって、きっとそう言うと思います。人を愛することの深い方でしたから。心根が、とても優しい方でしたから」

井先任は口を開きかけて、それから少し下を向いてうなずいた。何度も何度も、自分に言い聞かせるようにうなずいた。

「自分が間違っておりました。ただちに、ご命令を実行します」

「すまん」

井先任は貨車に向かった。

「川野辺」

「はい」

「ありがとう」

「ひとつ貸しです」

「調子に乗るんじゃない。お前は今すぐ船に行って避難民が乗るための場所を作ってこい。いらん貨物は全部海に叩き込め。特に、ああいうやつはだ」

黒光りする高級自動車が船の荷役機械に吊り上げられていた。

「お偉い方たちのなかには、四の五《しご》の言う者がいると思いますが」

「そういうやつらは、荷物と一緒に海へ沈めてしまえばいい」

「なんだか、やり口が軍人というよりヤクザみたいですね」

「違うぞ。軍人はヤクザと同じように暴力を生業《なりわい》とするが、殺しの免状を国からもらっているからな。そこがヤクザと決定的に違うところであり、ヤクザより恐ろしいところだ。ほら、さっさと行け」

「了解です」

川野辺少尉は兵たちを率いて船に向かった。「野郎ども、殴り込みだ！」と威勢のよいかけ声をかけながら。

九十九は指揮車に戻り、ダイヤル式の大型金庫を開けた。なかに収めていた茶封筒を手に取ると、胸から黒革の手帳を取り出してそのなかに入れた。金子少尉が所持していた手帳だった。

茶封筒を手にふたたび外に出ると、船の舷側から荷物がポンポンと放り出されていくのが見えた。船上ではちょっとした騒ぎが起きているようだ。

井先任の先導で、肩を支えられたり担がれたりして、貨車に乗っていた避難民が幽鬼のような足取りで船に向かっていく。六百人はいるだろうか。満洲残留の同胞百七十万のうち、列車隊が今救える人数、それが六百人ということだった。

「雲井看護婦、君は少し待て」

負傷者に手を貸そうとした雲井を呼び止めた。

「なんでしょうか」

茶封筒をしばらく眺めたのち、差し出した。

「君にこれを託そうと思う。受け取ってくれるか」

「託すって、なにを……」

「遺書だ。列車隊全員分の」

「遺書……」

「これを持って船に乗れ。君は日本に帰るんだ」

雲井は親の仇のように封筒を睨みつけ、それから顔を持ち上げた。

「皆さんは、どうするおつもりですか」

「重傷者は一緒に頼む。ほかは、ここに残る。こちらが白旗を掲げたからといって、すんなり戦争が終わるとは思えん。大連はほどなく修羅場と化すだろう。どれだけ支えられるかわからんが、できるだけ踏ん張って、できるだけ多く逃がしたい。たくさん見捨ててきたからな。せめてもの罪滅ぼしだ」

「そういうことでしたら、わたしも残ります」

「それは許さん」

「わたしが女だからですか」

思わず苦笑した。

「そう来ると思ったよ」

「いつか言ったように、わたしだって列車隊の一員です。皆さんが残るのに、女だからといって自分だけ帰るなんてできません。お断りします」

「君は勘違いしているぞ。俺は隊をふたつに割ると言っているだけだ。人を殺す者と、人を救う者という、役割の違いに応じてな。そこに男女の別は関係ない」

きっぱり言うと、遺書の入った分厚い茶封筒を押しつけた。

「人殺しは俺たちに任せて、君は人を救え。ひとりでも多くだ。それが仕事だと君が言ったんだぞ。さあ、わかったら行きなさい」

「でも……」

「それ以上逆らったら、抗命罪で銃殺だ」

黒くて大きな瞳がじわじわと潤んでいく。

「なんだなんだ、そういう湿っぽい顔をするなんて君らしくないぞ。俺たちが死ぬと決まったわけじゃないだろ」

「信じて、いいんですか」

「俺は玉砕というやつが嫌いでね。大石橋の駅で俺がなんと言って作戦会議をしめくくったか、君は覚えているか？」

雲井は涙をぬぐって言った。

「死ぬ気で戦え。しかし死なずに勝て」

「上出来だ」

にんまり笑って片手を差し出した。

「また会おう、お嬢さん」


甲板の上にまで人を満載した大福丸は、ウミネコの鳴き声にまとわりつかれながらゆっくり桟橋を離れていった。もう、どこに雲井がいるのかわからない。

「なんち言うて説得したんです？」

列車隊全員で船出を見送っていると、井先任が大分弁で訊いてきた。

「逆らったら銃殺だと言ってやった」

「そうでも言わな、乗っちくれんかったやろうね」

「あいつは頑固だからなぁ」

「列車長は、軍人というより戦士なんですね」川野辺少尉が言った。

「なんの話だ」

「軍人は国家のために戦い、戦士は愛のために戦う。同胞の盾になりたいという列車長の言葉を聞いたとき、そう思ったんです」

「その気色悪い定義、どこかの賢人が言っているのか」

「物書きだったじい様の言葉です」

「お前がちょっと変わっているのは、そのじいさんの影響なんだな」

「自分を変人みたいに言わないでください」

井先任が押し殺した声で笑っていた。

「ところで川野辺、お前はこれからどうするんだ。日本は戦争に敗れた。朝鮮はきっと独立することになるだろう。国に帰りたいというなら、止めはしないぞ」

「はぁ、そうですねェ」

川野辺少尉は遠ざかる大福丸の後ろ姿をまぶしそうに見つめた。

「国に帰るのは列車隊が解散してからにします。自分はこれでも、一〇一装甲列車隊の偵察警戒班長ですから」

「そうか」九十九は軽くうなずいて胸ポケットをまさぐり、煙草を取り出した。「好きにしたらいいさ」

船の汽笛が長々しく鳴った。

運転室から顔を出して見送っていた小池機関士が、返礼とばかりに列車の汽笛をさらに大きく鳴らした。甲板で手を振る人影は、あいつかもしれない。

彼女は多くを救った。だから今度は彼女が救われる番だと九十九は思っていた。それが、人の心を教わった者の恩返しというものだろう。

敵を殺した。

味方も殺した。

たくさん殺した。

最後に彼女を救えたのが、せめてもの救いだった。

地獄を背負うのは、自分たちだけでたくさんであった。

西の空を見上げると、大型機の大編隊が無数の落下傘を落としながら近づいてくる。ソ連の空挺部隊だった。

こちらが銃口を下げても、あちらさんはやる気満々らしい。

空襲警報が鳴り渡り、大混乱のなかで次々と出航していく船団を眺めながら、最後の一本を吸う。

今回は結末を変えることができたのかもしれない。

その想いだけが、長い戦争における唯一の慰めだった。

三

大連脱出から三日後、第三十二大福丸は予定寄港地である神戸に向かわず、長崎の佐世保《させぼ》港に入港した。

日本は戦争をやめたが、ソ連はやめていない。だったらアメリカだって同じかもしれない。空襲や雷撃《らいげき》の恐怖を払拭《ふっしょく》できない大福丸の船長は、大連から近い佐世保に逃げ込み、しばらく様子をみることにしたのだった。

雲井ほのかはそこで下船した。

手当の必要な者たちを担架に乗せて最寄りの海軍病院に向かうと、そこは野戦病院と変わらぬ混乱と嘆きのるつぼと化していた。

病室に収容しきれない怪我人が廊下にも屋外にもあふれかえり、埋葬する余裕もないのか、骸の山が庭で腐臭を放っている。ただれた皮膚が着物のように垂れ下がっていたり、背中にガラス片が刺さってハリネズミのようになっていたりする者がいるかと思えば、髪の毛がところどころ抜け落ちてしまった女の子がいる。そんな人たちが、数百人。

十日前、長崎はアメリカ軍の新兵器、原子爆弾によって壊滅してしまったという。

ほのかは走り回っていた軍医を廊下でつかまえると、自分の身分を明らかにして手伝いを申し出た。

目を血走らせた若い軍医は、ここはいいから、と言った。

「長崎市内に臨時の救護所がいくつも立ち上がっているから、そこに行ってくれ。爆心地はこここ以上の地獄らしい」

逃避行をともにした避難民や重傷の列車隊兵士を病院に預けて別れを告げると、ほのかは市内に向かう救護列車にひとり乗り込んだ。

深緑色の葉があたり一面を覆っている時期なのに、どこにも緑が見当たらない。諫早《いさはや》を過ぎたあたりから目に入ってくるのは、至るところに散乱する瓦礫と、アメ細工のようにねじ曲がった鉄骨、半壊したコンクリート造りの建物だけで、そのほかはなにもなかった。

八月九日午前十一時二分。長崎市上空に突如出現した巨大な火球が、一瞬で人口二十四万の町の三分の一を吹き飛ばし、電信柱から街路樹まで、可燃性のものはなにからなにまで、それこそ男も女も大人も子どもも年寄りも、大地さえも焼き払った。

もうひとつの太陽のようだったと、列車で相席になった生存者は言う。

そうとしか思えないような強烈な熱線と閃光は、ひと晩かけて町を、そこに住む人々を焼き続けた。そのときの灼熱《しゃくねつ》と業火の名残が、溶けた瓦や泡立った石壁に克明に記録されていた。国民学校に開設されたという救護所にたどり着くまでの道のりに、炭になるまで炎にあぶられた遺骸がいくつ転がっていたことだろう。

ここは本当に日本なのだろうか、と思わずにはいられなかった。

かつて見知った町の面影などどこにもない。山に囲まれた緑豊かな景色は黒ずんだ廃墟に、海風が運ぶ磯の香りはねばりつく死臭に置き換わり、丘の上に立っていた教会の輝きも、よく買い物に来た商店街の雑踏も、すべからく灰燼に帰していた。

国民学校に設けられた特別救護病院に着くと、軍病院から派遣された軍医、陸軍看護婦、地元の医師など、それぞれ身分と服装の異なる医療従事者たちが、窓ガラスの割れた校舎のなかで忙しく立ち働いていた。この国民学校は鉄筋コンクリートで造られていたため、八月九日の惨事をかろうじて生き延びたらしい。

白の看護衣と、左腕の赤十字腕章。

見慣れた格好の看護婦を見つけて、声をかけた。

知った顔だった。日赤長崎支部に勤務していた折、よくいびられた苦手な婦長だった。

「雲井さん、あなたがなぜここにいるの。満洲に行ったはずでしょ」

簡単に事情を話すと、婦長は驚くでもなく、生還を喜ぶでもなく、なにか汚いものでも見るかのように顔をしかめて、よく戻って来られたわねと言った。

おめおめとひとりだけ生き延びて、と罵《ののし》られた気がした。

救護看護団に加わったほのかは、それからの二ヵ月、寝食を忘れて看護に没頭した。

黒紫に変色したケロイド状の皮膚に軟膏を塗り、生理食塩水の点滴を打ち、ガーゼを取り替え、体位を変えて床ずれを防ぎ、排泄物の世話をし、傷口に群がるうじ虫をピンセットでつまみ取り、かゆを口に運び、婦長のいびりに耐えた。

朝日より先に目覚め、日付の変わるころに腐った肉と薬品の臭いを嗅ぎながら泥のように眠った。病棟と寮を往復するだけの日々。

そんな働きの甲斐《かい》なく、被爆した患者はどんどん死んでいき、閃光を直接浴びなかった者も続々と死んでいく。

爆心地から二キロメートルのところに住んでいた者が疲労を訴え、やがて髪が抜け、歯茎から出血し、高熱を発して息を引き取る。爆心地から三キロメートル、爆心地から四キロメートルと、日々、死の同心円が拡大していった。残留放射能のもたらす原爆症だった。

終わりは見えず、報いは少なく、ほのかは徐々に生気を失っていった。いつしか、元気なのは腐肉を這い回るうじ虫だけになった。

年の暮れ、進駐アメリカ軍の調査団が病院を訪れた。写真を撮り、患部をつつき、死んだ者、生きている者を実験動物を扱うようにつぶさに観察し、笑いながら帰って行った。

どうしたらもっと威力ある原爆を作れるのか、どうしたらもっと多くの人間を殺せるのか、もっと殺したい、日本人をもっともっと殺したい。そう言っているようだった。

翌年の春から、満洲に取り残された日本人が少しずつ引き揚げてきた。

ろくに食べず、ろくに眠らず、ソ連軍や支那人の暴行と略奪にさらされた人々は、シラミと垢にまみれた体ひとつで帰ってきた。途上で力尽きた命は数知れない。佐世保に到着した途端に燃え尽きてしまう命もあった。犯されて身ごもった女たちは、上陸後密かに堕胎処置を受けた。

何十万という引き揚げ者が帰国を果たす一方で、それに倍する人々が今も大陸に取り残されている。ソ連軍の捕虜としてシベリアに連れ去られた兵士は六十万人を超えるという。

入院患者からそういう話を聞くようになったほのかは、勤務の合間に大連で別れた列車隊の消息を探るようになった。大福丸が出航したあと、もしもソ連軍とのあいだで戦闘が行われていたとしたら、列車隊が全滅している可能性ももちろんあるのだが。

終戦からまもなく一年になるという夏のある日、ほのかは勤務中に意識を失った。

三日にわたって眠り続けた夢のなかで、列車隊で過ごした短い日々がありありと蘇った。助け、助けられ、泣いたり笑ったり、学ぶことの多い一週間だった。

その中心には、いつもあの人がいた。

激しく怒鳴ることもあれば、子どもみたいに無邪気に笑う、ちゃんぽんが大好きだという強面の大尉さん。

四日目の朝に目覚めたとき、病室の外で話す同僚たちの声を耳にした。

「雲井さん、あんなに元気だったのにね」

「原爆症なのかしら」

「梅毒かもしれないわよ」

「だったら先は短いわね」

「満洲で男あさりなんかしたからだわ。きっと天罰よ」

ふたたび、目を閉じた。

気づくと、胸にぽっかりと穴があいていた。埋めようのない深くて暗い穴だった。

戦争は終わった。本当に終わったんだ。そのことを真に実感した。

回復して勤務に復帰すると、時間を見つけて市内に出るようになった。

「女性が店主をしている中華料理屋さんを知りませんか」

「ちゃんぽんがおいしいお店を知っていたら教えてください」

そう訊いて回った。

あの日託された遺書、それはまだ手元にあった。生きているか死んでいるかは定かでないが、彼らの家族に届けなければならなかった。遺書がこの手にある限り、自分自身の戦争が終わることはないのだから。

そこで、まずは長崎のどこかにあるという朝倉列車長の実家を探し出すことから始めた。

とはいっても、遺族の住所を照会すべき陸軍はすでに解体されている。しかし役所に赴いても、家族でない者には教えられないと一蹴《いっしゅう》されてしまう。この調子だと、列車隊全員の住所を自力で見つけるしかなさそうだった。

ある日、どこで聞きつけたか、実家から電報が来た。

父、健在。家ニ帰レ。

大本営参謀の父が生きているからこそ、帰りたくなかった。

人に死を命じておきながら、自分だけは生き永らえる。大連港で見た関東軍大佐の醜態と父が重なって見えてしかたなかった。

廃材やトタンで建てられたみすぼらしい仮小屋や屋台を巡る日々は、二ヵ月後に終わりを迎えた。

「女の店主？　ちゃんぽんがうまい店？　陣風堂《じんぷうどう》のことだったら、この先だよ」

秋の気配が忍び寄る町外れのバラック街で、鳩を七輪であぶっていた老爺《ろうや》が丁寧に教えてくれた。

爆心地から三キロメートル離れた丘の背後に、その店舗はあった。

瓦が崩れて屋根が落ち、壁の半分は布張りだったが、外に漏れてくる白い湯気と塩気の利いた強めの匂いで、現在も営業中なのだと判断できた。あの惨禍を生き残っただけまし、と主張しているようなわびしいたたずまいだった。

焦げ跡の残るのれんをくぐって狭い店内に入ると、紺の前掛けをして、髪を手ぬぐいで覆った女性が目にも留まらぬ包丁さばきで野菜を刻んでいた。

「あら、ずいぶんと可愛いお客さんね」

手を止めて顔を上げた女性は、目の細い、優しそうな人だった。大尉さんの説明とは、ずいぶん印象が違う。

「ごめんなさい。わたし、客じゃなくて人を探しているんです」

「人探し？」

「あの、間違っていたらすいません。もしかして、朝倉九十九さんのお姉さんではありませんか。関東軍で、鉄道聯隊にお勤めになっていた」

細い目がさらに細くなって、よく切れる包丁のように鋭利さを増した。

「座って。話を聞くわ」

「あの、それで……」

「そうよ。九十九はわたしの弟よ」

六人掛けのカウンター席に腰掛け、遺書を差し出した。

「教えて。あの子、死んだの？」

静かに受け取りながら、九十九の姉は訊いた。

「わかりません。わたし、朝倉大尉の列車隊に勤務していたんですが、大連で離ればなれになってしまって」

列車隊が牡丹江を出発する直前に配置され、大きな大砲を牽いて大平原を、谷間を、市街地を走り続けた一週間。むせるような血煙のなかで赤児を拾い、戦車や飛行機に襲われ、倒れていく兵士を救えず無力を噛みしめた。

そんなことを、ぽつりぽつりと口にした。

装甲列車は最後まで走りきった。でも、なんのために走ったのかわからなかった。多くの犠牲を払って大連に着いたとき、もう戦争は終わっていたのだから。ソ連軍の落下傘部隊が大連上空に舞っていた日を境に、朝倉大尉の生死消息は不明となった。

人を救え、という言葉だけを残して。

遺書に目を落としながら話を聞いていた九十九の姉は、話が途切れると視線を上げ、ほのかをじっと見つめた。

逃げ場のない、気まずい沈黙が続いた。

「ねぇ」ふと思いついたように、九十九の姉は言った。「晩ご飯食べた？」

「いえ、まだです」

「じゃあ食べていって。店のおごりだから」

返事を待たず、彼女は沸騰する鍋に太い麺をさっと放り込み、同時に中華鍋で野菜と肉を炒め始めた。油の弾ける心地よい音が少し静かになると、湯切りした麺を中華鍋に移し、それからスープをかけ、落とし蓋をしてさらに数分。

「ちゃんぽんですね」

「そうよ。食べたことある？」

「いえ、初めてです」

「うちで一番の人気料理なの」

「朝倉大尉も、そうおっしゃっていました。生まれてきたことを神仏に感謝したくなるほどの味だって」

九十九の姉は吹き出した。

「馬鹿ね、あの子ったら」

どんぶり一杯のちゃんぽんが出てくると、ほのかは手を合わせ、いただきますと言って箸を取った。

もちもちと弾力のある太麺とシャキシャキと音を立てる香ばしい野菜。あっさりした支那そばとはまるで違う、口のなかに広がっていく濃いスープの風味は、鶏、魚、牛、もしかして豚？

麺が、スープが、喉を通って体の芯をじんわりと温める。

「おいしい」

思わず言ってしまうと、九十九の姉は優しく微笑んだ。

「あの子ね、父の葬儀のとき、一度大陸から戻ってきたの。すごく張り詰めた顔つきでね。あと一滴でも水をそそげば湯飲みがあふれてしまう、そんな危《あや》うげな様子だった。あんな九十九、見たことなかった」

ほのかはそっと箸を置いた。

「わたしね、なにもしてやれなかったの。励ましてやることも、行くなって引き止めることも、頬を引っ叩《ぱた》いて正気に戻してやることさえできなかった。どうしたらいいかわからなかったから、ちゃんぽんを食べさせたの。あのときのわたしには、そんなことしかできなかったのよ。でもよかった。九十九があなたに出会えて」

遺書を見せられると、文面にはこうあった。

――この手紙を持参したお嬢さんに、とびきりうまいちゃんぽんを食べさせてやってほしい。きっと彼女にも、極上の救いが必要なはずだから――。

彼女にも……。

書かれていたのはそれだけだった。

「弟なりに感謝しているつもりなのね。理由はわからないけど、あの子はあなたに救われたんだわ。お礼がちゃんぽんだなんて、ちょっとずれているけれど」

九十九の姉は笑いながら目元をぬぐった。ほのかはかぶりをふった。

「救ったのはわたしではなく、お姉さんです。朝倉大尉はお姉さんが作ってくれたちゃんぽんに生かされたんだと思います。だから、わたしにもおすそ分けをしてくれたんです。しっかり食べて、しっかり生きろって、そう言っているのだと思います」

胸が熱くなって、声が詰まった。
頬を伝ってひと粒のしずくが落ちたとき、雲井ほのかの戦争は終わりを告げた。

終章

ノモンハン後日——始まりの誓い

退役を申し出て大隊長に叱責を受けた翌月、朝倉九十九は支那北部の山東省に転属を命じられた。

三十六時間もトラックの荷台にゆられてたどり着いたのは、遼東湾を見下ろす高台に集落が広がる、うらぶれた寒村だった。

村には第十二軍に属する一個中隊が駐屯しており、九十九は本部付工兵小隊長として赴任した。着任の日、中隊はもぬけの殻だった。留守役の准尉に尋ねると、中隊長以下奥地の討伐に出撃中だという。

支那事変勃発以来、日本軍は大陸の奥へ奥へと占領地域を広げていったが、敵対関係にあった中国共産党と国民党政権が対日反抗という共通利害の前に一時休戦、手を携えて全土でゲリラ戦を展開したため、戦いは完全に泥沼と化していた。

繰り出しても繰り出しても兵は広大な大地に呑まれていき、支那派遣軍の展開兵力はついに七十万に達したが、実際に支配できたのは広範囲に分散配置された駐屯地と補給線のみ、すなわち点と線だけだった。

年中行事のように拠点から出撃して匪賊討伐に明け暮れる中隊も、数億という人民の大海にかろうじて浮かぶ岩礁のようなものと言えるだろう。

着任の翌日、共産党の工作員と思われる捕虜を三名引き立てて中隊主力が帰還した。しかし七名の兵隊が仕掛け地雷にやられたらしい。

中隊長の大須賀《おおすが》大尉は、黒雲号《くろくも》という黒馬にまたがった姿がなかなか様になる巨軀の持ちぬしで、身長一八〇センチ、体重は一〇〇キロを軽く超えるという。だが堂々たる外見とは異なり粗暴な振る舞いに及ぶことが多く、飯がまずいと言っては当番兵を殴り、書類に不備があると言っては本部班の軍曹を殴り、黒雲の前を横切ったと言っては村民を殴打した。

皆が、大須賀大尉の一挙手一投足におびえていた。

着任から一週間経ったころ、遠乗りから帰った九十九が厩《うまや》に行ってみると、袖が細くて丈の短い便衣《べんい》姿の支那人が、両手で持ち上げた桶から黒雲に飼い葉をやっていた。見知った厩係の兵隊はあたりに見当たらなかった。

「俺の馬にも頼む」

声に反応して振り返った支那人は、瞳の黒さが際立つ十五歳くらいの少女だった。

支那語を話せないので、「コイツニ、ゴハン、タベサセテクレ」と言いながら、口の形を作った右手を桶に向けてパクパク動かす。

だが少女は首をかしげただけだった。

「参ったな、えーっと」

今度は左手で茶碗を、右手で箸の形を作り、飯をかっ込む仕草をしてみせた。少女は、ああ、と声に出し、目で隊舎を指し示した。食堂として使われている建物だった。

「違う違う。腹が減っているのは俺じゃなくて、こいつ。俺の馬」

茶碗と箸を動かす仕草を、今度は愛馬の口元でやった。

滑稽な動きに我慢できなかったのだろう。少女はとうとう吹き出してしまう。

「おいおい、ひどいな。こっちは真剣なんだぞ」

九十九も少女の笑顔に釣られて破顔した。

彼女はようやく意図を察してくれたらしく、ひとしきり笑ってから、「好的《ハダ》、先生《シエンショ》」と言って、黒雲が鼻先を突っ込んでもしゃもしゃやっていた飼い葉桶を足元に置いた。

それがいけなかった。

食べている途中で餌を取り上げられたのが気に食わなかったのか、もっと食わせろ、と言わんばかりに黒雲が少女のお下げ髪に嚙みついたのだ。

甲高い悲鳴が厩舎に響き渡った。

「あ、こらッ」

すぐに両手で口をこじ開けようとしたが、乗り手と同じように黒雲は気性の荒い馬だった。お下げに嚙みついたまま右に左に頭を振り回し、少女はますます叫び泣く。

やむなくムチで鼻面をピシリと打った。

黒雲は飛び退《の》き、威嚇《いかく》するように鼻を鳴らした。少女はその場にぐったりとくずおれた。

「おい、大丈夫か」

「シエシエ」

大粒の涙に濡れて黒光りする瞳のなかに、のぞき込む男の顔がはっきりと像を結んでいる。まるで、よく磨かれた黒曜石を眺めているようだった。

「少尉殿ッ、少尉殿ッ」

鏡と見まがうような瞳に吸い込まれそうになっていると、厩係の兵隊があわてた様子で走ってきた。

「いけません、いけません。この女と関わってはなりません。あとでお咎めを受けてしまいます」

「なにを言ってるんだ」

「この者は中隊長殿のコレなのです」

係の兵隊は小指を立てて言った。

リンリーという名の少女は、大須賀大尉お気に入りの情婦であった。たまの休みに遠い町の売春宿に繰り出すしかない兵隊たちと違って、部隊長という立場を利用することのできる大須賀大尉は、村の長《おさ》に女の差し出しを要求したという。

あの巨体が、こんなあどけない少女を夜ごと組み敷いている。しかもすでに身ごもっているというではないか。範を垂れるべき隊長がこれでは、中隊の規律は推して知るべしというものだった。

その夜、九十九は古参兵たちがふたりの初年兵を囲んで制裁を加えている現場に遭遇した。こぶしで殴るなどという生やさしいものではない。バシッ、バシッという激しい音がするたびに、殴られた者の顔から鮮血が飛んでいた。身動きを許されない新兵たちの横っ面を、鋲《びょう》を打ちつけた頑丈な編み上げ靴で幾度も幾度も張り飛ばしていたのだ。

「おい、それくらいにしておけ」

隣の小隊だったこともあり、その場を収めるだけで深入りしなかった。中隊長みずからが手を上げるような部隊である。新任の少尉がいくら騒いだところで、私的制裁の根絶などできようはずがない。

翌日、九十九は大須賀大尉から納屋の裏に呼び出された。人目につかないところに連れ込まれたら、待っているのは鉄拳制裁と相場が決まっている。こんな目に遭うのは士官学校以来だが、きっと黒雲をムチ打ったのがばれたに違いなかった。

指定された時刻に行ってみると、大きなヤカンを手にした大須賀大尉が、三人の兵士に取り囲まれた捕虜に水をかけていた。

地面に倒したハシゴに捕虜の両手と両足を結びつけ、顔に布をかぶせ、そこに水をそそぐ。濡れた布は顔に張りつき、息をしようと口を開けば水を飲むことになる。腹が異様に膨れ上がった捕虜は、喉からゴボゴボという音をさせながら、もだえ苦しんでいた。

「朝倉少尉」

傾けたヤカンから水をそそぎながら、大須賀大尉が言った。

「どうして呼ばれたかわかるか」

「わかりません」

背中を汗が流れていった。

「昨夜のことだ。君は、古参兵の制裁を止めたそうだな」

「は、たしかにそのようなことがありましたが……」

「なぜ止めた」

「行き過ぎのように思いましたので」

「朝倉少尉、君は兵を殴らないと聞いたぞ。本当か」

九十九は士官学校で六発殴られたことがあるが、自分が上級生になってからも、また将校になってからも、誰かを殴ったことはない。ヘラヘラ笑いながら、あるいは自分の正義を疑わずに頬を殴り飛ばしてくれた上級生の顔は今も覚えているが、対等な立場で殴り合う喧嘩とは違い、一方的な暴力は性に合わないのである。

「まあ、いい」

答えずにいると、大須賀大尉が空っぽになったヤカンを放り、「起こせ」と言って男をハシゴごと立たせた。

「朝倉少尉、兵を殴れ。暴力というやつはな、人を従順にするのだ。命令に絶対服従する精神を植えつけるには、殴るのが一番早い。これも戦争に勝利するためには必要なことだと理解せよ」

大須賀大尉は銃剣のついた三八式歩兵銃を兵士から受け取ると、裂帛《れっぱく》の気合いとともに捕虜の胸を突いた。

「暴力こそ勝利の源《みなもと》なのだ。覚えておけ」

大須賀大尉はそれだけ言って立ち去った。

銃剣は捕虜の胸に突き立ったまま、剣先は背中から二〇センチも飛び出ていた。男が口から血の泡を吹きながら息絶えるまで、その場を一歩も動けなかった。

翌朝、黒雲の変死体が発見された。飼い葉に毒が盛られていたという。嫌疑はリンリーに及び、一日中、拷問部屋からか弱い悲鳴が聞こえた。

中隊に集合命令が下されたのは午後四時十二分。

西日の差す中庭に集まると、庭の真んなかに大須賀大尉が立っていた。そばに、後ろ手に縛り上げられたリンリーがひざまずいている。

「こやつは敵の間諜《かんちょう》であった。よって、今からこの者を処刑する」

大須賀大尉は衆人環視《しゅうじんかんし》のなかで高らかに宣言すると、リンリーの背を蹴って地面に転がし、九十九に歩み寄った。

「朝倉少尉、貴様がやれ」

「いや、しかし……」

「知っているぞ、貴様のこと」

大須賀大尉は顔を近づけ、臭い息を吐いた。

「貴様をここに送った部隊長から聞いたが、戦争から足抜けしようとしたらしいな。貴様、人を殺すのが怖くなったのだろう。だが俺が救ってやるから安心しろ」

大須賀大尉は兵たちに向き直り、「諸君らも知っているように、この朝倉少尉はノモンハン戦の英雄だ」と言った。

「肉弾戦で五人も斬り殺したというぞ。これよりその手並みをご披露いただくので、目に焼きつけておくように」

大須賀大尉は、行け、とばかりにアゴで促した。

「ここでやらねば誰も貴様について来ぬ。将校としては死んだも同然よ」

おののく心、乾いた風、照りつける西日、高鳴る鼓動、噴き出す汗、両膝をついて起き上がる少女。

九十九はリンリーの横に立ち、鞘を払った。

彼女は顔を横に向けると、まっすぐ見つめ返してきた。髪は乱れ、頬に青あざ、裂けた唇には血がこびりつき、赤い太陽の光を受けて黒い瞳がひときわ輝いている。

この少女が敵の間諜？　馬鹿な、あり得ない。

刀の鍔がカタカタと鳴っていた。

「斬れ」

リンリーが目をそらすことなく言った。日本語だった。

「な、なに……」

「斬れ、日本鬼子《リーベン・グイズ》ッ」

鏡のごとく澄んだ黒い瞳に、底知れない憎悪が映っていた。

こんな少女に、かくも純粋な敵意を向けられたことはなかった。全身が痺れて一歩も動けない。

「どけ」

大須賀大尉が抜き身の軍刀を手に横から入ってくると、甲高い絶叫を放っていきなり大上段から斬り下ろした。

一刀のもとに断ち切られたリンリーの頭部がボタリと地に落ち、首の切断面から滝のように鮮血がほとばしる。

兵たちがわっと喚声を上げた。

「女ひとり殺せんとは、この腰抜けめ。俺がこれから鍛え直してやる」

大須賀大尉は血振るいして刀を鞘に収めると、吐き捨てるように言って立ち去った。

九十九のうつろな視線は、土と血にまみれて足元に転がる小ぶりな頭に吸い寄せられたままだった。

正義の不在を嘆いた。

勇気の欠如を悔やんだ。

右手に提げた軍刀を、これほど重いと感じたことはなかった。

兵たちが去り、風が止み、血潮が乾きだしたころ、ようやく刀を鞘に収めることができた。

しかしそのまま立ち去りはしなかった。

刀をふたたび三分の一ほど抜き、西日を受けて妖しく輝く刀身を睨みつけ、柄《つか》を絞め殺すように握ると、パチンッと鍔を鳴らして勢いよく収めた。

金打《きんちょう》——。

古来伝わる、武人が誓いを立てるときの作法だった。

次は結末を変えてみせるという決意の証であった。


（了）

参考文献

『日本の装甲列車』　藤田昌雄　潮書房光人新社　二〇一三年
『ＳＬ機関士の太平洋戦争』　椎橋俊之　筑摩選書　二〇一三年
『ソ連が満洲に侵攻した夏』　半藤一利　文春文庫　二〇〇二年
『昭和20年8月20日日本人を守る最後の戦い』　稲垣武　光人社ＮＦ文庫　二〇一二年
『従軍看護婦たちの大東亜戦争　私たちは何を見たか』『従軍看護婦たちの大東亜戦争』刊行委員会編　祥伝社　二〇〇六年
『日本のナイチンゲール　従軍看護婦の近代史』　澤村修治　図書新聞　二〇一三年
『戦争と看護婦』　川嶋みどり、川原由佳里、山崎裕二、吉川龍子　国書刊行会　二〇一六年
『流れる星は生きている』　藤原てい　中公文庫　二〇〇二年
『華北戦記』　桑島節郎　図書出版社　一九七八年
『満洲鉄道まぼろし旅行』　川村湊　ネスコ　一九九八年
『図説　写真で見る満州全史』　平塚柾緒、太平洋戦争研究会編　河出書房新社　二〇一八年
『野戦鉄道小隊長必携　Kindle版』　陸軍省徴募課　君見ずや出版　二〇一六年
『実録　鉄道連隊』　岡本憲之、山口雅人　イカロス出版　二〇〇九年
『歴史群像二〇二〇年十二月号№１６４』　学研プラス　二〇二〇年
『歴史群像二〇一七年六月号№１４３』　学研プラス　二〇一七年

ウェブサイト

『土本典昭のホームページ　ある機関助士』https://tsuchimoto.info/entry6.html
『戦時下に日本のナースたちはどのような体験をしたのか』https://jnapcdc.com/LA/kawahara/
『看護師養成の歴史―看護師等の教育―医療・社会福祉について―日本赤十字社』https://www.jrc.or.jp/medical-and-welfare/nurse/history/

初出「小説すばる」　２０２２年6月～２０２３年1月号

本作品は二十世紀前半の満洲地域（現・中国東北部）を舞台にしており、当時の日本人が中国、中国人の呼称として用いていた「支那」「支那人」など、今日の人権意識に照らせば不適切な呼称、用語が使用されている箇所がありますが、当時の日本人の思考や行動、社会状況を描く上で必要と判断いたしました。読者の皆様のご理解を賜りたく、お願い申し上げます。

（編集部）

装画……緒賀岳志
装甲列車編成図……しづみつるぎ
地図……（株）ウエイド
装丁……川名潤
本文組版……一企画
校正校閲……鷗来堂

野上大樹（のがみたいき）

1975（昭和50）年生まれ。佐賀県在住。防衛大学校卒。『霧島兵庫』名義で第20回歴史群像大賞優秀賞を受賞し、2015年『甲州赤鬼伝』（Gakken→新潮社）にてデビュー。その他の著作に『信長を生んだ男』（新潮社）、『二人のクラウゼヴィッツ』（「フラウの戦争論」より改題）（新潮社）、『静かなる太陽』（中央公論新社）がある。2023年『野上大樹』へ名義変更。『ソコレの最終便』が名義変更後初の刊行作となる。

ソコレの最終便《さいしゅうびん》

２０２４年６月30日　第１刷発行

著　者　野上大樹《のがみたいき》

発行人　茂木行雄

発行所　株式会社 ホーム社
〒１０１－００５１
東京都千代田区神田神保町３－29 共同ビル
電話　編集部 ０３－５２１１－２９６６

発売元　株式会社 集英社
〒１０１－８０５０
東京都千代田区一ツ橋２－５－10
電話　販売部 ０３－３２３０－６３９３（書店専用）
読者係 ０３－３２３０－６０８０

印刷所　ＴＯＰＰＡＮ株式会社

製本所　加藤製本株式会社

Last Armoured Train

ISBN978-4-8342-5384-9　C0093